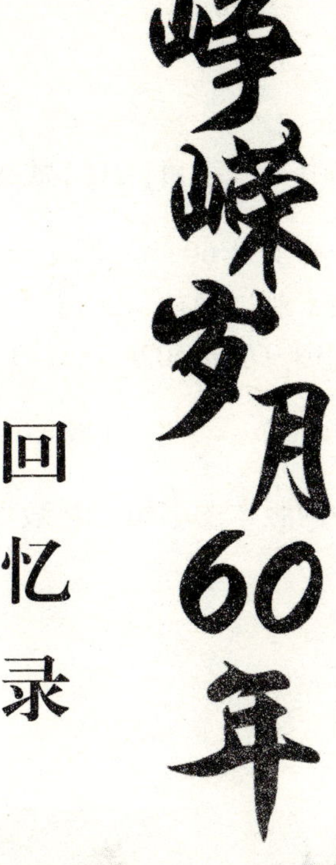

回忆录

《峥嵘岁月60年》编委会 编

庆祝安钢集团公司60华诞

北 京
冶金工业出版社
2018

图书在版编目(CIP)数据

峥嵘岁月60年：回忆录/《峥嵘岁月60年》编委会编．—北京：冶金工业出版社，2018.7

ISBN 978-7-5024-7851-3

Ⅰ.①峥…　Ⅱ.①峥…　Ⅲ.①回忆录—中国—当代　Ⅳ.①I251

中国版本图书馆CIP数据核字(2018)第144750号

出 版 人　谭学余
地　　址　北京市东城区嵩祝院北巷39号　邮编　100009　电话　(010)64027926
网　　址　www.cnmip.com.cn　电子信箱　yjcbs@cnmip.com.cn
责任编辑　曾　媛　美术编辑　彭子赫　版式设计　孙跃红
责任校对　卿文春　责任印制　牛晓波
ISBN 978-7-5024-7851-3
冶金工业出版社出版发行；各地新华书店经销；固安华明印业有限公司印刷
2018年7月第1版，2018年7月第1次印刷
169mm×239mm；13.75印张；262千字；205页
65.00元

冶金工业出版社　投稿电话　(010)64027932　投稿信箱　tougao@cnmip.com.cn
冶金工业出版社营销中心　电话　(010)64044283　传真　(010)64027893
冶金书店　地址　北京市东四西大街46号(100010)　电话　(010)65289081(兼传真)
冶金工业出版社天猫旗舰店　yjgycbs.tmall.com

谨以此书献给所有为安钢
发展建设做出贡献的人们

《峥嵘岁月60年》编委会

历史必将铭记

岁月铭刻着奋斗的艰辛，历史记载着创业的辉煌。

六十年，只是历史长河中一朵小小的浪花，但之于安钢，却是一段波澜壮阔的历史、一幅气势恢宏的画卷、一番天翻地覆的变化。一代又一代英雄的安钢儿女，在这块铸就中华冶炼文明的神奇土地上，挥洒着智慧和汗水，澎湃着青春和理想，谱写了太行山下、洹水河畔的一曲曲绚丽多姿、激越辉煌的钢铁乐章，创造了一个又一个奇迹。

1958 年，安钢的创业者们，硬是靠着人拉肩扛，建立起河南第一座真正意义上的钢铁联合企业，结束了河南缺铁少钢的历史。1980 年，安钢在全省乃至全国率先实行承包经营，并取得巨大成功，当年销售收入破亿元大关。1989 年，在全国地方钢铁企业中率先突破 100 万吨钢大关。进入新千年，推进结构调整，抢抓发展机遇，在这块神奇的土地上，崛起了一个千万吨级现代化钢铁集团。

金融危机以来，安钢人面对前所未有的生存挑战，深层次解放思想，大刀阔斧进行改革，在惊涛骇浪中力挽狂澜，逆势再起，取得了生存保卫战的决定性胜利，一个不屈的钢铁脊梁，以更加昂扬的姿态，挺立在中原大地。

今年，我们迎来了安钢建厂 60 周年，《峥嵘岁月 60 年》这本书的撰稿人，有白发苍苍的老一代奠基者、创业者、开拓者，也有风华正茂的后来人，他们用自己的满腔深情，全景式、多角度记录了 60 年来，在这片热土上，安钢人艰苦奋斗、勇往直前的创业历程；讴歌了安钢人淳朴、善良、智慧、勇敢的美好心灵；展示了安钢人勇于拼搏、敢为人先的壮志豪情；描绘出一幅幅安钢人奋发图强、无私奉献、开拓进取的壮美画卷，唱响了恢宏岁月的动人乐章。

太行山巍巍群峰寄壮志，红旗渠闪闪银波抒豪情。当前，安钢坚持以习近平新时代中国特色社会主义思想为指导，开启了振兴发展的新历程，正阔步走在再铸安钢新辉煌的道路上。在这个承前启后的重要时刻，这本书的诞生具有非同寻常的价值和意义。它是一笔宝贵精神财富的传承和发扬，相信这些包含浓浓真情的文字，会带给我们启迪、感悟和收获，会给予我们更多力量，鼓舞我们铿锵前行，全力夺取更大的胜利，再创安钢新的辉煌。

李利剑

2018.6.30

目　录

发展变迁

艰苦创业

精神传承

历史聚焦

人生拾零

发展变迁

安阳钢铁集团公司实施改革创新推动国有企业跨越发展

赵 硕

安钢是1958年建设的中型钢铁联合企业，从建厂到1979年盈亏相抵累计亏损1.5亿元，其中1977年亏损3100万元。1980年河南省委、省政府批准安钢的改革方案，扩大企业自主权，上交省财政利润800万元。企业改革调动了领导班子和广大职工的积极性、创造性，1980年是安钢实施改革的第一年，即实现利润3576万元，上交省财政800万元，企业自留利润2776万元，安钢连续承包经营改革七年，累计上交省财政2.8亿元，企业自留利润1.8亿元，用于企业的技术改造和改善职工的生活福利，增强了持续深化企业改革的决心和信心，为安钢跨越发展打下了基础。经过安钢几代人的团结拼搏、改革创新、艰苦奋斗，把安钢建设成为年产一千多万吨钢现代化的特大型钢铁联合企业，成为河南的钢铁基地。2017年在钢铁限产的情况下，安钢集团公司生产生铁940万吨、钢1057万吨、钢材1017万吨，实现销售收入400亿元，实现利税36.12亿元，其中利润20.6亿元，超历史最高水平8.37亿元。安钢实现了习近平总书记指出的经济由高速发展阶段转向高质量发展阶段，促进了转型发展，取得了提高质量增加效益的可喜成绩，为河南的经济社会建设，为中原更加出彩做出了贡献。

我在安钢工作了十三年之久，在河南省冶金工业厅、省冶金建材工业厅工作了五年。1978年我曾任安钢党委书记、革委会主任，1981~1985年任冶金厅长，冶金建材厅长、党组书记。我亲历、亲见、亲闻了安钢改革、创新推动国有企业跨越发展的历程，最近我对安钢的改革进行了回忆与思考，以期对今后的持续改革高质量发展有所帮助。

一、针对企业存在的困难与挑战，抓住主要矛盾，进行改革，取得了显著成效

安钢在实施改革前的1979年，年产钢只有37万吨，存在的主要困难与挑战：一是省政府决定的安钢年产50万吨钢、60万吨生铁、60万吨焦炭、40万吨钢材的生产规模，配套基建投资和企业的技术改造资金缺乏，原国家每年给安钢2000~2500万元投资停止了，国家重点发展人民生活需要的轻纺工业，钢铁工业除了宝钢之外，过去给各省中型钢铁企业的投资一律停止。当时河南省财政拿不出资金发展钢铁工业，原来进的混铁炉、烧结机、制氧机等设备停放在基建

仓库里。二是安钢的设备陈旧落后，如6吨的侧吹炼钢转炉、5吨的炼钢小电炉、100~255立方米的炼铁小高炉、折叠薄板轧机、650开坯轧机等，规模小、技术落后、产量低、消耗高、污染大，都是要淘汰的落后设备。三是企业管理混乱，缺乏严格的制度和经济核算，企业处于长期亏损状态。

安钢党委深入学习贯彻了党的以经济建设为中心、坚持四项基本原则、坚持改革开放基本路线，学习了党的改革开放政策，特别是受农村联产承包责任制改革成功的启发，认识到安钢如不改革，按老路子走下去，必定要破产倒闭。如果下决心贯彻落实省委省政府批准的改革方案，依靠广大职工、发挥广大职工改革的积极性、创新性，一定会走出困境、推动企业的发展。当时河南省建委常务副主任张健三同志在安钢调查研究，我给张主任汇报了这一思路，张主任表示支持。安钢成立了专门小组制定了投入产出承包方案，我带领厂里几位领导同志向省冶金厅、省经委、省计委进行了汇报，他们都表示支持，但是向省财政厅汇报，厅领导明确表示不同意。我又与安钢几位领导同志给国家冶金工业部汇报，冶金工业部赵岚、张益民两位副部长听取了我们的汇报，认为方案可行，给予支持，赵岚副部长还说："你们省里于书记在京西宾馆参加研究国家中长期建设规划，我向于书记通报你们制定的初步方案，争取河南省委、省政府的同意与支持。"当时管工业的副省长岳峭峡、省冶金厅主持工作的副厅长周建荣在中央党校学习，我们又到中央党校给岳省长、周厅长进行了汇报，他们都表示支持。我们从北京回河南后向省委书记处书记、常务副省长戴苏理同志汇报了投入产出总承包方案和国家冶金工业部的意见，苏理同志曾被下放安钢劳动，了解安钢的实际情况，苏理同志认为方案可行，应进行大胆改革。在省政府常务会议上研究了安钢的改革方案，大多数与会者都表示同意，也有少数与会者不同意，苏理同志主持省政府常务会议批准了安钢的改革方案，省政府下发了文件。

安钢党委及时召开了党委常委扩大会议，统一了思想认识、加强了团结，决定坚决贯彻党的基本路线和党的改革开放政策，把省政府批准的投入产出总承包方案落到实处，真抓实干、抓出成效。一是召开了全厂职工代表大会，我传达了党的十一届三中全会精神，详细讲了投入产出承包方案已经省委、省政府批准，党委下大决心贯彻落实。1980年初计划全年利润实现两千万元，上交省财政800万元，余下1200万元用于技术改造，改善职工福利、增发奖金，大大调动了广大职工改革的积极性。二是培训提高干部。在安钢党校举办了干部培训班，每期四十天，总厂领导同志授课，用十一届三中全会精神、党的基本路线、改革开放方针政策武装干部头脑，同时学习企业管理，把各项指标落实到分厂、车间、班组，加强班组核算，在生产中加强质量管理，节约原材料，千方百计降低生产成本，创出好的经济效益。三是加强厂党委领导核心作用与加强职工思想政治工作相结合。充分发挥分厂、车间党组织的保证作用，共产党员的模范作用，保证承包方案的贯彻落实，带头完成下达的各项指标任务。四是企业改革与改善职工的生活结合起来，企业增加利润，一方面用于必需的技术改造；再一方面给职工增发奖金，体现多劳多得、创新创造得奖，克服平均主义、“大锅饭”。

1980年9月，戴苏理同志在新乡市刘庄搞调查研究，通知我汇报安钢的改革进展情况，我从安阳赶到新乡刘庄向苏理同志汇报。省里批准的改革方案职工非常拥护，调动了广大职工的积极性，生产计划超额完成，年初计划全年实现利润2000万元，到8月底就完成了，苏理同志听了非常高兴，对安钢的改革给予充分肯定。1980年年终算账，各项生产指标、质量指标都超额完成，特别是全年实现利润3576万元，是上年1210万元的三倍，全国冶金工作会议向国务院汇报，时任总理的赵紫阳同志问：“安钢一年实现的利润是上年的三倍，他们怎样抓的?”时任国家经委主任的袁宝华同志说：“段君毅同志给了他们个政策，扩大了企业自主权，厂里进行了改革、加强了管理，组织生铁出口。”在场的余秋里同志说：“扩大了企业自主权，改革取得了实效。”

二、持续深化企业改革与科技创新和技术改造相结合，推动企业转型升级做大做强

安钢的改革，以1980年实际上交利润800万元包干取得成功为契机，经营承包七年，累计上交省财政利润2.8亿元，企业自留利润1.8亿元用于企业科技创新和设备更新，推动企业转型升级。一是淘汰落后的小型设备，新上大型的先进工艺设备。陆续引进了意大利260小型轧材机，淘汰了10吨电炉从奥地利引进先进的100吨炼钢电炉，淘汰了6吨侧吹炼钢转炉和15吨氧气顶吹炼钢转炉，上了先进的150吨氧气顶吹炼钢转炉，淘汰了100立方米和255立方米的炼铁高炉，新上了先进的2200立方米和4747立方米的炼铁高炉，拆掉了24平方米的烧结机，新上了300平方米的大烧结机，淘汰了650开坯轧机。新上了1780热连轧机和3.5米炉卷轧机，安钢进行了脱胎换骨的技术改造，大幅度提高了钢、铁、材的产量，降低了消耗、增加了品种、提高了质量，也减轻了对环境的污染，改变了企业面貌。二是狠抓科技创新，调整产品结构，提高经济效益。根据市场需求和新技术装备的优势，积极开展科研和技术攻关，加大品种钢的开发力度，形成中厚板、卷板、高线、螺纹钢、圆钢、角钢、球墨铸管等50多个品种2000多个规格的钢铁产品。2017年安钢的品种钢、品种材比例分别达到75%、84%，直供直销比例接近50%。其中商用汽车轻量化用钢国内领先，高强板国内市场占有率第一。新上了年产300万吨冷轧薄板，填补了河南省空白。三是用信息技术武装企业，提升现代化水平。安钢历届领导都很重视信息化建设，加大信息化基础设施的投入，把信息技术用于炼铁、炼钢、轧材生产，用于企业管理，用于新产品开发设计，面对竞争激烈的钢铁市场，建立起销售、信息于一体的营

销网络，收集信息、捕捉商机、反馈情况，跟踪分析市场变化，为企业组织指挥生产提供依据。四是在遭遇“钢铁寒冬”、企业出现亏损的困难情况下，安钢加大了改革力度，对集团公司管理机构进行改革，管理部门的部室由16个减为8个，管理干部择优选拔、竞争上岗；剥离安钢长期的社会职能“四供一业”改造移交，由当地政府管理，安钢主要管好企业、抓好企业的改革创新，推动企业做大做强。

三、持续深化企业改革与贯彻落实绿色发展理念相结合，加大环保治理力度，取得显著成效

安阳市处于京津冀周边地区，安阳市区内的钢铁企业，大气污染排放执行特别排放限值。安钢集团科学制定“环境提升行动计划”，以超低排放、近零排放为目标，全面启动炼焦炉烟气超净排放、烧结机头烟气超净排放等一系列环保设施升级改造工程。2017年3月安钢加大环保治理力度，决定投资30亿元全面提升环保工程，一年过去了，这些环保项目已全部完成并投入运行。每年可减少排放颗粒物3200吨，二氧化硫2700吨，氮氧化物5500吨。安钢成为全国首家实现全干法除尘的钢铁联合企业。目前，安钢环境保护项目，由于领导班子坚定不移贯彻落实绿色发展理念，加大资金投入，治理环境补上欠账，安钢的除尘设施已完成升级改造，实现了由达标排放到接近近“零”排放，厂区过去烟气弥漫的现象一去不复返了，面貌焕然一新。

四、加强党的领导与健全现代企业制度相结合，保证国有企业健康发展

安钢建厂以来，长期实行的是党委领导下的厂长分工责任制，党的组织比较健全，共产党员在生产建设中发挥模范带头作用。改革开放以来，安钢党委与时俱进，改革企业的组织机构与领导体制，依法建立了董事会、经理层、监事会，组成了法人治理机构，企业管理体制发生了重大变化。习近平总书记在国有企业党的建设工作会议上曾说：“坚持党对国有企业的领导是重大政治原则，必须一以贯之，建立现代企业制度是国有企业改革的方向，也必须一以贯之。”安钢党委参加了全国党建工作会议并在会上做了发言，安钢党委加强了领导核心作用，车间党支部的保证作用。2014~2016年安钢遭遇“钢铁寒冬”发生了严重亏损，在安钢面临困难时，河南省委决定调李涛同志任安钢党委书记、董事长主持领导安钢全面工作，李利剑同志任总经理。李涛同志调省国资委任主任，李利剑同志任党委书记、董事长，刘润生同志任总经理，他们带领党委一班人，全心全意依靠工人阶级迎难而上，持续改革，狠抓创新，坚持以提高质量为中心，调整产品结构，推动企业转型升级，2017年胜利渡过了“钢铁寒冬”，扭转了企业亏损，大幅提高了销售收入，实现利税36亿元，其中实现利润20.6亿元，创建厂以来最好的盈利水平，为中原更加出彩做出了贡献。

安钢的由来

刘光复

1957年夏，中共中央政治局在北戴河会议上，决定中国钢铁工业要加速发展，规划新建“三大、五中、十八小”个钢铁厂。三个大型，如酒泉钢铁厂等，五个中型厂，如湘潭钢铁厂等；十八个小型钢铁厂，如邯钢、济钢、昆钢、杭钢、安钢等规模一般在年产10万吨钢左右。

会后，从中央到地方立刻行动起来落实会议精神。河南省选厂址工作组于1957年9月在郑州成立。设计工作由冶金部鞍山黑色冶金设计院承担。设计规模为年产生铁10万吨、钢8万吨、钢材7万吨。建厂方针要求贯彻勤俭办企业，设计中采用低于一般技术水平的装备，全部采用国内能制造和闲置设备。厂址选定，因为李珍有铁矿而最终确定在安阳。

1958年元月，安钢筹建处在郑州成立，3月迁到安阳，地址在火车站附近。当年的火车站没有广场，出站后是一条弯弯曲曲的很狭窄的路，两辆解放牌卡车对开都很困难。安钢筹建处就设在这条路北的一个院内。

不久，由于筹建人员的增多，就迁到冠带巷办公。这里曾是一座大官宦的住宅，有数十间房屋。当年安钢的筹建工作在这里热火朝天地忙碌过一阵。1958年秋，根据建设的需要，办公地点迁到安钢厂区。最早在一生活区（现在幼儿园北面）盖起了两幢三层砖混结构单身宿舍楼，作为临时办公用，就是现在一生活区最破旧的37、38号楼。别小看这两座三层小楼，想当年曾出尽了风头，吸引几十里内的老乡们结伴前来观光。一位小脚老奶奶吃力地上到了三层楼上，不住地赞叹说：这大楼真高哇！

为了支援安钢的建设，安阳市决定将公私合营的宏大铁工厂合并给安钢(其厂址在铁西高楼庄附近，现在水利局院内)，后改名为安钢实验厂。它是安钢机修厂的前身，这批技术工人和技术管理人员成为后来安钢机修厂的骨干。

安钢的人员组成是由全国各老企业的支援者们、解放军转业干部和省内各地抽调的人员组成。鞍钢支援的人员以轧钢、平炉炼钢人员（平炉当年是主要炼钢方法）为主，唐钢以转炉炼钢为主，首钢以炼铁为主，太钢以炼焦为主，铁路运输人员则来自吉林铁路局。许昌第五步兵预备学校成建制的转业支援安钢。地方支援的除部分领导外，大多是县级以下的农村干部。

作为企业基石的劳动大军，则是从本省广大农村招来的青年工人。这批1958年进厂的工人是安钢宝贵的财富，他们多数经过老企业培训，后来成为各岗位的骨干与核心，有许多人走上了车间、分厂的领导岗位。由于他们几十年辛勤的劳动，安钢才有今日的辉煌。任何企业如果没有一支优秀的工人队伍，它绝不会兴旺发达的。

安钢六十年的峥嵘岁月

刘光复

1958年2月，我从冶金部第一机装公司（洛阳基地）调到安钢筹建处，亲身经历了安钢的诞生、艰苦创业、困难时期的停关与再生、“文革”的动乱、改革开放后安钢的“第二个春天”。退休后，我又目睹了“三步走”初步实现、世界经济危机的挑战和考验、打响生存保卫战和取得决定性胜利。我从24岁调到安钢工作到1998年底退休，在安钢工作了41个春秋。六十年，一个重要的生命周期。作为一个老安钢人，我由衷希望安钢在新的发展起点上总结经验，超越自我，不断取得新的更大的业绩。

一、安钢的诞生

1957年，我国为了加速钢铁的发展，规划新建“三大、五中、十八小”个钢铁厂，在有条件的省，建设地方钢铁厂。安钢属于“十八小”之一。

1957年9月开始了选厂址工作，对洛阳、郑州、漯河、安阳进行了考察，最终选定在安阳，理由是李珍村附近有铁矿。遗憾的是李珍矿是河北邢台邯郸矿系的尾矿，储量仅有1819万吨，这给安钢后来的发展带来了很大困难。

1958年1月，安钢筹建处在郑州成立。设计规划为10万吨铁、8万吨钢、7万吨钢材的小型钢铁联合企业。建厂方针是“在设计中严格贯彻勤俭建国、勤俭办企业的方针，采用低于一般技术水平的设备，并全部采用国内制造和现存闲置设备”。筹建处成立了以孔百川、杜华平为首的领导班子。1958年3月迁到安阳办公。冶金部鞍山冶金设计院负责设计，省建筑四公司、省安装三处负责施工。

安钢的组成非常复杂。首先是人员的组成：安钢的骨干技术工人和技术人员来自各老企业的支援，如鞍钢、首钢、太钢、吉林铁路局等；新工人则来自河南广大农村；管理人员多数来自地方的行政干部，还有部队转业干部；并入的单位有水冶铁厂（河南最早的、唯一的炼铁厂，早在三千年前的殷代水冶就有了冶炼产业）、宏大铁工厂（机修厂的前身）、许昌第五步兵学校、省第二水利医院等。至1960年，职工人数已超过三万人。

领导班子1959年已形成“四大书记八大经理”：书记董万里，副书记杜华平、张迈（兼副经理）、赵明理；经理杨志超，副经理孔百川、付成贵、李凤翔、张宾清、李逊、白肇焜（兼总工程师）。

二、艰苦创业

安钢自 1958 年 8 月 10 日炼铁 1 号 255m^3高炉动工开始，拉开全面建设的序幕，三年间大搞基建和生产。李珍、东冶铁矿进行了基建和剥离，并用土法采矿供应高炉生产。水冶铁厂建成投产了 6 座 28m^3小高炉和两座 100m^3高炉。主厂区先后建成投产了土焦炉，土烧结，1 号、2 号 255m^3高炉，3 吨、6 吨转炉，500、250/400 轧机、ϕ76 无缝钢管及动力、机修等车间。

1958 年“极左”的“大跃进”，不按生产程序建设，不建焦炉和烧结，而先建高炉。投产时只有大块的原矿石，靠人工砸成小块入炉。没有焦炭，临时建土焦炉，就是在地上挖一长方形的坑，铺入原料点火后鼓风，需 12 天才出炉，土焦炉建了 100 余座，一直坚持用到 1962 年 3 月，用红旗小焦炉代替。土烧结建了 52 座，一直坚持到 1973 年。不分冬夏，不分昼夜，无论刮风和下雨，在烟熏火烤下，大家坚持劳动。

1959 年 4 月，3 吨转炉建成投产，结束了河南无钢的历史。但车间简陋，工艺、设备落后，工人们付出超常的劳动，年终只生产了 1000 吨钢。

1959 年 5 月，250/400 轧机建成投产，安钢初步形成了小型钢铁联合企业的规模。但由于生产不配套，工艺、设备落后，厂房简陋等原因，年终只生产铁 8. 22 万吨，钢 1. 55 万吨、钢材 0. 71 万吨，亏损 197 万元。

三、安钢的“停关”与再生

1960 年，由于 1958 年“大跃进”等“极左”方针政策使国力消耗。安钢三年来投资 1. 44 亿元，仅 1960 年就亏损 4120 万元。这些钱安钢负担不起，河南也负担不起。1960 年 10 月 28 日，安钢宣布转入停关阶段，只保留水冶 2 号 100m^3高炉、炼铁厂 1 号 255m^3高炉、5 吨电炉、255/400 轧机维持生产。安钢总人数由 3 万人减至 7087 人。1961 年至 1963 年继续亏损，安钢怎么办？似乎只有彻底关门。当时的厂长孔百川挺身而出，为保住安钢，提出交冶金部的方案。经省委同意后赴北京向吕东部长汇报。经吕东部长同意后，于 1963 年 11 月 26 日正式由冶金部接管。冶金部调拨大量资金，李珍矿恢复了基建，并对库存的焦化、中型、薄板等大量设备进行了维护保养，后来都安装投用。另外还调拨来大批廉价钢坯，使 250 轧机满负荷生产，并创造丰厚的利润，1964 年即扭亏为盈，安钢已由“包袱”变成了“元宝”。1966 年 3 月 17 日，安钢重回河南，当年利润达 1278 万元，此纪录 14 年后到 1980 年才被打破。

四、“文革”时期的安钢

“文革”时安钢遭受到严重的破坏，职工思想混乱，生产处于半瘫痪状态。

“文革”期间安钢共亏损11790万元。

值得欣慰的是以霍云桥主任为首的安钢人，利用国家要求多产钢的形势，加紧了基本建设。安钢人克服了物资紧缺、设备订货难、运动干扰多等困难，在设计、施工单位配合下，为1965年规划的“四五六六”（40万吨钢材、50万吨钢、60万吨铁和焦）目标打下了基础。各工程项目建成投产的有：水冶3号、4号100m^3高炉，1号、2号42孔焦炉，3×650轧机，1号、2号24m^2烧结机，3×15吨氧气顶吹转炉，2300中板轧机。

五、安钢的“第二个春天”

“文革”结束后，特别是党的十一届三中全会后，中央制定了一系列的方针政策。安钢赵硕书记、韩旭东厂长、钟力生副厂长带领安钢人拟定了五年利润包干，加快技术改造的方案。1980年5月，方案得到了省政府批准。1980年至1985年执行利润递增包干，除上交若干利润外，留成部分用于生产发展。这在全省乃至全国实行“利润递增包干”是第一家。1985年全面完成了“四五六六”的目标；1985年产铁67.39万吨、钢60.79万吨、钢材41.76万吨，利润5983万元。

1987年，冶金部在济钢召开增钢会，要求全国地方钢厂增加产量。会议6月8日结束，6月15日安钢开大会传达，6月20日成立了百万吨钢攻关组，张世英经理任组长，下设四个组。铁前困难多，铁前组从入炉原料抓起，同时抓高炉标准操作，使高炉利用系数稳步上升，在同型高炉中名列前茅，给突破“百万吨钢”打下基础。

1986年，一炼钢将6吨空气侧吹转炉改造为6吨氧气顶吹转炉，加大了生产能力。1989年第一炼钢厂年产钢高达25万吨。

第二炼钢厂3×15吨转炉，设计年产钢38万吨，1973年6月投产，多年来达不到设计产量。要增产需要攻克三大难关。首先是克服氧气不够的难关。安钢抓紧订货和安装，新增了两套6000m^3/h制氧机。第二难关是炉龄短。除提高操作水平外，又采购了价格昂贵但质量好的新型镁碳砖，使炉龄大幅度提高。第三难关是铸锭能力小的难关。投产时全部是模铸，1984年以后陆续建成板坯连铸机两台，小方坯连铸机三台，不但提高了生产力，还大大地提高了钢坯的质量。1989年第二炼钢厂产钢76万吨。

1989年，安钢在58家地方骨干钢铁企业中率先突破年产钢百万吨大关，成为地方钢铁企业的排头兵。

六、十年平稳发展

1990年以后，我国改革开放进入加速推进阶段，钢铁行业也发生了新的变化。安钢结合自身发展实际，加快结构调整步伐，提升市场竞争实力，相继对一些设备进行了更新，对工艺流程进行了改造，找差距、补短板，寻找自己的薄弱环节，寻找和先进企业之间的差距，在降本增效方面做文章，在强化企业管理上下功夫，在对标挖潜上定措施，各方面工作得到了提升，进入了平稳发展时期。

七、安钢的崛起

2003年春，经过反复的论证，《安钢钢铁产品结构调整规划》于2003年4月11日正式出台。第一步：现有设备产能生产的同时，做好新旧生产线转换的准备；第二步：集中资金调整结构上新线；第三步：立足竞争建立轧薄板及配套工程。规划总投资180亿元，用5年左右时间，实现工艺现代化、装备大型化、产品专业化，打造一个新安钢，实现年产钢1000万吨，销售收入超过300亿元，跻身于国内外钢铁强厂行列。

艰难的第一步：安钢厂区已布满了落后的生产线，而上新项目没有场地。安钢的办法是在100吨电炉的厂房内，上一座100吨转炉，补偿停掉一炼钢的损失，在中板轧机前增加一架轧机，提高产量弥补将停关的650中型轧机、2300中板轧机、1200薄板轧机的产量，为下一步上新项目置换出宝贵的土地。第一步用了两年左右的时间。第二步于2004年夏陆续开工，建设150吨转炉——炉卷轧机、6m焦炉、360m^{2}烧结机、2200m^{3}高炉、23500m^3/h制氧机等，2005年陆续建成投产。2006年春，“第三步”陆续动工，核心为1780mm热连轧和1750冷连轧。配套工程有一座6m焦炉、一台400m^{2}烧结机、一座2800m^{3}高炉、两座150t转炉。2007年7月9日除1750冷轧和3号大高炉外，“三步走”各项工程均全部竣工投产。

八、世界经济危机和打响生存保卫战

2008年迎来了世界经济危机。由于中国钢铁产能严重过剩、成本高企、价格走低、市场竞争空前激烈，造成安钢2012年和2015年严重亏损。安钢采取了多项举措，如3号大高炉顺利投产；李涛董事长调回安钢后，解决了冷轧的资金问题，使冷轧恢复基建并按期逐步投产；2014年打响生存保卫战，推进“一一四三”战略部署，推行“板块+专题”运作模式；构建“四个三”党建工作布局等等。2016年，安钢取得扭亏为盈的重要转折。2017年，在李利剑董事长的领导下，安钢的生产经营创出历史最好水平，安钢“生存保卫战”取得决定性胜利。

安钢总医院的前世今生

刘仁瑜

安阳钢铁集团有限责任公司从一九五八年诞生，风雨兼程走过了六十年的岁月。作为她的其中一员，在安钢生活了近四十八年的我，抚今追昔，浮想联翩。

1970年8月初，我和其他二十多名同学从河南医学院毕业分配到安钢医院。安钢医院组建于一九六二年，最初主要由安钢门诊部（即现在安阳地区医院的前身）和河南省水利二院的医务人员组合而成。全院设内科、外科、妇科、儿科、传染病科、眼科、耳鼻喉科、口腔科、皮肤科门诊及辅助科室，共一百多张病床，医护及服务人员近两百名。内科、外科、妇科、儿科病房在万金渠南侧的一座楼内，再往南是只有一层的传染病房，门诊和药房则暂设在万金渠北侧的生活区内。职工居住的是成排简陋的红瓦房，就连刚从部队转业而来的邢太章院长的家，房顶装饰的报纸也在门窗的透风中沙沙作响。“文革期间”医学院的毕业生，基本上分配到乡级（当时是公社）卫生院，能到县医院的为数极少，因此，能被“挑选”到安钢医院工作已经十分满意了。

20世纪70年代是个纷繁复杂的年代，而在安钢医院，却洋溢着热火朝天、追求奉献的气氛。公司向医院投资，在河的北面建起了门诊楼，在河的南边院内建起了内科楼，后来又扩建了传染病房。那时候虽然不要求医务人员写什么论文，但在“救死扶伤，实行革命的人道主义”思想的感召下，人们钻研业务的积极性非常高涨。各科室都组织自己的业务学习，查房、会诊、病案讨论等基本医疗制度坚持得很好。院领导强调总结经验教训，提高医疗质量，以求更好地为病人服务，为安钢的生产建设服务。当时医院的职工都住在医院附近，人们从不计较工作时间，不计较报酬，经常加班加点，有事随叫随到。那时候社会上传染病，如流脑、乙脑、痢疾、麻疹等多发，一到流行季节，常需加床接收病人。然而科室医护人员紧缺，有时只有两个医生轮流值班，又要管床查房，又要频频上夜班，而且夜班医生还常常需要帮助值班护士护理病人，比如静注甘露醇，为病人加冰降体温，施行冬眠止抽等，因此常感十分劳累。那时的医患关系十分融洽，在安钢职工医院尤其如此。传染科的医务人员经常教慢性病人打太极拳，病人对医护人员也十分尊重，常帮助科室打扫卫生，在治疗上也予以积极配合。

职工医院，自然首先要为安钢职工服务，为公司的生产建设和经营服务。医院在各分厂设有保健站，而且院内医务人员还定期和不定期到厂区各单位巡回医疗。为了支援生产第一线，医务人员还经常抽出时间到厂区拣废铁、运废铁，即使冒着严寒酷暑也毫不退缩。为了节约医院开支，有的护士利用自己的休息时间到电影院广场拣冰棍棍儿，交医院消毒后用做棉签。

二十世纪七八十年代安钢的医疗技术在安阳市还是比较高的。“文革”结束后，安阳市卫生局第一次组织了全市医生的业务统考，桂冠由安钢医院的医生摘取。当时安钢医院陆续吸收了大批医学院校毕业生，充实各专业的技术力量，并分批派出一些技术骨干到国内著名医院和医学院进修学习，迅速提升了一些重点专业的技术能力。骨科领域的显微外科就是一个例子。由李荫山、苏传钧、徐建高等大夫组成的专业团队进行了艰苦的实验研究，在豫北地区首先应用显微外科技术为许多断指（趾）患者进行了再植手术，在豫北乃至河南省内产生了较大影响。内科的心血管专业也乘势而上，选拔和培养了一些优秀医生，增设了一批专业设备，开展了一些基础和临床研究，以致能在几年之后成功抢救一名心脏停跳 92 分钟的患者王道成，该职工十分感念当时参加抢救的医务人员。那时，“提高医疗质量，改善服务态度”是卫生系统提出的行动口号，也是安钢医院努力追求的目标。

安钢非常重视医院的发展建设，安钢医院在豫北地区乃至冀南、鲁西南地区率先引进了德国西门子公司的 CT 机。以往在缺血性脑血管病和出血性脑血管病的鉴别方面，全凭医生自己的经验判断，难免会有误判发生，而一旦诊断错误，必然会导致完全错误的治疗，将是十分危险，甚至是致命的。CT 机的引进从根本上解决了这一难题，为脑血管病病人带来了福音。当然，CT 诊断应用广泛，也是肿瘤等疾病诊断的重要手段。CT 机启用当天，当时的公司总经理张世英亲临医院进行剪彩。此后相当长的一段时间里，安阳周边地区的相关病人络绎不绝前来检查，也为安钢赢得了声誉。

随着安钢经济效益提高，后来又建了康复楼，为医院职工专门建了家属楼。最引人眼球的是公司投资八千万元建起了门诊楼。这座层次错落的弧形大楼，成为医院的新标志，也成为安钢人决心奋力前行的象征。与几年前注重发展几个重点专业不同，这时在医院的支持下，各专业竞相发力，全面开花。骨科的技术优势继续发挥，导管室正式成立，心血管病的介入治疗、肿瘤的介入治疗相继开展，脑外、胸外、普外科手术治疗范围进一步扩展，肾上腺手术不再是禁区。消化内科、呼吸内科、肾内科、内分泌科和血液病科，都派出技术骨干进修深造，归来后使各专业的诊治水平上了一个新台阶。医技科室如检验、放射、超声等诊断技术也都有了很大进展。全院的科研能力不断提高，科研成果不断涌现。循环内科的研究论文“胰升血糖素在非胰岛素依赖型糖尿病发病机制中的作用”不仅以全论著形式发表于《中华内分泌代谢杂志》上，而且被摘要刊登在世界著名检索杂志《美国化学文摘》上。该研究成果得到了省内著名专家的高度评价，也从一个方面为安钢公司争了光。

20 世纪 80 年代，医院的名称由“安钢职工医院”改为“安钢职工总医院”，那是因为当时的“西四厂”（三个矿区和一个水冶炼铁厂）都设有医院，他们和安钢医院有着业务上的密切联系，实际上是他们的上级医院，所以改称总医院名副其实。现在医院又一次更名为“安钢总医院”，这是深化改革的需要。但是，无论如何，医院也是由安钢孕育并培养壮大的，她还在安钢这片热土上，她和安钢职工有着割不断的联系，以为安钢职工服好务为己任。

今天的安钢总医院，已是安阳西部最大的城市三级综合医院。科室设置十分齐全，专业技术人员队伍庞大，服务水平达到一个新高度。以王红建院长为开创者的脊柱微创技术不仅在豫北地区闻名遐迩，而且在河南省都有很大影响，为众多腰椎间盘突出病人解除了痛苦。心血管疾病的介入治疗不断扩大治疗范围，已在急性心肌梗死的急诊介入治疗方面积累了不少经验，脑血管病的介入治疗也取得了满意的效果。急诊科可向周边提供及时周到的院前急救服务，救治了不少危重病人，妥善处理了一些突发公共卫生事件，并经常参加政府指令的卫生保障服务。前不久，该科室被授予“全国青年文明号”光荣称号。眼科、耳鼻喉科与北京有关的著名医院建立了业务关系，经常有知名专家来院讲学、会诊病人，明显提高了技术水平，提升了相关专业在社会上的知名度。医院的设备进一步升级，核磁共振、64排CT、大型C臂、肿瘤放疗设备、高档心脏彩超仪等大型设备一应俱全，检验科的设备也不断升级，开展的检查项目越来越齐全。令人高兴的是，一座十六层高的病房大楼耸立在人们的眼前，并启用收治病人。有病人说，大楼的内部结构和环境真是不错，在安阳所有医院也少有这样的宽敞与明亮。

新时期迎来了新机遇，医院与中信新里程的合作将为医院的发展注入新动力。

改革开放惠及我家

宋润明

今年是改革开放40周年。回眸这40个年头，我们家的生活状况、发展变化，可以说是天翻地覆。

我家是一个典型的工薪阶层，无论过去和现在，工资收入是唯一的家庭经济收入来源，没有其他收入，但现在与40年前比却截然不同。

40年前，全家六口人，那时候上有老下有小，只有我们夫妻二人上班养活全家。每月两个人的工资加起来还不到100元钱。如今，我们夫妻二人虽已退休，但每月的退休养老金是40年前的30多倍还多。两个女儿、两个儿子都已成家就业，每家夫妇月工资额都是3000元以上。

衣：由单一刻板到品位档次

40年前，我们夫妇平时穿的基本上都是工作服，有时出门或回老家探亲才换一下衣服，也只有一两套，颜色单调，着装简单，都是穿十年八年甚至二十年的由灰、蓝、绿为主色调的中山装、国防服，有件“的确良”或“人字呢”就已经算是高档了。孩子们穿着更是不讲究，即便是添件新衣也只有给大孩子买布做衣服。衣服里子就用我们大人穿旧的衣服。老大穿几年、老二捡着穿，一个接着一个的穿。穿旧了、小了实在没法穿了，就拆成旧布打袼子再给孩子做鞋用。真是“新三年、旧三年，缝缝补补又三年”啊！

如今，穿着都很时尚、得体，尤其是年轻人大都讲名牌。每套衣服少则几百元，多则上千元不等，光内衣就有好几种，流行什么就穿什么，保暖的、保健的、针织的、纯棉的比比皆是。现在讲究的是时尚及潮流，品牌及个性。衣服经常更新淘汰、处理，不然衣柜里就放不下了。

食：由满足温饱到丰盛控制

那时，食谱周周不变，吃的、喝的是天天见，既不讲花样，又不讲营养。只要能填饱肚子就行。想吃甜的靠“糖票”，想吃香的靠“油票”。但每人每月只有半斤油，有时还得托人买点儿肥肉炼油以备炒菜用。最奢侈的莫过于礼拜天排队买半斤大肉包顿饺子吃就算是改善生活了。每年入冬前，我家都要储存几百斤长白菜，大白菜，红、白萝卜等，还要腌上几缸咸菜和酸菜，以备过冬。现在，每天白馍、肉菜还嫌不好，还得经常变着花样吃。餐桌上，这饼、那饼、甜的、咸的；这面、那面、热的、凉的；天上飞的，地上跑的，海里游的样样俱全。香味四溢、五颜六色。比40年前不知丰盛多少倍。尤其是逢家里有人过生日或来客人，还都经常下馆子，少则几百元，多则上千元。现在为了身体健康，每天还得控制肉、油、酒精的摄入量。

住：由人居陋室到宽敞舒适

40年前，我们住的是单身筒子楼，两间面积不过30平米，人均居住面积只有五平方米，睡的是连铺、通铺和上下铺，铺的盖的也都是粗布做的被褥，没有宽余。

如今二至三口之家，每户70平米至140多平米（两室一厅至三室一厅），有的家庭甚至有两套以上住房，比过去宽敞、舒适，而且卫生，环境花园化。

行：由足不出户到日行千里

40年前，由于家庭收入不高，有限的资金主要用于吃和穿上。上班、出行主要交通工具是每人一辆自行车。年复一年地家里到厂里，从厂里到家里。全家很少逛市区，更谈不上出远门了。如今上班都是电动车、摩托车、小汽车。双休日或年休假出远门以及旅游都是汽车、火车、飞机、轮船很随意，既方便又快捷。

用：由急用先置到享乐至上

40年前，我家里唯一的电器就是一台交流收音机，这是必备财产，每天要听新闻。缝纫机，这少不了，要给孩子做衣服，也就是当时所谓的“老四件”（还有手表及自行车）。

如今，全家人人都有手机，家里还有电脑（宽带）、电视、固定电话，空调、冰箱、冰柜、洗衣机，各种数码电子产品更是我们过去想都不敢想的。在家里，做饭用的煤气灶、微波炉、电磁炉、消毒柜、多功能制水机和热水器等应有尽有，洗澡足不出户，真是干净卫生又方便快捷。现在早上起床开火做饭、洗漱两不误。洗漱完毕，饭也就做好了。

床上用品比30年前不论品种还是数量都丰富多了，而且季节性更换也明显了，什么毛巾被、毛毯、蚕丝被、羽绒被、鹅绒被、夏凉被，厚的、薄的一应俱全。

娱：由单一方式到娱乐无极限

40年前，家庭娱乐方式非常简单，偶尔看一次两次电影。如今，影视歌舞、读书看报、养花、垂钓、扑克、台球、保龄球、上网冲浪、蹦迪、旅游远足、运动健身等文教娱乐支出在家里的消费比重越来越大。

医：由有病就医到无病健身

过去一般是“小病不治”，头痛发热，喝些发汗汤就扛过去了，唯独急病、重病才舍得到医院就医诊治。如今，全家有病就看医生，无病注重健身，尤其是生活质量的提高，健康意识的增强，真正做到了以预防为主。每年提前打预防疫苗及输液溶血栓。还不断买些中老年需要的保健用品，吃的、穿的、健身器材等费用支出也占一定的比重。

四十年沧桑巨变，丰衣足食有钱花。这些变化靠的是改革开放，靠的是解放思想，靠的是安钢的不断发展和壮大。所以，改革开放是发展之路，是富裕之路，是我们走向繁荣昌盛大国之路。没有改革开放，就不会有我们家今天的富足生活。因此，我们全家人从内心里感谢党的改革开放、富国富民的好政策。

同一甲子岁月稠

张恩胜

峥嵘岁月稠，铿锵皆我梦。

国庆节前夕退休了。走出综利公司办公大楼，站在白杨树掩盖下笔直的厂区大道上，眺望不远处钢铁渣处理生产线现代化的高大厂房，从身旁呼啸而过的火车，把我的思绪带回到那铿锵如梦的峥嵘岁月。

40年前我也曾站在这里眺望，眼前是渣山荒蒿，不时野兔、山鸡、黄鼠狼窜没，一派荒凉景象。我有幸亲身经历了综利公司在钢铁渣处理上从无到有、从小到大、从大到强，伴随安钢发展的历史进程。

安钢从1959年5月高炉投产，到1977年10月综利公司（原废钢厂）钢铁渣处理生产线建成，这期间产生的约120万吨钢铁渣，基本上都是丢弃堆放在厂区东北方向——距集团公司总部2公里远的安阳河边，占压了数百亩良田、河道。

1975年底钢铁渣处理项目提上了安钢的发展议程，安钢党委根据生产发展总体规划，投资300万元正式上马钢铁渣处理项目，成立安钢废钢处理领导小组。经过近2年紧锣密鼓的设计、施工，于1977年10月钢铁渣处理生产线全部建成投产，日处理废钢铁100余吨，成为安钢冶炼生产的重要生产环节。次年，更名为安钢综合利用处。

当时的生产工艺水平是落后的，日生产处理废钢铁仅百余吨，每班就要投入一百多号生产人员、几十辆平车，人装人拉上料，非常的艰辛。且钢铁渣来得多，生产处理得少，钢铁渣堆积越来越多，直至1980年被《光明日报》以安阳钢铁渣排放阻塞安阳河道危及殷墟安全进行了曝光。

知耻而后勇。素有艰苦创业善打硬仗的综利人，以强烈的历史责任感和使命感，于1981年打响了治理钢铁渣、开发渣山的第一场战役。经过6年的建设，对钢渣生产线进行技改、扩建，淘汰落后的钢渣两级破碎生产工艺，实施钢渣水焖自解新技术生产工艺，使加工处理钢渣生产成本下降、产能倍增，基本实现了钢铁渣进出平衡。1988年，安钢对综利公司实施三年承包经营，迈出企业改革第一步，公司自筹资金近1200万元，打响开发渣山第二场战役，经过5年的奋斗，在确保钢铁渣进出平衡的前提下，堆积上百万吨的钢铁渣被资源化利用。1993年运用现代大型机械化手段，吹响“大军南下”夺取治理渣山全面胜利的第三场战役，发扬综利人特别能战斗的啃硬骨头精神，对残存的20万吨渣山进行资源化开发利用，经过近一年的日夜奋战，终于将盘踞在安钢35年之久的渣山彻底铲除干净，还安阳河一个碧水蓝天，同时把特大型钢铁企业无渣山的辉煌业绩写进中国冶金工业史册。

走可持续发展之路。综利公司多年来坚持走科技兴厂之路，积极探索钢铁渣综合利用的新方法、新途径，取得显著效果，促进钢铁渣资源再生利用。积极与大专院校、科研单位联合，加快科研步伐和科技成果向现实生产力转化。在全国第一个将钢渣应用于水泥生产，获得河南省科技成果奖；第一个利用钢渣的透气性好、渗透率低的特性，循环用于安钢烧结矿降低生产成本；第一个与上海同济大学联合研究，将钢渣用于水泥混凝土道路垫层、重矿渣代替碎石做混凝土骨料的应用开发研究，先后通过省级鉴定，为国内首创；第一个研发棒磨机对钢渣实行渣铁分离，精选出颗粒渣钢替代生铁用于炼钢生产，降低炼钢成本；第一个研发利用重矿渣生产混凝土产品用于民用建筑、城市道路等，大批的科研成果得以转化为现实生产力。

在取得巨大经济效益、环境效益和社会效益的同时，综利公司先后获得冶金部清洁工厂、河南省文明单位、省级卫生先进单位、安阳市绿化十佳单位等殊荣。2006 年 10 月《河南日报》是这样报道的，“过去，炼钢炼铁的矿渣堆成了山。如今，含铁的矿渣被循环用于生产，不含铁的运到水泥厂成了宝，‘渣山’被‘愚公’移走了。安钢人说的好：‘世界上没有垃圾，只有放错了位置的资源。’”

综利公司自建厂之初就坚持艰苦创业、勤俭办企业方针，始终围绕“世界上没有垃圾，只有放错了位置的财富”这一理念，历届领导班子以咬定青山不放松的意志，科学创新地规划实施发展目标，展开了发展接力棒赛。20 世纪 80 年代以来，先后实施了“废钢厂三年迈三步，实现小六化”“综利公司三年发展规划”“综利公司五年发展规划”等。老领导成志贵严于律己、雷厉风行的工作作风；路洪万吃苦耐劳、苦干实干精神；范文章善于运筹、积极进取的工作态度；于功德精于科学管理、励精图治的干事劲头……，“一班人”带领着综利公司这个团队朝着目标梦想，披荆斩棘，砥砺奋进。

综利公司四十年的发展史，实际上就是一部艰苦创业史。我有幸参与了它从小到大、从弱到强的建设发展进程，目睹了公司伴随安钢发展从“丑小鸭”到“白天鹅”嬗变的过程，回首往事历历在目：

1982 年，公司投资 5.5 万元建设第一代重矿渣破碎系统，当时称“5 万 5 工程”，设计年处理重矿渣 2 万吨。这点钱根本就干不了啥工程，但创业者明白，作为安钢的一个辅助生产分厂，在以钢为纲的年代地位是比较轻微的，只要项目早见效，就能为以后上大项目创造条件。工程主要材料就是角钢、运输带，时任安钢副总经理的胡金钊同志了解情况后，亲自向小型厂、烧结厂写条子，求援免费废次角钢、废旧运输带，大家用人拉平车将废次材料运回工地，抓住机会利用废次材料创造条件，因陋就简上项目，当年取得效益。同时也为1985年安钢再次投资20万元上马第二条重矿渣破碎系统奠定了基础。

重矿渣投产后，重矿渣产品用于民用市场一时无人认可，我们公司的工程技术人员风里来雨里去，到乡村施工现场进行免费技术指导，推广渣产品的应用。都说安钢人的工作是“早七晚八，星期天白搭”；可我们综利人是“早六晚九，节假日没有啊！”。公司一位女工程师在一次乡村现场做技术指导时，全神贯注地忘我工作，竟忘记了家中还有上一年级的宝贝独生女，放学后小女孩竟摸黑3公里独自从生活区跑到厂区，饿着肚子在妈妈的办公室门外哭泣着等妈妈，作为我们这一代创业者，只能说工作与生活太不好平衡了。

开发渣山需要重型机械装备，一台重型推土机急需去陕西华阴大修，火车皮计划到大年二十七才批下来，必须派人跟车押运。领导发愁了，都准备过年了派谁去？这时机械化队的一位党员职工提着暖瓶、方便面，无声地到队部拿着大修单就往安阳西站押车走了。事后我问他，你是班长，又数你年龄大，为何不派其他人去押车？只听他轻描淡写地说了一声：“让年轻人在家过年吧，谁让咱是党员呢”。这就是我们这一代创业人的魅力所在，是公司发展壮大的灵魂。

八十年代后期，综利公司以环境治理为突破口，在渣山旧址上种花植树，实施厂区绿化美化工程。机关、车间划片承包挖渣填土，发扬愚公精神一干就是数年，板结凝固多年的钢渣比石头还硬，抡锤打钎挖一个树坑需三四天，从领导到职工都是一手血泡一手老茧。现在办公室电脑、空调是标配，那时办公室的标配是铁锹、洋镐，利用工余时间、班前班后星期天，无论春夏秋冬有空余时间就抡锤打钎、挖渣填土，为来年春天绿化做准备。时任安钢领导张世英、李文山还在百忙之中，先后率党政班子成员到综利公司参加义务植树劳动。经过十多年愚公挖山不止的精神，硬是在废渣遍地、寸草不生，被称为安钢“北大荒”的渣山这片不毛之地上，种上了花草树木，完全自己动手建起了假山、凉亭、雕塑群，“点翠园”“小绿洲”等一大批楼台亭榭、园林景点。1990年、1993年先后两次在公司召开环保绿化工作现场会；先后被省、部、市授予“省级文明单位”“部级清洁工厂”“市级花园式工厂”等殊荣。为此，时任安钢党委书记李文山同志亲自书赠综利公司“五种精神”，即团结务实的进取精神、艰苦奋斗的创业精神、不怕困难的拼搏精神、自我加压的全局精神、争创一流的攀登精神。

公司的创业发展过程，实际上就是团结全体职工、凝聚全员力量上下同欲，把艰苦创业、勤俭办企业的精神发挥到极致，追求目标实现梦想的过程。

随着安钢建设千万吨钢铁强厂的步伐，钢铁渣处理作为钢铁生产的重要环节，为综利公司发展提供了更大的机遇，公司立足行业大势，2008年按照科学发展观的要求，制定了建设国内一流钢铁渣处理生产工艺、实施钢铁渣全部资源化利用的发展规划目标，2014年以来又先后制定了综利公司五年发展规划、安钢钢渣可持续利用发展规划等，一张蓝图绘到底，一茬接着一茬干，使钢铁渣综合利用与发展循环经济、推进节能减排和环境保护与安钢年产千万吨钢相匹配，提高了对安钢主体生产的保障能力，钢铁渣产品在资源化利用上一步步向城建、建材行业延伸……

综利公司走科技兴厂之路，实施装备大型化，产销研一体化，近年来先后投入亿元资金对 1 号、2 号跨钢渣处理系统实施技术大修改造，新建了与 120t 转炉—炉卷轧机相配套的 3 号钢渣处理跨工程和钢渣破碎生产线系统，采取独具特色的公司自己的国家发明专利技术——钢渣堆焖处理生产工艺，大力实施钢渣热焖生产工艺；棒磨生产线对含铁产品深加工，实现了安钢所有含铁产品内部循环利用不出厂，渣产品外部循环利用“零排放”，在钢铁渣资源化利用上，几代综利人魂牵梦绕“吞渣吐金”梦想正在一步步变为现实，安钢在钢铁渣综合利用上走在了冶金行业前列。

在中国特色社会主义新时代、新形势下，在国企改革势不可挡、强力推进的滚滚浪潮里，在安钢集团这艘钢铁战舰逆势而上、劈浪前行的征程中，作为一名退休职工，我深信，新时期综利公司广大干部职工，在新一届领导班子的带领下，一定会开拓进取，再创辉煌！

初心未失　方得始终

李顺成 口述　王庆芳 整理

2017年10月的钢城，处处弥漫着收获的气息。我穿梭在安钢厂区，看着绿草如茵，干净整洁，碧空如洗的厂区环境，感慨万千。想想以前我们所处的环境：焦炉区域灰黄烟尘四处飘散，刺鼻难耐；烧结区域尘土飞扬，让人无法驻足；高炉区域褐色颗粒漫天洒落，不敢呼吸……而今，一座座焦炉正在有条不紊地装煤、出焦，欢快地生产着；曾经扬尘严重的炼钢路已是清新宜人，路过的行人谈笑风生；大高炉更是巍然矗立于蓝天白云之下……我不禁由衷感叹：那个咳嗽一声唾液中都是尘土的安钢，再见了！那个出门必须佩戴口罩的安钢，再见了！

坚定信心　困难起步

2014年7月，在集团公司“1143”和大环保战略的部署下，工程技术总公司宣告成立，那一年的安钢，正处于历史上最艰难的时期。市场持续低迷，资金严重短缺，生产经营举步维艰。而面对必需的环保投入，无论从安钢节约资金的角度，还是未来发展的角度，工程技术总公司都必须积极承担安钢环保整治的重任，责无旁贷。

我，因为有着20多年环保设施检修经验，于2014年12月被组织调到工程技术总公司，主要牵头组织安钢环保除尘治理工程项目。虽说对安钢现有的环保设施我了如指掌，但更深知自己身上的担子有多重。站在新的起点上，不算年轻的我不再踌躇满志，如何尽快实现集团公司的战略布局是我考虑最多的问题。

2015年2月10日，我被工程技术总公司任命为环保事业部部长，环保事业专业部门宣告正式成立。清晰记得，工程技术总公司经理谢建民在干部大会上充满激情地说：“发展环保业务，开拓环保市场，是我们的责任，是我们的方向，是我们的未来！我们虽然起步晚，但起点高，在白纸上我们一定能够画出最美丽的图画！”那份洋溢的热情和必胜的信心至今仍在温暖着我、鼓励着我。

俗话说“万事开头难”，而“难”就难在无从下手。面对艰巨而又紧迫的任务，工程技术总公司的干部职工，特别是我作为环保业务的部门负责人确确实实感到了压力。谢建民这样启发大家，“坐在办公室里，想想都是困难；深入到现场去，看看都是办法。”鼓励同志们到现场、到一线去寻找突破口。

就这样，工程技术总公司技术部、生产运行部、工程管理部、装备制造部，以及各安装部的有关技术人员，几个月里爬高炉、登焦炉、走炼钢、看轧钢，对安钢现有的环保除尘设施、设备进行一一梳理，收集整理了大量的环保建设、安装和运行资料，翻阅了大量的环保技术资料和书籍。环保事业部迅速对集团公司内168台除尘设备进行了仔细的排查、梳理、分类，在排查同时进行逐一摸底，不同程度的除尘设备问题，都进行一一归类。把污染严重的铁前系统作为重中之重，有针对性地进行攻关、改造。

借智生智，借梯登高。我们先后与沈阳远大环境工程有限公司、无锡雪浪环境科技股份有限公司和河南德泓环保有限责任公司签署了环保业务开发的战略合作框架协议，工程技术总公司开展环保业务有了好的开始。

我主动承担了除尘器改造项目中的核心技术的现场技术支持工作，同时带领本部门人员深入制作队伍现场调研，针对制作中出现的难点问题，多次组织制作人员参加技术培训。组织各安装部及相关单位召开了以总结经验教训、优化除尘器制作安装程序、最大限度降成本提质量为宗旨的除尘器制作优化会议；强调做好图纸审核，做好材料审核，最大限度降成本。有针对性的编制了除尘器制作、施工质量手册，并要求各安装部指定专门质量员验收，定期不定期的特邀环境工程单位专业技术人员到我公司进行技术指导和交流经验等等，逐渐取得真经，练就了一支技术过硬的团队。

“梅花香自苦寒来，宝剑锋自磨砺出。”值得一提的是：2015年5月6日，我们承接了集团公司8号焦炉推焦车和拦焦车除尘技改项目。该项目是集团公司环境专项整治的重要内容之一，必须在5月17日前具备投产使用条件。10天的时间，完成一个焦炉的除尘项目，这件事情，说起来好像是天方夜谭。从拿项目、论证方案、领材料、备件制作到现场安装，甭说10天，就是给一个月时间能做到也不是一件容易的事情。但军令如山，没有借口！时间紧任务重，我针对现场实际，与参战职工一起，连续作业，废寝忘食，想办法，出主意，大胆假设，小心论证。在吸尘罩安装时，为了让吸尘罩与每一个炉门对接都能严丝合缝，我利用多年的现场经验大胆提议用防火胶带密封，5月16日凌晨，一次性试车成功，除尘效果完全达到预期目标。持续几日不分昼夜的艰辛与疲惫，顿时化作成功的喜悦！此除尘项目的成功实施，更加坚定了我对环保项目改造的信心和意志，坚定了工程技术公司为集团公司所有生产线除尘设备功能性恢复改造的信心。

凝心聚力　砥砺前行

“黄沙百战穿金甲，不破楼兰终不还。”

随着原国家环保部新的排放标准的颁布实施，环境除尘排放标准提升为≤20mg/m^3，污染物扩散、粉尘排放超标将严重制约着企业的生产经营。安钢讲政治、顾大局、担责任，认真贯彻落实河南省、安阳市关于坚决打赢大气污染防治攻坚战的决策部署，严格落实停产、限产管控措施，力度之大，前所未有。正如集团公司总经理刘润生所说：“绿色发展是安钢生存的条件，也是进一步发展的基础，必须利用环保提升倒逼安钢转型发展，走出一条企业与城市和谐发展的绿色之路。”集团公司党委书记、董事长李利剑指示说：“环保关系到企业的生死存亡。企业要站在生存保卫战的高度，进一步下大力气抓好环境保护工作。”

2016年，大气污染防治环保风暴在河南上下骤然刮起，力度之大，管控之严，前所未有。

那一年的安钢，依然处于历史上最艰难的时期，资金严重短缺，生产困难重重。置此环境之下，工程技术总公司必须迎难而上，义不容辞地承担起自己的职责。根据集团公司领导的安排和部署，当前最先要做的是更换或改造部件、改善生产设备的除尘系统。

首先从更换改造部件入手。我们立即展开全方位大范围调研，力助工程技术总公司进行除尘器备件制作。我们迅速对安钢集团内所有的200多台布袋除尘器进行了逐一排查，根据不同程度的除尘设备问题分别进行归类。在对集团公司现有除尘设备易损件等常用非标备品、备件进行仔细分析后，逐步整理确定出可研制开发或可进行技术创新的设备名单，与冶金设计院专家共商蓝图规划，利用自己的混凝土搅拌站、金工车床、装配工具进行自主研发、改制。其中包括除尘器用提升阀组中的阀板及机加工件、风量调节阀、分气箱、空气炮、配套储气罐、喷吹管开孔及喷吹短管等配件，还有除尘系统管网所用的耐磨弯管。

其次，大胆尝试工程总承包，2016年5月，工程技术总公司迎来了首次从除尘器单体备件到工程总承包项目——2号高炉出铁场除尘改造，成为工程技术总公司环保事业的里程碑。该除尘器过滤面积达15300m²，面积之大，前所未有。我有幸担任此工程的主要负责人。当时，工程技术总公司召集了所有的技术骨干，不遗余力地要把这项任务做到最好。6个多月来的日夜轮转，星辰交替，工程技术总公司电气专业部门做出了配套的电器柜，编制了控制程序，顺利完成了从设计到采购、从制造到安装调试的一手承包。11月27日，2号高炉出铁场除尘系统正式投运。据实地测量，该除尘器压差低至1000Pa，漏风率在2%以下，过滤风速达到0.89m/min，各项指标均达国家豁免标准。

我深知，借梯登高只是权宜，并非长久之计。在我们科室全力支持下，冶金设计院逐渐实现从单纯的工厂设计到独立完成除尘器本体设计，这标志着工程技术总公司具备了整个除尘系统的整体设计能力。

狂沙吹尽　结出硕果

千淘万漉虽辛苦，吹尽狂沙始到金。

自环保事业部成立以来，在集团公司领导、相关部室、技术人员多方大力支持下，在环保业务方面已经取得了累累硕果：自主制作除尘器50余套，为集团公司减少外委资金近两个亿；自主研发、改造、装配的设备为集团公司创效430余万元。

三年来，工程技术总公司先后取得了多项突破：

1. 自主完成制作除尘器本体内所有可研发设备。

2. 成功研发出密度达2.287g/cm^3，且焊接性能良好的C40耐磨弯管，解决了集团公司各分厂因采购成本高、供货周期长、检修时间不同步、耐磨弯头本身缺陷等因素，破解了损坏件更换困难的难题。

3. 实现了真正意义上的工程总承包。

4. 突破电除尘器业务。对于电除尘器业务，工程技术总公司不具备设计能力，关键件阳极板、阴极线的调整也无技术能力。面对集团公司的严峻形势，我们不等不靠，克服种种不利条件，承接了2号烧结机机头电除尘改造任务，与设计单位合作，要求提供调试技术服务，我们承接主体制作安装，实现了零的突破，为集团公司承担了资金压力，拓宽了环保业务范围，提高了市场竞争力。

5. 能够独立完成布袋除尘系统的整体设计。目前，工程技术总公司除尘器安装、改造技术已经日臻完善，具备成套环保设备的设计、制造、安装的能力，已达到可参与市场竞争的水平。

不忘初心　再铸辉煌

环保业务在工程技术公司一点一滴绽放光华，在镜头和笔端触及之外，有更多的工程人在默默奉献，为了安钢的碧水蓝天，他们默默地奉献和坚守，用实际行动诠释了肩负的责任，用突出的业绩注解了无畏的担当！正是“不忘初心，方得始终”的真实体现。

“志当存高远，路自脚下行。”我们将进一步提高岗位创新能力，高标准上再加压，努力实现环保专业理论、环保工程设计、环保设备制作和安装等各方面能力的快速提升，并逐步完成专业化高新技术的自我知识产权转化，增强对钢铁主体的保障能力，做强环保品牌，最终走向市场为集团公司创造更多的效益。

回首苍茫云几重　砥砺奋进稳笃行

袁天锋

十余年光阴，在历史长河中犹如白驹过隙。

十余年风雨，在成长历史中却是十分厚重。

十余年历程，冶金炉料人用自己的智慧与勤奋写下了一篇关于企业成长的故事。

我于2011年来到冶金炉料公司参加工作，回想起刚上班那会儿，心中充满无限感慨，对工作的渴望化作满腔热忱。翻开一本本厚重的《安钢志》，关于冶金炉料公司的记载，镌刻的文字堆积在脑海中呈现出一幅波澜壮阔的历史画卷。

2003年12月，冶金炉料有限责任公司正式挂牌成立。说来话长，这个新生的冶金炉料公司，前身就是李珍矿业公司，再往前就是原来的李珍铁矿。我听这里的老人讲起过他们那一代人的辉煌：20世纪90年代末，由于铁矿石资源开采进入枯竭期，加之市场形势突变，赖以生存的自产铁矿效益锐减，李珍矿业公司感到了阵阵“寒意”。曾经担负过历史使命，辉煌了半个世纪的李珍铁矿老企业不得不忍着剧痛，走上转型发展之路，许多老人还为此流下了辛酸眼泪。但是历史的车轮从来就没有停止过，由此，冶金炉料公司应运而生。而我很快就成为其中一员，而为之奋斗。我在心里暗暗告诉这些老人，放心吧，矿山的接力棒已经交到我们手上，我们不会让你们失望的。

烈火煅烧若等闲

冶金石灰是炼钢的第三大原料，安钢内部市场巨大，而且在原燃料降成本方面的需求迫切，这些都为做大做强冶金石灰市场提供了无限商机。“打造安钢集团精品白灰生产基地”，公司领导带领大家很快明确了公司发展战略和思路，并得到了集团公司的认可和全体职工的积极响应，义无反顾地踏上了转型创业的征程。

抢上项目抓发展，公司不断掀起了一股建设发展的新高潮。2003年9月，在原有竖窑的基础上，公司又投资1100万元兴建了两座竖窑，初步实现了增产达效。2007年，公司进行了增资扩股，吸收民营资本，陆续建设了两座日产600吨回转窑。我虽未能亲身经历，但却能感受到炉料公司发展的战略宏图。2011年，建成了一条制粉加工生产线。生产规模的壮大，装备水平的提升，为公司的转型发展奠定了坚实的基础。

“瘦身健体”再发力

2012年以来，公司开始在机制体制创新上大做文章，人力资源配置得到了前所未有的优化，劳动生产率进一步提高了。“精兵简政”政策，裁撤冗员，探索岗位承包经营，为车间、部室“瘦身”，得到了广大职工的热烈拥护。推行机制改革，组建白灰车间、机修车间、生活服务部和销售服务部等机构，专业分工更加明确，部门职能更加清晰，进一步理顺了管理职责。推行定岗定责定薪，规范职能人员管理，工人们工作热情空前高涨，为满负荷生产提供了保障。

作为公司的一员，我也见证了这次改革。响钟还要重锤敲，通过机制创新，释放了改革红利，提高了劳动生产率，职工也得到了实惠。2013年，我们公司人均生产冶金石灰量2491吨，同比增加1618吨，劳动生产率提高185%。职工也尝到了“甜头”，人均收入大幅增加。

市场改革展新篇

2014年8月以来，公司靠过硬的质量和信誉，多个产品先后站稳了集团公司内部市场。同时，积极拓展新业务，成功开发出了超细粉产品，200目石灰和325目石灰顺利投放市场，满足了集团公司高档用灰需求。公司以市场的扩张进一步拉动产能的释放，带动了企业发展升级转型。2015年共产销灰95.79万吨，同比增加14.87万吨，2016年公司白灰产销量达到111.27万吨，同比增加15.29万吨。产品产量跨越式增长，第一次突破了100万吨灰的生产能力，使公司成为行业为数不多的中原地区最大的白灰生产企业。看着这些不断变化的数字，我的心里欣慰了许多，我们这一代人没有让老一辈失望，我们付出了努力，我们也收获了希望。

雄鸡鸣唱话未来

凤凰涅槃，浴火重生。

2003年以来，炉料公司逐步闯出了一条转型发展的新路子，取得了令人振奋的可喜成绩，在变革与发展中重拾自信，找回了曾经的那份骄傲。

如今，我们炉料人以保供为担当，围绕一个“钙”字做文章。通过进一步延伸产业链条，做强做大环保石灰产业，实现市场份额的新扩张，积极寻求新的经济增长点。好风借好力，扶我上青天。我们有理由相信，冶金炉料公司一班人秉承自力更生，艰苦创业的企业精神，必将会以澎湃的激情，抒写属于我们的历史新篇章。

凤凰涅槃展新姿

韩文增

光阴荏苒，我退休转瞬已近十年。今春，我陪原工友到厂办理退休人员移交社会管理手续，重回工作近四十年的这片热土，目睹今日焦化分公司变化之大，引起对昔日峥嵘岁月的回忆。

焦化厂（现在叫焦化分公司）始建于“大跃进”时期的1958年，到1962年三年自然灾害下马，已拥有土炼焦炉100多座和红旗焦炉2座，具有月产土焦两万吨的生产能力，这期间生产焦炭27.7万吨。建国初期，国家贫穷，物资匮乏，技术落后，机械化程度低，工作环境和条件相当艰苦，生产组织主要靠人担肩扛。安钢焦化厂第一代建设者，在他们身上体现了一种不怕牺牲、艰苦奋斗、无私忘我的奉献精神。

20世纪60年代中期，国家经济逐步得到好转，“大跃进”时期下马的工程项目开始恢复。1965年，国家决定安钢逐步恢复建设，建成“四五六六”规模（即40万吨材、50万吨钢、60万吨铁、60万吨焦炭）的中型联合钢铁企业。焦化计划建设两座5—8型4.3M42孔，年产60万吨焦炭的机械化焦炉。工程1966年筹备，1968年开始施工，1970年、1972年两座焦炉相继建成投产，一直到1980年整个配套设施将近10年才基本完成，形成了年产焦炭56万吨规模。这期间，经历了“文化大革命”和“反右倾”等一系列政治运动。在“以阶级斗争为纲”的特殊历史条件下，给工程建设及生产组织造成了很大困难。1970年5月，我有缘成为一名焦化人，当上了一名化产回收鼓冷工序的操作工，这一干就是十几年。煤气鼓风机的岗位职责主要是把焦炉集气前的荒煤气抽过来，冷却后输送到煤气转化工序。风机工和焦炉上管工直接打交道，对焦炉生产有更多的了解。在那个特殊年代，生产难以正常，有时焦炉煤气压力大抽不过来，造成上升管放散，满厂都是煤气黄烟，有时又是一天出一炉焦炭闷炉检修，形成风机没有煤气可抽，机壳温度升高。1975年4月9日，全厂停电停产11小时40分钟，个别炭化室结焦时间长达700多小时，上升管多处烧坏，三分之二横拉条烧变形，炭化室墙多处倒塌。到1976年7月1日，1号焦炉全部闷炉停产，被迫中修，鼓风机温度已达爆炸值，随时都可能发生机毁人亡，操作工提心吊胆，至今回想起来仍是心有余悸。因投资不足、技术落后、设备简陋、环保设施不全、管理粗放，造成焦炉炭化室经常塌陷、煤气放散、化产尾气四逸，各种设备、操作、工伤事故经常发生。尤其是外来人员对于焦化厂的环境气味更是难以承受。在恶劣的工作环境下，七十年代参加工作的焦化人，秉承了老前辈不怕牺牲、不讲条件、吃苦耐劳、艰苦奋斗的精神，职工们经常在休息日下班后参加各种义务劳动，使焦化的环境面貌不断得到改善。

党的十一届三中全会以后，国家工作重心迅速转换到经济建设上来，改革开放的春风给焦化带来了生机和活力。经过数载的不懈奋斗，焦化和集团公司一样，走出了一条由小到大、由弱到强快速发展之路。1991 年至 1994 年，建成投产了 3 号、4 号焦炉及相配套的鼓冷系统，5 万 m^3焦炉煤气柜，10 万 m^3高炉煤气柜，焦化生产能力由七十年代的 56 万吨增加到 112 万吨。1996 年至 1998 年，建成投产了 5 号、6 号焦炉及为之配套的新配煤、运焦系统，同时对鼓冷、煤气净化、化产加工系统进行了技术改造，投运了适应 170 万吨焦炭生产能力的酚氰污水处理系统，和 5 号、6 号焦炉推焦除尘环保设施，焦炭年生产能力增加到 140 万吨。在生产规模扩大的同时，深化内部改革、强化企业管理、依靠科技进步、高度重视安全环保、增强职工素质，不断推动产量、质量、成本、效益和安全环保工作迈上新台阶。焦化厂的技术装备水平、市场竞争实力和企业综合能力也在显著增强。

2002 年以来，在集团公司调结构、上规模、实施“三步走”发展战略，建设千万吨级钢铁强厂过程中，焦化加快了技术装备的更新换代。2002 年投用了日本援建的脱硫脱氰工程，实施了 5 号、6 号焦炉置换高炉煤气措施。2005 年 2 月 15 万吨焦油加工投产，8 月与大高炉相匹配的 6m（7 号）焦炉与干熄焦及煤焦输送与煤气净化等配套设施投产，2007 年 6m（8 号）焦炉与干熄焦投产。2015 年又建成投产了 7. 3m 大焦炉及干熄焦设施。近几年，还加快了生产结构调整和环境治理深度，根据生产结构调整需要，炉体状况和环保装置情况，对 1 号至 4 号焦炉先后有序停产退出。2017 年还实施投用了焦炉烟道脱硫脱硝环保新举措，焦炉烟气外排达到并优于国家标准。这项工作的开展，进一步推动了焦化厂向现代化强厂迈进的步伐。

焦化厂是能源转换系统，是钢铁行业的污染大户，环境治理是焦化永恒主题。由于化工生产的特殊性，加之历史造成的粗放管理，技术含量低、环境治理欠账多，导致资源综合利用低，污染较为严重。近年来，随着国家经济的快速发展，安钢千万吨级强厂的建成，环境治理成了事关安钢生死存亡的战略任务。焦化厂紧跟形势发展需要，2006 年又重新制定《推行清洁生产、建设资源节约、环境友好型企业》实施方案，前瞻性地谋划绿色发展蓝图，着力打造企业软实力。特别是党的十八大提出绿色发展指导生态文明建设的核心理念，为企业发展指明了方向。焦化厂进一步秉持绿水青山就是金山银山的发展理念，对环境综合治理进行了再审视、再布置、再投资、再加强、再提升。首先，进一步增强职工环保和绿色意识，形成上下同心，追求企业环境和社会效益的和谐统一，为企业走可持续发展营造了良好的氛围。其次，坚持依靠科技进步，深度开展环境综合治理和节能减排降耗，走循环经济发展道路。再次，全力推进清洁生产，着力打造企业软实力，坚定不移地向低污染、高效益、绿色靓丽、可持续发展的现代化企业迈进。经过多年的不懈努力，昔日“脏、乱、黑、尘、烟、味”的环境彻底得到改善。现在走进厂区，道路平坦整洁，焦炉焕然一新，绿化区和道路两旁树木葱茏，仰望天空蓝天白云，人文景观多姿多彩，动物塑像栩栩如生，呈现了生机勃勃、昂扬向上的新景象。

2008 年我离岗休养退休，在此后几年里，国家经济步入了新常态。国有企业由于历史原因形成了人员多、负担重、成本高、产能过剩、精品少，难以适应市场竞争。在多种状况因素的叠加下，钢材一度卖出白菜价，企业出现连年亏损，安钢也未能幸免。面对前所未有的困难和挑战，安钢人始终不放弃、不畏惧、不气馁、不退缩。在国家深化供给侧改革、实施“三去一降一补”剥离企业办社会职能等宏观政策调控下，集团公司各级领导保持定力，谋大事、抓改革、转作风、强管理、调结构、补短板、降成本、促营销、增效益等正确决策下，安钢实现凤凰涅槃、浴火重生，从 2016 年起重新实现了盈利，迈上了良性发展道路，呈现了新的生机和活力。

2017 年 10 月 18 日，党的十九大胜利召开。会议绘制了国家发展蓝图，制定了建成富强社会文明和谐美丽的社会主义现代化强国宏伟目标，中国特色社会主义步入新时代。会议还提出坚持人和自然和谐共生，建设生态文明是中华民族永续发展的千年大计。这给企业发展指出了新的方向，将进一步推动焦化厂向装备大型化、技术自动化、管理精细化、环境优美化的现代化强厂迈进。祝愿不久的将来，随着安钢的发展强大，一个更加绿色环保靓丽的、美好的现代化焦化厂呈现在世人面前。

安钢农场的历史变迁

许文书

在安钢新成立的河南省缔拓实业有限公司中，包含了撤并前的附企公司农业区，附企公司农业区的前身是三博公司农业区，而三博公司农业区的前身才是原来的安钢农场。

过去一块农垦的土地，如今已拓展为多元化经营发展的公司。这样的变化，油然勾起我对农场初期安钢人艰苦创业精神的回忆。

我曾在安钢农场工作过23年，曾任农场场党委办公室主任等职，经历了安钢农场难忘的岁月。

1977年上半年，党中央遵照毛主席的“五·七”指示召开了全国工业学大庆会议，会议提出：工矿企业要坚定地走“五·七”道路，搞好农副业生产。文件规定凡未创办农场的工矿企业，一律不得进入大庆式企业。

当时，安钢积极响应党中央的号召，争创大庆式企业，当年7月就选派30余名干部、工人，在淇县投入84万元，征购土地5559亩，开始创办农场。

安钢农场坐落在淇县云梦山脚下，这里是一片寸草不生的沙石岗地。“地处山门口，风吹沙石走，岗地石头多，行路手挽手，吃饭全靠天，吃水贵如油，灾年鬼唱歌，自古人难留”，当地的这首民谣生动地反映了这里恶劣的环境。

征得土地后，当时农场党委书记张殿卿、厂长吕德福等领导就带领农场人以大庆人为榜样艰苦创业，战天斗地，发起了一场向荒地要粮的攻坚战。他们发扬愚公移山的精神，捡石平沟，镐锛锹挖，大搞农田基本建设。没有农机设备，全凭人工操作，双手苦干，把一块块石头从地里挖出来，对凸凹不平的地块，用平车拉沙，用大筐抬土，将地填平。紧接着他们发扬连续作战的作风，面朝黄土背朝天，拉起笨重的铁犁、铁耙深耕土地，拉耧播种。每天起早摸黑，徒步往返十来里，在田间辛勤劳动，中午吃干粮，就咸菜，喝冷水，经过两个月的艰苦奋战，终于按时种上了安钢农场的第一季千亩小麦。

1978年初，安钢针对农场地多人少的实际情况，采取分散管理的办法，即把农场所有的土地统统分给安钢各二级单位，并实行谁种地、谁投资、谁受益的政策，从而调动了各二级单位办农场的积极性，纷纷抽派一批职工到农场种地。这几百名职工到农场租赁民房、睡地铺、点煤油灯、吃渠水、用坑水，没有牲畜和农机设备，全靠人工干农活，特别是农忙季节，二级单位又增派好几百名职工轮流到农场劳动，出现了大兵团作战的场面。老场长吕德福身体胖，割麦子弯不下腰，就双腿跪在地上割。运庄稼全靠人挑肩扛、平车拉。打场时求助于附近农

村，借来牲畜和石磙，或者用拖拉机、汽车碾场，还有的用木棍捶打脱粒。

为了给农场增加劳动力，1978年6月，各二级单位家居农村的职工骨干和特困职工的子女、家属，经总厂批准首批迁入农场，统称为农场的“五·七”队员。场部安置这批队员成立了农业队，办起了小工厂，利用安钢生产的薄板的边角下料砸制铁桶出售。

当时每个队员出一天工，只能挣5角钱。为了提高队员的积极性，农场实行多劳多得，分等级记工分，当时队员靠吃农场的自产粮，标准是每天一斤，粗细粮各半，出一天勤再补助半斤。当时能吃上玉米面馍、老咸菜、白面条，就算得上好生活。

农场缺井少水，人们都是到附近农村辘辘井里绞水吃，或到当地唯一民主渠挑水吃。洗脸刷牙都不敢多用水，因为水贵如油。

常言说水是农业的命脉，农场无论种的小麦还是玉米都得浇上好几遍水才有收成。当时为了抗旱夺丰收，不少二级单位用汽车到20多公里外的淇县城拉水栽红薯，场部的职工、队员到附近农村往返几里路挑水点种玉米、花生，人们肩膀压得红肿，双腿跑得生疼，脚上磨出了血泡。每到冬天浇麦更是辛苦，当地农村浇麦仅靠一条民主渠里的水，白天浇麦不能与当地农民争水，农场人就挑灯夜战引水浇麦，他们跳进刺骨的冷水中，湿透了鞋袜和棉衣，冻得浑身哆嗦，但为了浇麦夺丰收大家毫无怨言。

农场缺水严重制约着农业的发展。场领导研究决定，集中人力物力挖坑塘、打机井、找水源。山岗地打井十分困难，打100多米深才能出水，打一眼井得用好几个月的时间。东冶铁矿农场职工开始人工挖井塘，后来从矿山拉去钻孔机，自己动手打井。经过艰苦努力，1979年农场给各大队分别打了机井，并陆续配套使用。

1980年秋后，农场还在四大队田间挖沟、埋管，给麦田试搞喷灌。

在解决用水的同时，农场领导还想办法解决用电困难，当时淇县用电十分紧张，1978年冬，在总厂的大力支持下，农场领导经多方联系，求援安阳地区电业局拨给农场用电指标，农场人趁机而上，冒着风雪挖坑、栽杆，克服种种困难，架上了高压线，解决了用电难的问题。

住房困难，也是当时的一大难题，1978年秋后，总厂领导研究决定，自力更生建造民房。要求各二级单位筹备砖瓦，农场负责供应檩条、椽子、苇箔等，并实行谁建房谁用房的政策。各二级单位积极主动，从安钢往农场大车小辆拉运旧砖废瓦等，建房找不到技术人员，职工、队员、家属一齐上，人人都当泥瓦匠。自己动手，因陋就简，盖“干打垒”房。砖不够，就捡石头用，买不起沙子，就自己挖，用不起水泥、白灰，就用黄土泥巴。场部盖职工家属房时，屋墙垒好了，因急用木料，就随时刨树，够檩的当檩，能当椽的当椽，苇箔不够，就用树枝树梢代用。经过大家的艰辛努力，到当年年底，各二级单位和场部建起一批简易房，使居住在附近农村的职工、队员家属陆续搬进了自己的新房。

庄稼一枝花，全靠肥当家，为了多积肥多打粮，不少二级单位把安钢总部从万金渠中清挖的污泥和焦化厂生产的氨水用汽车往返二百多里拉到农场作肥料。秋天，队队户户挖粪坑、割青草、压绿肥。冬天，人们铲干草，扫树叶，积土肥。为解决农业生产动力不足，同时发展牧业，多积农家肥，1977 年下半年场部买了马，随后有的二级单位买了黄牛、毛驴和羊羔。

常言说：万事开头难，农场人用两年多的时间，历尽艰辛，战胜重重困难，使农场初具规模，为 1979 年各分厂土地统一收回，实施场部统一管理，促进农场发展打下基础。

沐浴着党的十一届三中全会的春风化雨，农场更是迈开大步前进。特别是 1991 年，安钢在农业区建立起了养鸡场、奶牛场和康乐园等，在总部建起直接服务安钢主体生产的众多项目，在各生活区设立门市部等商业网点，为安钢职工提供生活服务，由单一的农业走上了农工商三业并举全面发展的富裕之路，为把农场建成安钢的农副产品基地、职工疗养基地、花木园林基地、培训基地和服务安钢生产的农业基地，更好地服务安钢生产和职工生活发挥了积极作用。

抚今思昔，感慨桑田。安钢有六千亩土地，这是老安钢留下的一大块宝地，大有潜力可挖，安钢农业园区有着近 40 年的发展基础和经验，加之农业园区人杰地灵，我们坚信，只要继续发扬安钢人艰苦创业的优良传统，辛勤耕耘，安钢农场必将焕发出更加广阔、更加光明的生机和活力。

变化中的安钢食堂

李安平

安钢从建厂到现在已经走过了近60年的风雨历程，安钢食堂也是伴随着安钢一路成长起来的。时至今日，在安钢改革的诸多方面中，食堂的变化是最有活力的部分。安钢食堂同样也经历了困难时期、计划经济、市场经济等一系列重大转折所带来巨大变化的新环境。

1983年9月，我顶替父亲的工作来到了梦寐以求的安钢，被分配到行政处二食堂，当了一名饮食战线上的炊事兵。在食堂工作期间，听老领导、老师傅讲，1958年，安阳钢铁厂筹建处在安阳市西冠带巷开办了第一个食堂，下半年又在安阳市三角湖附近专设外出培训工人食堂。

1959年，大部分机关科室搬到梅元庄工地办公，厂区、一生活区相继开办了职工食堂，到年底共开办6个食堂（包括一个中、小灶食堂和一个幼儿食堂），1960年生产单位投产，就餐人员猛增和受自然灾害的影响，为了解决粮油定量高低不等的矛盾，有的单位（车间）自己办食堂，1961年底全公司有83个食堂。当时的食堂是平房，条件差，设施非常简陋，没有一台炊事机械，炊事员全部都是手工操作。

随着安钢经济的快速发展，职工生活受到公司领导的高度重视，近年来，加大了对食堂的基本建设和炊事机械设备的投入力度。

先后对二食堂、一炼轧食堂、焦化食堂进行了内部改造；重建了炼铁食堂、炼铁中心食堂；对各食堂配备了馒头机、和面机、面条机、绞肉机、冰柜等多种炊事机械；投资新建12套电脑售饭系统，厂区12个食堂全部统一实行了刷卡消费，创安钢建厂史以来厂区食堂首次取消现金、副食票收费制度。经过几次食堂的拆迁和改造，目前厂区和生活区共有职工食堂13个。如今的职工食堂布局流程化、后厨瓷砖化、设备电气化、炊具不锈钢化。职工就餐环境宽敞明亮，夏有冷气，冬有暖气，一年四季，舒适宜人，实现了职工食堂餐馆化。二食堂在服务好单身职工生活的同时，已经具备了对外承接宴席、会议宴请、同学聚会等各种接待项目的能力，为广大职工家属提供了一个聚会、聚餐、婚庆娱乐的好地方。

建厂初期，因受自然灾害影响，职工吃粮标准普遍降低，生活处于“低标准瓜菜代”，饭菜品种单一。公司领导为使全体职工认识困难，克服困难，搞好生产，领导干部与工人同吃、同住、同工作、同劳动，同时还发动各单位养猪、羊、鸡、鸭、鱼、兔，种植各种蔬菜，大搞副食品生产，来改善职工伙食。计划经济时期，各食堂凭副食票、粮票、油票到食品公司、粮店购买物资，“有什么买什么、买什么做什么、做什么吃什么”。改革开放以后，国家实行了市场经济，物资丰富，品种齐全，要什么有什么，想吃什么就做什么。随着人们生活水平的不断提高，职工对吃的要求也越来越高，不满足吃饱，而是要吃好吃出“味”来，现在每个职工食堂每天主、副食品种都保持在20种以上，并把每餐加工好的饭菜摆在售饭台上，让职工看得见，闻得着，任意选择。食堂还根据季节特点，及时调整饭菜花色品种，实行高、中、低档次供应，满足了职工不同口味的需求。

2008年12月份，一炼轧食堂、炼铁中心食堂、二食堂顺利通过区、市、省级检查验收，被评为国家A级食堂。这在河南省企业职工食堂进入国家A级食堂是第一家。

在刚建食堂时，炊事员大部分是从周边市、县招收来的工人和各单位从生产工人中临时抽调的人员，技术力量薄弱。后来的职工食堂每年都要举办技术培训、技术比赛，参加全国、省、市、公司举办的烹饪技术大赛，长期开展“老带新、新促老、学技术、钻业务”活动，形成了人人学技术、钻业务、争第一、当先进的工作气氛。

光阴荏苒，岁月如梭。60年来，一个年产10万吨的小钢联已成为过去，矗立在我们面前的是千万吨级生产规模的特大型企业，这是安钢历代各级领导、技术人员和广大职工付出的辛勤劳动和才智。无论我走到哪里，我都会为我是安钢人而自豪，因为安钢人用自己的毅力和意志，走出了一条自己的路！

转岗的日子

梁雪芹　戚连设

我叫梁雪芹，是焦化分公司回收车间的一名转岗职工。

今天，在我们一起庆贺安钢即将迎来60周年的大喜日子里，在一起缅怀老一辈安钢人敬业奉献的丰功伟绩，在一起交换我与安钢共奋进的心得时，不由地让我想起2005年那个难忘的岁月。薄板、无缝及中型老厂区被拆除，上千名的干部职工为服从大局在忍痛转岗，当然，我就是他们其中的一员。

那时，我见过很多转岗的干部职工，在分流到新的岗位后，还时常相聚谈论那离去的岁月时光，还时常去那已被拆除的场地呆望。因为那里有过他们的梦想、曾是他们拼搏创业的地方。说实在，我同他们一样，原来在自己那称心如意的岗位上正如鱼得水的时候，猛然要离开已熟悉的环境和人员，当时的心里也不是滋味。

转岗到焦化厂后，我被分配到回收车间的硫铵工段。记得我第一次走进生产区域，那化产粉尘与氨水的怪味儿，让我喘不上气；那现场风机与机械的轰鸣，让我耳鸣目眩。从没有上过高空的我，跟着别人第一次爬到三十余米高的蒸氨塔上做工艺调节时，上下梯时我都感到头晕腿软。面对五花八门、纵横交错的管道和各种机器设备，面对工艺上的酸碱液配比和汽流量的增减，我发怵了。因不懂化工技术，我闹出了好多笑话：本来要开蒸汽去加热，因不懂标识，却打开了氮气吹扫阀；本来生产上要带酸操作，因不懂比例，调节后的浓度却超了标——咳，这轧钢与化工角色的变换还真让我有些困扰。班里的青年人笑我不懂化学知识，老职工笑我像个笨小鸭。班长老王却安慰我说：初来乍到，哪能一下子就懂？听说你们一起来的老路，被分到脱硫干得不错，你不妨去请教他。这时，我才想起了原来同厂的老路，他曾是老厂的轧机技术一把好手，他的轧机压下螺丝快速拆卸法曾被命名为“先进操作法”。在我见到他，向他请教经验时，他笑着说：你真是转岗不变奋进心，这轧钢与化工，本来就隔行如隔山，咱来到这化产基地，谁不是两眼一抹黑——什么都不懂，那只有硬逼着自己去从头学习知识才能懂啊。老路的话，一下子提醒了我，怪不得他刚来时间不长就受到工友们的赞扬，原来是学习给他增添了力量。我也暗暗下决心：分流转岗当自强，努力学习来武装！

那段时间，我从初中的化学元素开始学起，工余和业余时间里，我一遍一遍地抄写背记岗位安全技术操作规程，一章一章地看那借来的《化工理论》《化工工艺学》等专业书籍。逢上班时，我一边结合书本进行实际对照，一边利用接触专业技术人员的机会，向他们虚心请教。我还积极参加车间、分厂及公司的岗位安全技能培训与考核等，这使我也快速地对焦化化工工艺的运用及各设备的结构、性能都熟悉起来，工作逐渐得心应手了。我来到新的岗位这几年，在同焦化厂的工友们一起清渣换土、植树造林，为绿色焦化、激情大焦化同拼搏共奋进，使这里的环境发生了惊人的变化。在同焦化厂的工友们一起勤奋工作，给炼铁烧结送上了优质的焦炭，给钢铁炼轧和居民生活送去了优质的煤气；在领导和工友们的关注支持下，我又找回了我以前工作时那称心如意和得心应手的感觉了。这些年，我先后当过生产上的缝包工、离心机工、泵工、饱和器工及生产设备巡检工等。我凭着安钢人本来就不怕吃苦、勤奋上进的精神，先后提出改进本工段工艺上的浠水加温、满流槽液位不稳、泵入口物料的温度和压力波幅较大等合理化建议，受到了工段、车间领导的重视，也使自己的专业技术在岗位生产的操作中脱颖而出。这些年，我还被职工们评为“岗位之星”“生产技术能手”和“优秀员工”呢。以前笑话过我的工友们，看到我的变化都高兴地说：“这个笨小鸭，现在竟成了奋飞的鹰!”

搬　　迁

唐初家

屈指数来，刚到不惑之年的我，经历大大小小的搬家已有三次之多，每次搬迁都是我人生的一个转折点，每次搬迁又都或多或少在我的记忆中留下了挥之不去的印记。

1987年的春天，我经历了第一次搬迁。在安钢工作了三十多年的父亲光荣退休了，我幸运地顶替父亲来到了安钢中型厂（后来和薄板厂合并为第三轧钢厂）工作。临来的前一天晚上，母亲和姐姐早早就给我准备好了新被褥，还有一些经常换洗的衬衣、鞋垫等物品，当然还有我常用的书籍，整整装了三大包。母亲还和我聊了很长时间，大多是一些诸如大人不在身边，要学会自己照顾自己，工作中要尊敬师长，要和同事搞好关系等诸如此类的话。第二天，母亲送了我很远长一段路，直到我上了车。母亲的眼红了，我的心酸了，那可是我第一次出远门，也是我有生第一次离开娘啊。后来父亲帮我在二生活区安了“家”，我的大兜小兜与父亲的大包小包进行了合理置换，同时，我也成了名副其实的快乐单身汉。

那时的我特快乐也特单纯，一个人吃饱了一家不饥，什么事都无所顾忌。工作之余，一个人在房间里看看书练练字，厌烦了就吹一会儿口琴狂吼两声，工友不在的时候，自己在房间里想怎么样就怎么样，吃喝拉撒睡全有自己主张，真可谓是“我的世界我做主”。

我在二生活区整整守了六年的“墙角”，1993年的初春，我和爱人结婚成家，在附近的农村租了一间房子暂住，在工友的帮助下悄悄地离开了二生活区，摆脱了困居已久的“单身宿舍”。我们当时没有宽敞明亮的两居室，但为了把我们的“新家”整得像个家样，刚开始的那段日子里，我们的生活过得十分紧巴但很开心。我和爱人常常利用工余时间制买家具及日常必须用品，无论买个桌子还是椅子，还是锅碗瓢盆什么的，都要精打细算，货比三家，还要和商店老板涨红着脸讨价还价。悄悄然，我们的炉灶生起来了，两个人的小日子也就过起来了。从那时起，我意识到下班不回家会有人惦记你，生活中遇到了挫折会有人疼你，工作中遇到了困难会有人支持你，晚上能陪同爱人好好吃上一顿晚餐，悠闲自在地散散步，你的忧愁我的苦敞开心扉相互倾诉一番。怎不让人感叹：家是多么地温暖。

后来，我的宝贝女儿隆重降生了，女儿的出现，不仅给我们的生活增添了不尽的欢乐，而且也让我意识到了肩上的责任。女儿的玩物及其他用品占去了我们相当一定的空间，三口人挤住在一间十几平米的房子里，无疑显得有些紧张和无奈。随着安钢日新月异的发展，职工住房条件的日益改善，新一生活区和四二区的建成投用，眼巴巴地看着与我年龄相仿的同事陆续搬进了60多平米新居室，而我还在农村租房打游击，我心里对新房的那种嫉妒与渴望与日俱增。

1996年，安钢的房改政策得以实施，多年的福利分房已被历史所尘封，因此也成就了我多年的分房梦想，我在新落成的安钢六生活区分得了一套70多平米的两居室商品房，不但面积较大而且布局合理，大客厅两室朝阳。分房的那天晚上，当我想到我即将入住既有学校幼儿园，又有当时全市最大的体育场；既有鲜花绿草，又有绿树成荫的社区时；当我想到即将享用廉价的水电气，即将由“游民”晋升为堂堂正正的社区居民时，我兴奋得彻夜难眠。随后的日子里，我对新房进行了精心装修和布置，重新更换了所有的不合时宜的家具，我终于有了真正属于自己的家。

近年来，随着企业的发展，安钢的总体实力得以垂直提升，一个年生产产能超千万吨的钢铁强厂已初具雏形，安钢职工的经济收入也逐年攀升，职工的住房条件和生活水平也得到了进一步的改善和提升。看吧！一座座高层住宅在安钢附近拔地而起，一个个设施齐全、绿化到位的住宅小区在安钢周边应运而生。看房买房换房者比比皆是，难怪熟知的人们一见面还那样问：现在还住老地方？又换房了没有？诚然，没有安钢这棵参天大树，你往哪里能乘凉？没有安钢的飞速发展做支撑，你怎么会有小房换大房的举动？

看着女儿一天天地长大，个子长得比她妈还高，70平米的住房已经不再能满足我的要求。我也按捺不住一时的冲动，禁不住又打起了自己的“如意小算盘”——也换一套稍大的房子。去年夏天，“安阳钢铁”股值出人意料地滚翻飙涨，更让我鼓足了换房的决心，经过和爱人推心置腹的解释与协商，终使我在比邻巨型钢花雕塑的繁华地段预订了一套房间结构，设计布局更趋合理的三室两厅新住房。

我曾经这样对爱人说：仔细回想一下我们家的搬迁经历，你就会读懂安钢的发展史。是的，细看家的变迁与使用家具的不断升级换代，不正验证了安钢的不断壮大与发展。我们之所以能将住房条件不断改善，不就因有一个收入稳定的工作，又能背靠安钢的蓬勃发展，生活起居无忧无虑，我们的愿望与梦想才得以逐一实现。

感恩安钢吧！安钢给了我们父辈的荣耀，更给了我们这一代人幸福的今天。祝福安钢吧！祝福安钢的明天更美好，祝福我们的生活明天更灿烂！

安钢生活记忆

刘光复

今年是新中国成立60周年，许多报刊上都刊登了回忆60年来中国人民生活变化的文章，使我联想到安钢建厂51年来职工的生活环境，也发生了巨大的变化。

安钢诞生于“大办钢铁”的1958年。当时国家规划新建“三大、五中、十八小”个钢铁厂。安钢就是“十八小”中的一个。1958年2月，我由冶金部第一机械安装公司调到安钢筹建处。当时安钢筹建处还在郑州办公，只有几十个人。从那时起，我在安钢整整工作了41年，至1998年末65岁时退休。我亲身参与了安钢前41年的建设，又目睹了近几年的辉煌发展。值得自豪的是，2008年安钢产钢900万吨，是1949年新中国全年钢产量15.8万吨的57倍，这是多么大的进步啊。另外，在衣食住行方面，安钢也发生了巨大的变化，使每个安钢人都享受到了企业发展带来的实惠。

一、工资：工资收入是生活的基础，建厂初期，绝大多数职工工资都是30多元，没有加班费，更没有奖金，人均年收入400多元。2008年安钢人均年收入4.2万元，约为当年的100倍。那时工资支出主要以吃为主，现在吃已退居二线了。

当年安钢最高工资首属公司经理杨志超的180元，和一位老工程师的“保留”工资240元（“保留”工资是解放前的高工资，解放后照顾保留）。那么高的工资，大家认为自己一辈子也拿不到。我1956年工资是92元，来安钢后被认为是高工资，所以25年没有涨过工资。现在安钢人不但工资大幅度提高了，再加上各种奖金和加班费等，总收入和50年前，甚至10年前都不可同日而语。安钢人的生活，当然有了非常大的提高。

二、住宿：建厂初期的住房条件简陋是今日安钢年轻人难以想象的。1960年安钢职工已达3万人，住房主要是简易平房。南起安钢医院后的万金渠，北至邮电局，东自钢三路，西至二生活区的钢一路。这一大片全是平房。单身宿舍的床位，也曾实行过“三班倒”。这片平房直至90年代，才陆续退役。当年建厂5年后才开始建家属宿舍，少数双职工，都租房住在安阳市内，只有周末才能回一次家。安钢最早建的两幢楼是现在一区幼儿园北的37、38号楼。当时是安钢机关办公楼兼单身宿舍，我和安钢首位百岁老人孙继仁技师，就曾同住在38号楼三楼西北角的房间。

安钢最早的家属楼是1963年建成的，就是在一区幼儿园东北面的22、23号楼。楼内每单元均为三室，总面积约50平米。面积虽小却都住两户人家。我家自1963年入住23号楼，约20年间，共与4家人先后合住。人员最多时曾住过11人，我家6人，我两人加男、女孩各一人，再加上我的父亲和岳母，两间屋只能分成“男女宿舍”。而同单元邻居家更困难，两口和两个孩子以外，还有孩子的爷爷。人均住房面积小于5平米。

安钢住房条件的改善，始于80年代中期。最先建四生活区，后来陆续建成五区、新一区、六区、高层区，直至现在的东区。人均住房面积已超30平米。

早期的居住条件是较原始的，只有电灯代表了“现代化”。平房、楼房均无上下水，提水、洗衣、如厕请到外面，现在早已上下水畅通。早期的室内当然没有采暖设施，冬季北屋内能结冰。90年代初，安钢实现了利用厂区余热的热水循环采暖，不但收费低，而且温湿度适宜，远远胜过蒸汽采暖。原来烧火做饭是煤面拌黄土，后来进步到蜂窝煤，但要自己打。1992年家家用上了焦化厂的煤气，不但做饭快，洗澡也很方便。而且收费是象征性的。

“家电”是现在的时尚名词，改革开放前的“家电”，恐怕只有手电筒。80年代中期，生活区只有公司领导家才有电话。现在家家有电话，人人有手机。时尚的家庭已将座机取消。现今安钢每个家庭都拥有“家电”十件左右，如电视、冰箱、洗衣机、空调、微波炉、饮水机、热水器、煤气灶、DVD、音响、MP3、浴霸，电脑也已普及，并且多数已上网，实现了真正的现代化。但尚不知机器人何时能进入安钢家庭。

三、饮食：1958年10月25日，《人民日报》发表社论《办好公共食堂》，“放开肚皮吃饭，鼓足干劲生产”一时成为动员令。安钢食堂也实行过“不收粮票、不收钱”的大锅饭。短短的几个月，食堂粮食大量亏损和就餐时馒头遍地的大量浪费，使得这种共产主义的“试验田”被迫终止。

1958年是百年不遇的丰收年，可惜的是许多农作物都烂在了地里。全国人都去“大办钢铁”了，无暇去秋收。砍树烧炭，草树也不能幸免；砸锅炼钢，遗憾的是炼出来的是非铁非钢的废渣。50年代末推行“左”的经济政策，再加上自然灾害，使国家进入了三年困难时期。当时每人每月30斤粮半斤油，多数副食品均凭票供应，凡是能吃的都供应紧张，难以买到。由于饥饿，许多安钢人患上了浮肿和肝炎。年轻的安钢人可能不理解，为何每日一斤粮食还吃不饱？因为那时人的肚内脂肪和蛋白质奇缺，只靠这一斤淀粉。那时的人不用减肥，个个都是“骨感美”。当年人最想吃的是肥肉和油条，但能用“瓜菜代”填饱肚子，也难梦想成真。那时多年的老胃病都不治自愈，无人患富贵病，如高血脂、糖尿病等。为一斤粮票之争，朋友可以绝交。那几年很少有妇女怀孕生子。我们1959年结婚后，我爱人1961年第一次怀孕，但因营养不良而流产。

改革开放后，物资供应逐渐丰富，再加上收入的增加，吃已不是为了“饱和馋”，而是要吃出健康。现在提倡吃粗粮，不吃肥肉，多吃青菜和水果，就这样还有许多人患富贵病“脂肪肝”“糖尿病”。

四、衣着：改革开放前，安钢人的主要服装就是工作服。不但上班穿，下班后开会、购物、看电影，甚至参加婚礼，也都是一身工作服。“文革”期间流行穿军装，但因来之不易，故安钢人很少有人穿。公司开大会时，“革委会”领导在主席台上每人穿一件军大衣，令许多年轻人“眼红”。

改革开放后，在着装上变化最快。首先是思想的解放，穿什么衣服再也不会被戴上“资产阶级作风”的帽子。喇叭裤在安钢也风行一时，随之而来的牛仔裤、蝙蝠衫等“奇装异服”也纷纷登场。记得1986年我去美国考察连铸机时，要求穿西装，我只好在一区跃进门外私人小裁缝店做了一身。好在美国人着装非常随意，所以没有人注意我这身蹩脚的西装，如果到法国，则要大出洋相了。1992年，我去日本订购液压吊车时，买了一套国产品牌正规的西装，比起“日本鬼子”穿的西装，毫不逊色。现今时尚的安钢人，给孩子买件童装少则过百，自己买件衣服，都在千元以上。

五、出行：建厂初期出行靠的是步行，自行车属奢侈品。因为买辆车需要三个月的工资。当年安钢篮球队去安阳市区比赛，都是步行往返。1961年的全市联赛冠军，就是走着拿回来的。

市公交车大约是在建厂20年后才通往安钢，现在已有12条通往市区。安钢第一辆私人摩托车，至1981年才出现。建厂初期，安钢只有一辆上海产小轿车，首届领导班子号称“八大经理四大书记”。由于人多车少，副职们都很自觉，谁也不坐，车还经常闲在车库。

现今时尚的安钢人，2007年把安钢股票卖掉，就可买辆小汽车，致使各生活区出现存车难。如今，每天早晨上班时，安钢的各条路上，都是车水马龙，自行车已显落后，电动车大有取代之势。但最时尚的仍是“步行族”，这些人不是为了复古和怀旧，而是为了减肥和健身。

六、娱乐：无论在哪个年代，人人都需要娱乐。安钢前20年文体活动设施很少，建得最早的是电影院。当时是坐大席棚，电影票价便宜，甲等票一角，乙等票五分，几十年不涨价。除演电影外，还经常有各种文艺演出，都是安钢人自娱自乐。通过演出也造就了一批安钢“明星”，如豫剧女皇、舞星“亚克西”等，因演《沙家浜》而成名的“刁德一”，更受到孩子们的追捧。“文革”前的安钢也经常举行舞会，地点在一区大食堂，原址就是现在的一区休闲广场。那时乐队奏起了华尔兹舞曲，安钢人身着工作服，脚踏工作大皮鞋，潇洒地在砖铺地面上旋转着，其乐无穷。

那时体育设施非常少，篮球场只有一个，在一区老水塔东，现在一区51号楼处。后来装了灯，成为了灯光球场，日夜都人满为患。篮球场东是文化馆，四方形的小院，都是平房（约在 1965 年搬到电影院南）。有图书馆、阅览室和乒乓球室，但只有一张乒乓球台，大家排队打球。

现在安钢的文体设施已领先安阳市，如文化宫、影剧院、体育场、游泳馆、离退休职工活动中心，各生活区的露天活动健身场地，以及陆续建成的各生活区室内活动室。以乒乓球为例，仅离退中心就有 14 张球台。近几年，安钢工会成立了各种文体协会，经常组织各类文艺演出和各种体育比赛，还有书画、摄影等展出。每逢夏季的露天消夏晚会也深受欢迎。现在安钢人的业余生活是丰富多彩的。

安钢 51 年的生活往事，证明了安钢民生的巨变。安钢人今日的幸福生活来之不易，它是沿着新中国发展的足迹而来，是改革开放后奉行科学发展而来，是老一代安钢人艰苦奋斗而来，是现代安钢人发挥聪明才智而来。让我们珍惜今日的幸福，更加努力地铸就安钢的辉煌，使安钢人的生活越来越美好吧！

艰苦创业

难忘的“1958”

张景文

历经几代安钢人的奋斗拼搏，安钢从无到有，从小到大，从弱到强，从一个生产不足十万吨的小钢厂发展到千万吨级特大钢铁企业，犹如河南钢铁航母巍然屹立在中原大地。我作为一名初期进厂的老职工，为我们安钢人感到无比自豪和喜悦。

我是1958年4月进厂的职工，当时18岁，是第一代安钢人。我记得安钢是1958年8月10日正式成立，靠着艰苦奋斗、手拉肩扛、土法上马，在一片庄稼地上建起了河南第一钢铁厂。最早动工兴建的是炼铁厂250立方高炉、第一炼钢厂双联车间和三吨转炉车间。那一年，全国在鼓足干劲、力争上游、多快好省地建设社会主义和总路线指引下，处于全民“大炼钢铁”的火红年代。那时安钢为了给生产上培训人才，由第一炼钢厂党委书记李聚堂同志和齐振兴同志，带领刚进厂的青年工人百余人，去山西太原钢铁厂实习，工种是浇钢、铸锭、天车等。经过半年培训后，这些人返回安钢投入生产。最先投产的是炼钢厂三吨转炉车间，当时它的设计能力年产钢12万吨。1959年4月7日上午10点，安钢炼出了第一炉合格钢水，炉长是宋泽新同志（已去世）和乔学民同志，浇第一炉钢水的是张洪顺同志，砌第一炉底板的是任自全同志，负责化铁炉后方上料的是原料工长杜万里同志。那时我在车间当宣传员。为了庆祝这一历史时刻的到来，河南省电影制片厂拍纪录片，安钢和市有关领导亲临现场观看。当时锣鼓喧天，鞭炮齐鸣，红旗招展，像过节日一样庆祝这一时刻，场面十分壮观。

安钢终于炼出了第一炉合格钢水，结束了河南钢铁少钢的历史。在这一喜讯的鼓舞下，工人们都精心操作，挥汗大干，厂领导冯新同志、车间领导任洪全、成志宾、张士贤同志为了多产钢、产好钢，不辞劳苦、日夜奋战、组织生产、指挥生产，他们在现场办公解决生产中存在的问题，有时几天不回家，吃住在车间工地，和工人一起奋战在夺钢第一线。

1959年，全国钢产量奋斗目标是1070万吨钢，安钢的规模是“四五六六”，当时由于设备落后，技术跟不上，炼钢、化铁、运料主要靠人力来操作完成。那个年代人心齐、干劲足，没人叫苦，下班后自觉地搞义务劳动，从三吨车间背钢锭，背到小型轧钢厂。背四趟后才能下班，工人从不叫苦，大家牢记着毛主席的教导“一个是粮食，一个是钢铁，有了这两个东西，什么都好办了”。

回顾过去，展望未来，最近几年来，安钢取得了又好又快的高速发展，千万吨钢就相当于1959年全国的钢产量，这个变化是巨大的，它将在安钢发展史上留下浓重的一笔。

安钢修建部的难忘岁月

罗俊仁

修建部是安钢较早建立的单位之一。1959 年 3 月，为解决建厂初期职工家属住房困难，当时的公司领导指示成立行政处基建队，主要担负一生活区 40 栋简易平房和焦化土焦炉的建筑施工，队长由赵德胜担任，副队长是张世阁和张自强。

1960 年元月，为解决简易投产出现的问题，搞好主辅设备的配套和改造，安钢决定由基建处接管行政处基建队。同时，基建处派郝子宽、罗俊仁、周鸿山三人前往办理交接手续，改名为基建处基建队，从此转向生产建设。

1960 年 7 月，经领导研究决定，基建队与省建公司土方队合并，成立河南省冶金建设公司第五工程处，职工人数多达 1100 多人。主要负担二生活区 5 至 9 号楼和二生活区食堂的建筑。同年，基地由一生活区迁至二生活区 4 号楼。

1961 年元月，与原省建公司分开，原基建队回归安钢，改名为安阳钢铁公司基建队。

1962 年 7 月，为贯彻中央“调整、巩固、充实、提高”的八字方针，压缩基本建设战线，安阳钢铁公司改名为安阳钢铁厂，同时大规模精简职工，基建队仅留下包括支书王文学、队长罗俊仁，副队长杜家勋在内的 52 名职工。为保存技术力量，有的技术干部如栾友海、王一民、马春源等还暂时下班组当工人。单位改名为安阳钢铁厂土建队，同时另外组成一个机电队。同年 10 月，为维护停产、停建工程及设备，土建队与机电队合并成立安阳钢铁厂基建维修队，担负薄板、焊管、白云石、锅炉房等设备的维护任务。

1963 年，安阳钢铁厂内部机构再次调整，5 月份停关企业管理处成立，负责全厂停关设备的外调与维护，基建维修队划归停关处，主要负担总仓库设备的维护。

1964 年 2 月，根据工作需要，基建维修队分为两部分，土建段 113 名职工组成安阳钢铁厂土建队，机电段划归基建办公室，称为机电维修队。同年 10 月，总厂决定机械动力室检修队与土建队合并，成立安阳钢铁厂维修队。至此，安钢维修队进入稳定阶段。1966 年 5 月，基地由二生活区 4 号楼迁入厂区。

自 1964 年安钢逐年恢复生产以来，维修队不仅承担着全厂大中修任务，而且承担部分技术改造和安装项目。经总厂批准，1971 年 3 月维修队改为安装维修队。

1978 年 2 月，根据安阳市（1978）10 号文件，市安装公司划归安钢。总厂为加强基建和大修改造力量的统一管理，决定把安装维修队与市安装公司合并，成立安阳钢铁厂修建部，下设 13 个科室，4 个施工队和 1 个车间，职工人数 1214 人。1979 年 12 月，根据工作需要，原市安装公司与修建部再次分离，成立安阳钢铁厂安装部。修建部职工人数下降到 479 人，1984 年职工人数上升到 640 人。

1984 年 12 月，修建部与安装部一道与基建处合并，成立基建工程处。

26 年来，修建部机构虽变化频繁，几经沧桑，但无论哪个阶段，任何时期都始终坚持了自力更生、艰苦创业的精神。修建部职工的足迹遍及全厂，顽强拼搏，连续作战，先后完成了高炉、焦炉、转炉、混铁炉、小型、中型、薄板、中板、无缝、氧气站、锅炉房等一系列重要设备的大中修、安装和技术改造，以及生活区电影院、职工家属宿舍楼的新建工程，还多次远征李珍、水冶，完成了李珍铁矿采矿设备的制作检修，磁选电器安装和水冶铁厂的高炉大修，球团竖炉工程。

还远赴外地完成了滑县道口发电厂 1000 千瓦发电机组的安装及平顶山焦化厂简易焦炉的新建任务。

现将其主要业绩和大事概述如下：1960 年上半年，基建队除继续完成生活区简易平房外，为了加强二座 6t 转炉的炼钢温度和冶炼强度，根据孙继仁技师的设计，新建了两座砖砌式热风炉，竣工投产。

1963 年 2 月，由罗俊仁带领一批技术人员将水冶铁厂停运的 1000 千瓦发电机组拆除，并运往滑县道口发电厂运行安装，做到了一次试车成功发电。

1964 年底，维修队被评为安钢大庆先进单位。

1965 年元月，在无卷板设备的情况下，依靠手工操作，自制转炉托圈 4 个，解决了生产急需。同时维修队承担的安钢第一台 50m^{3}制氧机组的建筑安装任务竣工投产。在生产中坚持自力更生、勤俭建厂的原则，自制如丝扣压力机、磨转机、切砖机、搅拌机、木工刨床等设备，自制低压配电盘 84 块，仅低压盘一项即节约 42300 元。

1966 年 2 月至 5 月，仅用 3 个月的时间就完成了炼铁厂 1 号、2 号高炉大修，使高炉迅速恢复生产。

1971 年 7 月，由于采用“悬炉换壁”新工艺，仅用 51 天时间就完成炼铁厂 1 号高炉大修任务。

1972 年元月，总厂将投资 500 万元，年产焦炭 30 万吨的 2 号焦炉交与安装维修队兴建。该焦炉结构复杂，砖型 400 多种，重量 1200 多吨。当时，在全国也只有一冶、二冶等少数冶金建设公司能够承担。为了保证质量，职工们边学边干，对燃烧室、炭化室、炉顶等复杂部位，都是头天下午预砌，第二天上午正式砌筑，上砖都是头天晚上进行，仅用 86 天就保质保量完成任务，开创了我厂自力更生砌筑大型焦炉的先例。随后，总厂将新建安钢电影院的施工任务交给了安装维修队。该工程由刘芳村工程师参照省内其他影院情况结合安钢实际进行设计，共有2400多个座位，楼座为悬臂结构，本应由具有一级资质的建筑施工企业施工，但安装维修队破除迷信，解放思想，在实践中边学边干，完成了施工任务，获得各方好评。

1973年2月，安装维修队承担的年产25万吨1号24m^{2}烧结机顺利竣工投产。

1976年7月，在“反击右倾翻案风”的高潮中，安装维修队担负的小型分厂250车间大修改造工程完全处于瘫痪状态，雨水灌满挖好的基坑，厂房有泡倒的危险，队党委积极组织机关干部、老党员、老工人用沙子回填基坑，保护厂房。由于“四人帮”的严重干扰破坏，安装维修队停工停产达半年之久，造成全年亏损15.5万元。

1977年，安装维修队制订了《苦战二年，把维修队建成大庆式单位规划》。7月投入焦化1号焦炉灭火保护会战，使1号焦炉迅速恢复正常生产。本年度安装维修队实现扭亏为盈，全年上缴利润49000元。

1978年上半年，修建部承建的炼铁3号300m^{3}高炉，由于采用了网络计划技术，炉壳分段整体吊装，炉内搭设隔离平台分段筑炉等技术措施，使3号高炉提前投产。

1984年10月，修建部承担的炼钢一分厂10T电炉改造工程，竣工投产。在历次小型、中型、中板轧机的大修改造中，为了避免破坏旧基础再浇新基础，既浪费时间又增加费用，采用了环氧树脂水泥砂浆预埋地脚螺栓新技术，大大缩短了施工时间，节约了工程费用，为提前生产创造了效率和效益。

在历年的生产经营管理中，维修队、修建部还运用了价值工程、网络技术、因果分析、全面质量管理等现代化管理技术，曾获总厂科学管理成果三等奖。

为了调动广大职工的积极性，经与总厂商定，推行了百元产值工资含量包干办法，收到良好效果。

据不完全统计，安钢修建队伍自1959年建立以来，26年间共完成新建、改建、基建配套、技术改造、大中修、抢修项目1700余项，完成工作量共计3600余万元，1971年至1984年，人均劳动生产率平均为3000元/年，1984年达到7000元/年，成本降低率平均为3.1%，1977年至1984年共上缴利润135.2万元，曾连续三年被安钢评为先进单位，1983年还被安阳市评为先进单位。

安钢修建部为安钢的生产建设、发展振兴做出了不可磨灭的贡献，成为安钢一支不可缺少的力量，如今虽然已成为历史，但其事业仍由工程技术总公司继承和发展。我们相信，在集团公司领导下，其前程远大，事业永兴。

回忆筹建安钢的日子

张锦瑞

我离开安钢已经多年。近日，我重回故地，看到了建设发展后的安钢新貌，尽管是“走马观花”，尽管是“挂一漏万”，但已经按捺不住自己激动的心情，安钢的变化让我激动不已，兴奋不已，感慨不已！过去的得意和今日的震惊，也是不可同日而语。我压抑不住激动的心情，仅凭记忆，写了这篇文章，敬献给安钢生产建设的全体同志。

我是第一批踏上安钢工地的“安钢人”。从厂址选择、地质勘察、厂房建筑、车间生产，每一个环节都略知一二，对每一桩每一件事都有着深深的感情。

一、筹建安阳钢铁厂的岁月

1957 年春，中央机关开展了“整风运动”。过后进行整改，整改其中有一项是“技术归队”，是指建国初期培养的专业人员，一些与分配的岗位不对口，回归到相适应的岗位上去。我是新中国培养的第一代大学生。在“技术归队”中，从中央轻工业部回归到冶金系统的生产第一线，并有幸参加了安阳钢铁厂的筹建工作。

筹建处成立于 1957 年的下半年，办公在河南省行政区 2 号楼。我于 1957 年 11 月初正式来到筹建处，处里包括领导，一共有 5 人，领导还是兼职。然而进入 1958 年便大变样了，筹建处的人员迅速增加了起来。处领导也频频更替，由处级更换为副厅级，再更换为厅局级。正在此时，冶金部来河南考察的同志带来了一个重要的消息，说冶金部现在掌握着三套可以装备三个钢铁厂的现成设备，筹建工作走在前三名的，便可获得其中的一套。这一消息非常重要，在此之前，我们没有想过设备会成为问题，只是认为，需要时只要写申请就可调拨。现在才明白不是那么一回事，当时，全国能制造冶金设备的能力还很有限，而且设备本身还要有一个制造过程。同时又是在需大于供的情况下，申请后还得要排队等待。设备不仅是个问题，在整个第二个五年计划期间，还是一个关键问题。不得不引起筹建单位的重视。

“现成设备”的规模，初期为小型钢铁联合企业，全部建成后就可达到“四五六六”中型钢铁联合企业的规模，即年产钢材 40 万吨，钢 50 万吨，炼钢生铁和冶金焦各 60 万吨。更为重要的是有了设备的保证，筹建一旦结束，基建便能立即开工，正符合当时“大干快上”的精神。应当放弃原方案，集中精力搞好新方案。

新方案的关键是：全国有五六十个新上的钢铁企业。有的是在原来的基础上进行扩建，也有些是在“一五”期间就开始了筹建，就是1958年当年起家的单位，有些条件也优于我们。在这样的现实中，如何让筹建工作走进前列，决策不容有任何疏忽和闪失，稍有不慎，便会“名落孙山”。

形势逼人。筹建工作是带着极强的超越意识起步的。唯一奋斗目标就是进入“前三强”。

新方案确定后，第一件工作便是厂址确定在哪里合适？选择厂址的重要依据，一般有两点，一是靠近资源产地；二是交通便利。根据当时的情况，首先选定了三个考察目标，一是南阳，二是许昌，三是开封。

南阳，五十年代末还不通火车。考察这里主要看有什么可利用的资源。铜柏县境内，有铁矿资源，储量可观，矿区品位中等，有工业开采价值。此外，这里还有钢铁冶炼用的其他炉料，储量可观，这是考察南阳的一大收获。

许昌，当时的资料，境内还没有铁矿资源（后来探明还是有铁矿），但交通便利，可利用舞阳地区的铁矿。经了解，舞阳铁矿储量倒很丰富，但矿石品位不大一致，总的评价，这里的矿石属贫矿。人们认为，第一个钢铁厂就吃贫矿，实在有点委屈。其实当时掌握的情况，不够周详，跟现在的实际情况有较大出入。

开封，考察这里是基于这样一种思考，认为钢铁厂和化肥厂建在一起，双方的副产品，对方都能很好地利用。化肥厂是河南省第二个五年计划的另一项重点工程，正在开封筹建。省工业厅同意这一设想，便召集了会议，听取了化工部设计总院负责开封化肥厂设计的相关同志的介绍。都认为两个厂放在一处，确实有利无弊。最后负责给排水设计的技术员的发言，却很意外。他说“三门峡水库建成后，开闸放水，对下游河床会产生极强的冲刷。我进行过模拟试验，经计算，30年后，河床要被冲刷下去27米深。在这样深度下取水，困难自然就多了”。三门峡水库正在建设过程中，如何冲刷，冲刷的“壮观景象”谁也没有感性认识，“模拟试验”就是当然的“权威”了。谁也没有料到，紧靠黄河开发些生产用水，竟会成了问题。在听取介绍时的一闪念，忽然想到开封古都被“悬河灌城”的历史，这下“悬河变深沟”了。主持会议的副厅长，看到人们交头接耳，意识到出了问题。紧接着做了一个非常策略的补充，他说：“我相信技术员同志的计算是正确的。但是，黄河作为内河，农田水利离不开黄河。将来有条件时还要开发内河航运，也离不开黄河。我也相信水利部门一定会采取措施，加以控制，不会让其任意冲刷下去。”不知是先入为主的原因，还是“耸人听闻”引起的“震惊”，尽管副厅长的补充很客观，也很可信，但还是动摇了大家把钢厂放在开封的设想。

经过考察、权衡之后，在安阳建厂，还是利大于弊。李珍铁矿储量虽然少了些，但矿石品位很高，很有开采价值。为争取时间，让筹建工作尽量超前，决定不再考察其他地方。

1958年2月，选厂工作来到安阳。安阳市政府非常欢迎把钢厂放在这里。厂址指定在铁路以西，原铁路苗圃的位置上：在高楼庄的西端，殷墟中心的南侧，老安林公路以北。往北不远，便是洹水，可解决生产用水。选厂人员对这里很满意，厂址就确定在这里。

1958年3月，筹建处正式迁往安阳，正准备跟设计院进行联系时，接到市里的通知，因钢厂用地过多，超过了指定的范围。有碍于殷墟文物的保护，同时也影响安钢今后的发展。厂址得往西迁，至少要迁至白家坟以西。

殷墟是国家重点文物保护单位，郭沫若同志视察这里时，对如何保护殷墟做过重要指示。保护殷墟文物，义不容辞，厂址同意西迁。

新厂址在白家坟以西，梅园庄、郝家店以北，孝民屯、柴库以南。

看过新厂址回来，路过郝家店时，我们在一家坐南朝北的大门上看到了贴着一副春联：上联是“火车门前过”，下联是“铁牛村上来”，和普通对联没什么两样，别人看了不以为然，我看了之后觉得很有意思。五十年代末，拖拉机（铁牛）还很稀罕，但拖拉机进村还不是什么难事。可是1958年的春节，指望有朝一日让火车从门前经过，简直是梦想。但是钢厂突然“驾临”此地，梦想也就成真了。厂址确定之后不久，安钢至李珍铁矿的专用铁路选线工作便开始了。几年之后，安阳至林县的火车，正好从这家门前经过。书写者当年只不过是随便说说，但与现实如此巧合让我记忆了整整五十年。

原来指定的厂址在市郊区，那里有现成的地形图，立刻可委托设计院进行初步设计。新厂址则在农村，这里没有进行过测量，没有现成的地形图。

按照常规，筹建顺序是：首先确定厂址，接着市政方面提供统一的地形图。根据地形图委托设计院进行初步设计，初步设计完成后，才能委托地质勘察部门进行地质勘察。有了地质资料，设计院才能进行技术设计。技术设计完成后，建筑公司才能开始施工。

根据厂址变更的情况，再按筹建常规行事，筹建工作必定落在其他单位的后面。要想让筹建工作走在前面，必需打破常规，几项工作必须同时进行，一方面进行地形测量，一方面与设计院挂钩排队，一方面委托地质部门进行地质勘察。比如地质勘察是第三步的工作，按常规，根据初步设计上建筑物的位置进行针对性的钻探，现在要提前到第一步进行，没有根据，只能进行普遍钻探，等到有了初步设计再进行必要的补探。二者的区别，后者在钻探方面造成了一些浪费，但在进度方面却争取了时间。

“同时并进”的办法确实能缩短时间，但在付诸实施时，却遇到了另外一个新的困难。委托地质勘察时才发现，地质勘察部门的任务，都已经是满负荷，再接新任务，要等到下一年。不必说下一年，就是下半年能拿到地质资料，那也就无济于事了。正在为难之际，新调任的筹建处主任，他在延安时的一个同学，正在西北勘察设计院任院长。只有找他给想办法，这是一个意想不到的机会，真是让人喜出望外。为了尽快落实下来，让明天坐飞机赶快去西安，看得出领导的心情也很着急。破格坐飞机，在筹建处还是第一次。

西北勘察设计院的任务也已满，所有钻探队都已派往各工地，筹建处主任大失所望。看到老同学所在的第一线遇到了困难，不能“袖手旁观”。于是勘察院给想了办法，从各个钻探队抽调人员，组成一个临时钻探队，以解安钢“燃眉之急”。这一应急措施对加快安钢的筹建进度真是“雪中送炭”。为争取到“现成设备”又进了一大步。

由于“同时并进”的措施得当和“雪中送炭”的大力协助，初步设计完成之后，不到半个月，地质资料已经齐备，立即送往设计院进行技术设计。要不然，这段时间安排得再好，衔接得再及时，最快也得三个月。

筹建期间，因人员不足，不能按专业分工，一个人要负责几个专业的工作，不熟悉就积极学。工作不计时间，经常是早出晚归，任劳任怨。出差联系工作，都是把休息时间利用在路途上，夜晚乘车，白天工作，为的就是“争分夺秒”。地质队进入工地后，每天都要下现场，及时掌握进度，不浪费一点时间。经过大家一致的努力和全省人民的大力支持。终于让筹建工作闯进了“三甲”，争取到了“现成设备”。于1958年下半年，安钢的第一批项目，正式破土动工：1号高炉、3吨转炉、线材车间。这样安排的目的，是让早些生产出钢材，供自身基本建设所需。

当初的技术设计包括：矿山；选矿；炼铁：2×255立方米高炉；焦化：1×42焦炉及化工回收设备；炼钢：双联车间，4×6吨转炉、2×10吨电炉，平炉车间，50吨平炉，3吨转炉车间，2×3吨转炉；轧钢：400/250线材车间、500/300小型轧钢车间，650中型车间，1200薄板车间，2300中板车间，ϕ16无缝钢管车间，ϕ100焊管车间以及全厂的辅助和附属车间、部、队等。虽都规模不大，但是一个“五脏俱全”的小型钢铁联合企业。这便是通常人们称的“小而全”，全部建成后就是“四五六六”的规模。

设计时要生产部分优质钢，故放了50吨平炉。后来国内试成氧气顶吹转炉也能炼优质钢，所以平炉没有上。改为15吨转炉，就是后来上的二炼钢。焊管车间，土建已开工，但也没有上。当时新乡市也在建设焊管厂，因设备无着落，将被迫停建。为减少兄弟厂的停建损失，按省里意图，我们将焊管设备全部让给了新乡。

二、可敬的安钢精神

五十年代末期，周边省市兴建的一些钢铁企业，都已拥有了一定的生产能力，而起步在后面的安钢的工地上还是麦苗一片。地方性钢铁企业，全国有五六十家，基本上可分为两类，几家一类企业，居行业领先水平。在这么多都是几十万吨钢产能的企业中，谁能首先突破100万吨？通常人们看好的就是这几家一类企业。冶金部也认为率先突破100万吨的企业出自一类企业中。二类企业占多数，比起一类企业还有一定的差距，安钢属于二类企业，而且安钢在这个大多数里还是“默默无闻”。但安钢本身潜藏着一种极强的超越意识，善于向内使劲，善于发挥主观能动作用，善于调动一切积极因素。“三个善于”弥补了某些客观条件的不足。终于创造了15吨转炉年产70万吨钢的全国最高纪录，为率先突破100万吨大关，立下了“汗马功劳”。五十多个同类企业不得不为之震惊，不得不“刮目相看”。

现在看来，安钢钢的年产量，从1989年的突破100万吨到2006年的702万吨，平均每年以近15%的速度飞速发展，这样的高速度，在国内亦属罕见。安钢是诞生在计划经济下的“大跃进”的产物，但在30岁以前没有跃进起来。安钢名副其实的“大跃进”，是在市场经济体制下，特别是在新世纪才实现的。

安钢能有今天如此的变化，究其原因：一是，改革开放后体制转型，由计划经济转向市场经济时，没有犹豫，没有观望，没有等待，而是迅速纳入市场经济的机制。藉改革开放的东风，赢得了发展时间，积累了发展基金，决定了企业发展的命运。从而，促进了企业的“巨变”。二是，从筹建时代起，安钢就孕育了一种“超越”精神，牢记不忘。这和河南钢铁事业的落后不无关系。由于落后，就要求思变，不论做什么，或是在什么情况下，总想“超越”前进，总想走在前面，总要把理想变为现实。比如，筹建时条件不优，而能闯入三强是这样；生产时实力还有差距，便能率先突破百万吨大关时是这样；短期内能挺进国际化特大型钢铁企业的行列时也是这样。每逢关键时刻都能超越向上，一往无前，充分利用了人的积极作用，从而塑造了“安钢人”这一光辉形象。安钢人的精华，就是重视了人的因素这个关键。安钢人在自己的奋斗里程上，一步一个脚印，深深地印记着：“辛勤、执着、拼搏、超越”，体现出安钢人的精神面貌。

看到中年的安钢，与青年时的安钢面貌已大为改观。当年全厂最大的双联车间，和今天的新车间相比，也是小巫见大巫了。初期的半机械化，被今天的全自动化所取代。钢铁企业的半机械化，意味着高强度的体力劳动，当年手握钢钎的炉前工，在烟尘火烤下的强力操作，现在也换成了坐在操作台前按电钮了。当年双联车间的西侧，是安钢工地上第一个破土动工的项目——高炉基地。现在，两座255立方米的高炉已完成历史使命，现在也不见踪迹了。

有过显赫历史的双联车间，主要承担着钢的生产任务和全厂所需的铸钢件。此外还承担着河南钢产量“零的突破”的特殊使命。而今，双联车间在人们的视野中消失了，但“双联”的第一炉钢，改写了河南不产钢的历史，这一点将会像一座无字的丰碑一样，将永远铭刻在中原大地上。现在，在双联车间、3吨转炉车间和平炉车间的位置上，新建起来的是150吨转炉—1780热连轧生产线，当年双联车间的成品是由钢水铸成钢锭，今后热连轧的成品是由钢水热连轧成钢卷，几乎每天一万吨。

新的生产线是由钢到成材“一气呵成”，改变了过去反复冷却、重复加热的生产工艺，既节省了能源，又降低了成本，而且缩短了成品的成材时间。现在如果我们再提：“钢水——铸成钢锭，冷却，钢锭加热——开成钢坯，冷却，钢坯加热——轧成钢材。”这个过程，年青的操作人员会觉得生疏而可笑，不过变革之前我们走的就是这样的过程。

三、寄语安钢人

洹水湾处，殷墟畔上。矗立起一个“钢铁巨人”，一天天地还在壮大。“钢铁巨人”和“司母戊大鼎”一样，同具有冶金史上划时代的辉煌。历史沉睡了三千年之后，就在大鼎的家门前，安钢，脱颖而出，再续辉煌业绩，引领了河南的钢铁事业。全省人民忘不了安钢人的发奋图强，安钢人也忘不了全省人民的大力支持。安钢人所做的一切，对得起河南人民，没有辜负父老乡亲们的期望。

成绩，已经是过去，辉煌，也已铸就历史，只有“超越”才属于未来。期望新一代安钢人继续高举“超越”的大旗，以矫健的步伐超越前进，再铸辉煌！

“大跃进”年代中的安钢

康士俊

1958年，河南省决定在安阳成立安阳钢铁厂。6月28日，安阳市人民委员会为支持安钢建设，决定将市宏大铁工厂并入安钢。我怀着一颗激动的心情随着宏大铁工厂来到了安钢。此时全国人民正在贯彻党的八大二次会议制定的“鼓足干劲，力争上游，多快好省地建设社会主义”的总路线，号召全国人民破除迷信、解放思想、大搞技术革新和技术革命，安钢党委及时向全体职工宣传贯彻党的八大二次会议精神，并动员职工，鼓足干劲，奋发图强，力争在三年内把安钢建设成初具规模的钢铁联合企业。

记得当时因255立方米高炉和炼钢车间等单位正在基建中，内部备品备件需求量很少，而原宏大铁工厂计划生产1400台水泵和其他生产任务也随之列入了安钢1958年年度生产计划。从铸造、锻工、车工、钳工，到铯工、铣工，大家在不同的岗位上开展了“力争上游”的竞赛活动。那时车间设备简陋，工作环境很差，全车间没一台风扇，可是没有一个职工叫苦。为了赶任务，我们吃饭，去厕所，都是跑着去的，中间连口水都不敢喝，只怕耽误了时间赶不上别人。车工的师傅和同志为了赶制水泵轴和无缝用的顶头时，师徒之间、师兄弟之间相互展开了竞赛。中午吃饭情景更新鲜，都是先排队买馍，然后再排队买菜，等买到菜时馍也吃完了，边吃菜边往车间走，走到车床前饭也吃罢了。人人不甘心落后，谁都想比别人多干点活。在工作中思想集中，全身的汗从头上流到脚下，脸上的汗流到眼上也顾不得去擦，有时用钢板尺把汗珠刮下来。后来，备件任务大，正常生产时间加工不过来，职工就自己组织了业余工厂：车间给留了两台机床，一台刨床，一台铣床，下班后，职工自觉抢着去进行两小时的义务劳动。按先后次序，谁排队在前谁先干，干够2小时就换人，机床24小时不停，义务劳动的人两小时也换。因全厂没有加工水泵上用的螺帽扁方的设备，钳工师傅就用锉刀手工来锉螺帽的扁方，每天在钳工案子前一站就是八小时，天天都累得腰酸胳膊疼，就这样一天只能锉上九个螺帽。

当时我看到钳工同志全靠体力手工锉螺帽扁方时，心情再也平静不下来，心想要用机器加工来代替手工操作有多好。从此，吃饭，上厕所，走在路上，夜间睡觉做梦都在想办法。当想到关键时候整夜睡不着觉，就干脆起来进行测标，画草图。经过一周多时间的思考、测算，我终于设计出利用厂一台皮带铣床加工螺帽扁方的方案。在技术员寇在川和各工种同志的帮助下，经过实验成功了。做法是：每根轴上一次可装20个螺帽，两根轴就是40个，加工40个螺帽走刀时间

12分钟，加上装帽上下活的时间8分钟，每次共用时间20分钟，可加工螺帽40个，每小时加工就是120个，一天就是960个，比钳工手工操作工效提高了一百多倍，产品质量也提高了，更重要的是解放了钳工重体力劳动。

1958年9月底，机修部（现机制公司）一金工车间厂房门窗没有装，车间先安装了几台车床和三台铣床，厂领导派我和车工周瑞光、吴付两位师傅从高楼庄先搬到一金工车间里住。当我们来到车间时，安装的机床都还用帆布棚盖着，我们三人的任务就是清洗机床和试车。冬天一天比一天冷，我们就吃住在厂房，那时255立方米高炉炼钢车间和其他厂房正在赶进度，全钢厂到处是车水马龙，干劲冲天。我三人每天起床就清洗机床和试车，一直忙到天黑透看不见为止，为机修全面搬迁打基础。晚上睡觉因厂房四面通风，冻得我们用被子盖着头。一天夜间刮风下雪，当天亮我三人起床时，发现被子上铺满一层从窗外刮进来的雪花。就这样，机床一台一台不断进来，我们就一台一台不停地装，不停地试车，一有机会我们就加工安钢建设需要的各种零部件。就这样，一直忙碌到12月下旬，忽然有一天厂领导通知我，我经层层选拔将代表安钢、安阳市所有建设者，去北京参加全国群英会、社会主义建设积极分子代表大会。我再也抑制不住自己激动的心情，激动的泪水沿着眼眶而出，我只为安钢的社会主义建设做了应做的贡献，领导就给予了我这么大的荣誉。这次去北京参加盛会，受到党中央朱德委员长、周恩来总理等中央领导人的接见并集体合影。

从北京回来，我的干劲更足了。这时各生产厂已全都投产，生产任务相当繁重，备品备件需求量与日俱增，机修工人拼命赶活也满足不了各厂需求。在人员少的情况下，为进一步提高工作效率，我先后革新了几种铣床工艺。那时的机床设备远不如现在的先进，我就在电工赵宪洲同志的帮助下，在铣床工作台侧面装上自动限位开关。当加工件走到头撞到开关，机床就会自动退刀，把工作台退到原处。这一革新，使我一人能同时开两部铣床干活，一个人干两个人的工作。

接着，各生产厂开始送来大批弯管、中柱管、钢锭模需要机修加工。但因活件太重，又很长，一般车床和刨床都干不了。当时又没有大设备，活件又要得紧，车间只有一台50车能干。我就想办法搞小革新，在卧式铣床轴头装上自制土刀盘，刀盘卡上四把合金刀，又制作了能升降的支架台，这样把工件加工的一头卡在工作台上，另一头放在支架台上，把工件两头抬起来，在加工时工作台一头自动行走，支架一头随着行走，这一革新不仅解决了生产中的急需，还比50车床加工既方便，又快捷，提高工效达两倍。

记得还有一次，为了革新加工中注管和钢锭模铣床工艺，我和爱人商量好，将原定好1960年元月1日放假进行结婚典礼的事往后推迟，但却忘了去安阳市家里把事说清楚。元月3日，我抽空回家时，刚一进门就被二爷打了两耳光，他骂我：结婚大事，近亲都来了，一天都没见你俩的面，天底下哪有这样的事！厂领导很关心此事，就在元月 8 日下午，由党支部书记臧家安亲自主持在机修部会议室补办了结婚典礼仪式，并雇了两辆人力车把我们送到了家里。

回顾起来，我从 1958 年到退休，一生为安钢的建设和发展做了一点应有的贡献，安钢也给了我莫大的荣誉：安阳市劳模、技术革新能手、全面质量管理先进工作者和公司劳模、先进生产工作者、优秀共产党员等多项荣誉称号。这不仅是我个人的荣誉，也是安钢发展创业年代的历史见证。

当年的安钢

徐士才

我是1958年2月由北京石景山钢铁厂调到河南省安阳钢铁厂筹建处的，那年我只有19岁。和我同来的还有一行多人。我们从北京的前门火车站坐火车来到了安阳，在位于安阳市冠带巷的“安钢筹建处”报了到。

我是学炼铁专业的，1957年毕业于冶金工业部北京钢铁工业学校，一直坚守在安钢工作直到退休。

那时的安钢还没有建厂，只设立了一个筹建处。筹建前安钢厂区，甚至现在的整个殷都区，都还是一大片庄稼地。那个年代，我们国家的钢铁产量不多，1957年仅为575万吨。谁要建厂买设备，据说“只有用生铁和钢材去换”。所以当年我们安钢要建厂，也就只能先从“小土炉子开始”了。

1958年6月28日，安钢筹建处在安阳市文化宫召开大会，宣布宏大铁工厂改名为“安钢机修厂”，并在三天后的7月1日正式挂牌成立。紧接着在那里建造了一座3立方米的小高炉和两座6.5立方米小高炉。基建工程连续作战，又在那里建起了四座28立方米小高炉。同时还建造1.5吨小转炉和拔丝机。就这样，安钢机修厂变为一座铁、钢、材都能生产的工厂。

随着生产规模的扩大，特别是现在我们安钢大厂区这边，建设了较大而正规的炼铁、炼钢、轧钢的厂房和设备，机修厂的机修部分就搬迁到现在集团公司办公大楼北面的位置。东边还保留了冶炼部分，改名为“安钢铁合金厂”，后又改名为“安钢试验厂”。

令我难忘的是当年开炉时出的“第一炉铁水”。那炉铁水只浇铸了一根3米多长的铁锭。当时在这座小高炉开炉时，我担任着“值班工长”，所以清楚地记得这件事。

这“安钢史上的第一炉”铁水，从铁口出来、流过小坑，还没流到砂模里，就没了。第二天上午，它被隆重地装上一辆彩绸飘飘的大汽车。这辆车从司机驾驶室开始，都扎着红色的、很宽、很长的红绸子。后车厢里放着一张长桌子，上面也铺着大红绸子。装车的人把那条铁锭抬到那张长桌子上，运往郑州去向省委报喜去了。

“大跃进”年代，由于生产条件与安全意识与现在相比要差。所以生产出的事故既多又大。比如发生了2号28立方米高炉的管式热风炉塌顶事故，4号28立方米高炉料钟脱落掉到炉子里的事故等。那次“掉料钟”事故，正轮上我值班。我一听脑袋当时就大了，休风取料钟，说起来容易做起来难啊，炉火熊熊正旺，有上千度的高温，里面又有高浓度的煤气，怎么取？可不把它弄出来，其后果不仅是停炉扒炉，要买料钟可还得拿钢铁去换。可停了炉，铁水就更少了呀。紧急关头，试验厂的副厂长杨金尧带头下到炉顶打捞料钟。在炉顶里面，脚下踩着是为隔热而填进去的高炉水渣。四周是火热的炉墙。人们站在那里栓钢丝绳，往外吊料钟。真是危险四伏啊！有一次，一名高炉渣口工人，由于长时间在池边连续作业，眼一晕，竟然落入水渣池那滚滚的沸水中。池边的工人看见后连忙施救已经来不及了。当时我正在现场，看那一池滚滚的沸水，只见那个工人在水中挣扎了几下就不动了。这起工亡事故让我终生难忘。

回顾历史，真是有太多的经验与教训。

经过那些艰苦的日日夜夜的奋战与拼搏，安钢渐渐地长大了。由于有了源源不断的铁水、钢水、钢材，我们的安钢厂区建起了第一座 255 立方米高炉。这虽然也不算大，但在 50 年代可就算是“大高炉”了。半个多世纪过去了，安钢真正壮大起来，有了现在的 4800 立方米的高炉，这可是当年建造高炉的近两千倍呀！感受到安钢前进的有力步伐，我这个老安钢心里真自豪啊。

我希望安钢年轻的一代要“牢记历史，珍重现在”，热爱我们的安钢，珍惜我们安钢的一草一木，为把安钢做强做大，贡献出自己的青春的力量。

建厂初期的艰难岁月

罗俊仁

我是1958年7月随部队集体转业来到安钢的。因我曾在部队从事营房建设工作，被分配到安钢施工科后，担任厂区工程技术监督组组长。当时的施工科，是安钢筹建处的主要科室，科长由刘光路担任，副科长有刘会文、高鹏、刘天民，下设厂区工程技术监督组、民用建筑组、铁路组、预算组、现场管理组，还有一个地质钻探队负责厂区、生活区的地质与文物钻探。我组内成员近20人，全都是土木建筑、机械、电气、供排水，钢铁冶炼等方面的专业技术人员。后来为了加强工程技术人员的思想政治工作，还专门派来王仓担任副组长，负责组内的政治工作。我们的办公地点设在郝家店，是租借村里的三间平房，组内年龄最大的是盘荣工程师，是印尼归国华侨，还有杜家勋、朱猷祯，其余都是刚从各专业学校毕业的年轻人。

1958年8月10日，1号255立方米高炉正式破土动工，从此拉开了安钢建厂工作的序幕。与此同时开工的还有线材车间、机修车间、高压锅炉房等项目。至此，安钢由筹建阶段进入了全面施工阶段。

11月，省委决定调原建工厅党组书记董万里任安钢党委书记，原省计委副主任杨志超任安钢厂长。

当年，为了贯彻中共中央1958年北戴河会议精神，安钢集中力量，加快了建设速度。多个施工项目都是日夜兼程，施工单位都是两班倒或三班倒。而负责厂区质量监督的专业人员，却难以满足要求，像机械、电气等专业，就只有方慧君和邢玉洁，都是一个人负责全厂的施工项目。

土建专业方面，刘尽忠一人负责省建四公司预制构件厂的质量监督。不少人都是夜以继日地工作。就以一号高炉为例，炉壳安装后，在炉内搭建隔离平台，下面筑炉，上面安装炉顶设备。筑炉工因劳力不够，也改成12对12两班倒，而且连吃饭和小解都在炉内。我记得有一次午夜以后，当时高压锅炉房已经结顶，正在浇灌汽轮机基础，由于施工人员已经干了10多个小时，非常疲劳，要求停工休息。我因考虑汽轮机高速运转设备安装技术要求，不能中断浇注留下施工缝，故不同意施工单位停工休息。施工单位便找到筹建处主任孔百川，给我打来电话，问能否停工。当我向领导说明了不能停工的理由后，孔百川同意了我的意见，使该基础继续连夜施工。一些负责监督的人员，往往每天都早起吃饭或中午吃饭时打个盹，整个晚上都不能睡觉休息，有的因此导致神经衰弱、失眠。

1959年5月19日，一号255立方米高炉建成投产。

其他项目也都加快了施工进度，要求国庆节完成大的工程 16 项，上年 9 月以后开工的项目全部收尾，达到年内基本建成安钢的要求。当时建筑安装的施工机械很少，广大职工在“大跃进”“大办钢铁”的热潮中，苦干加巧干，仅用 5 个月零 20 天，于 1959 年 1 月 31 日，250 轧机建成投产，4 月 7 日 3 吨转炉出钢，创造了当时条件下基建施工的高速度。

简易投产带来的问题，主要是未按生产程序基建，急于投产，强调进度，忽视质量。1960 年元月，公司决定将医院基建队、行政处基建队合并，并从矿山调部分瓦工，组成安钢维修大队，属基建处领导。基建处派郝子宽、周明山和我三人接管队伍。维修队的主管任务是对已简易投产的项目进行技术改造，并继续完成生活区简易平房的建设。当时的维修大队共约 1200 人，仅杜家勋等领导的土建一工段就有 800 人。

1961 年底，据行政处统计：安钢现有职工 24000 多人，家属 1842 户。仅有自建单身住房 4. 86 万平方米，安置职工 18388 人，每人合 2. 535 平方米；其余的则安置在租用民房、自建席棚内。共租用民房 3342 间，约 2. 9 万平方米，住单身职工 2720 人，住家属 924 户；席棚 1328 平方米，住单身职工 585 人，人均 2. 2 平方米。可见当时的职工生活是非常艰苦的。更有甚者，1962 年 3 月初，安钢用芦席、土坯、牛毛毡盖起来的职工宿舍、食堂、澡堂、更衣室、仓库等临时性建筑大部分被八级大风吹坏，还引起小型分厂更衣室着火，造成了严重损失，真乃是屋漏偏遭连夜雨，行船又遇顶头风。

建厂初期，安钢历经坎坷，克服了重重困难，各种险阻，取得的成绩，实属不易。今天的安钢已经今非昔比，跨入世界钢铁企业百强行列。安钢必将战胜各种艰难险阻，为实现中国梦做出更大贡献。

爬坡过坎的艰苦岁月

姚天贵　柯　易　侯明昌

我叫姚天贵，从上世纪五十年代来到河南，我的大半生时间就跟安钢再也密不可分。

1950年，我从武汉大学毕业后到原中南局工作，1954年9月，在我爱人邓淑珍主动要求下，调到当时经济最困难的河南省，先后在原河南省交通厅、工业厅工作，期间在工业厅组办的技术干部学校担任老师，这所学校为以后河南省的钢铁、煤炭等工业企业培育了一大批支柱人才。再后来安钢筹建，我调动至安钢，开始了我在十里钢城历时漫长而又丰富多彩的工作生活。从1958年安钢建厂至1986年退休，再返聘10年至1996年，我与安钢有着40来年的缘分。

尽管人“退”下来了，但我的心还是没有“休”，通过组织给我们老两口订阅的《河南日报》《中国冶金报》以及咱们自己的报纸《安钢》报，我一直关注着安钢的发展。借这个机会，我也想把自己亲历的安钢早期起步建设和改革发展的人和事写一写，跟大家一起分享、传承和发扬老一辈安钢人的精神，把安钢建设得更加美好。

1957年7月，全国地方冶金工作会议之后，冶金部为调整钢铁工业布局和满足地方钢铁日益增多的需要，决定在河南兴建一座钢铁厂。1958年1月，河南省安钢钢铁厂筹建处成立，经过两年多的设计规模、建章立制、集结人员、组织勘测、设备订货、征购土地等一系列工作，基本形成了一个从采矿到轧材的钢铁联合企业的雏形。

安钢起步不易，发展更是历经坎坷。根据国家发展需要，安钢筹建工作结束没多久，就进入5年的精简调整和恢复改革时期，在建和在生产单位相继停关“下马”，分三次精简职工两万多人，仅保留了六千多人维持生产。

面对即将彻底关门的严峻形势，厂党委经过认真研究后决定，一方面要坚决贯彻调整方案；一方面也要坚定信心保住河南省唯一的钢铁基地，力争有一个好的前途。

不回避问题，不放弃努力。原公司领导请示省委后，由时任省委书记处书记吴浩带领时任安钢筹建处副主任、党委副书记孔百川等一行人，到北京请求冶金部代管。冶金部对安钢何去何从也十分关心，时任部长吕东及夏、叶两位副部长和部办公厅主任刘炳华（部党组成员）共同参加了磋商。经过深入的研讨研究，吕部长赞同安钢继续发展的意见，并指示具体的各类事项可以直接找刘炳华主任办理。我就是安钢这块工作的具体办事人。

在吕东部长的大力支持下，安钢的不断努力取得成效，于 1963 年经国家经委批准，划归冶金部领导，在沉重的生存压力下取得了喘息之机。

与此同时，安钢众志成城地展开了休养生息和调整恢复，我有幸参与了其中一些具体工作。那些年，安钢制定了“第三个五年计划配套方案”；陆续调整了组织机构和领导体制；对李珍铁矿地质勘探进行复核补课并继续进行基建剥离；建立政工机构，加强政治思想工作，开展学习解放军、学大庆、学毛著活动；大力开展技术革新、技术革命和设备改造工作，为全面恢复生产做准备……一项项的措施都是为了安钢能够起死回生。

当时，要恢复生产，选择合适的产品最重要。在当时的安钢领导班子的不断努力下，冶金部同意由部属大型钢铁企业调拨钢坯支援安钢生产，使安钢能打足吃饱。我作为安钢方面的具体办事人，直接去找刘炳华主任寻求支持，他指示我到首钢进行考察观摩。

看了北京首钢连铸试炼厂产出的 60mm 小方坯后，我认为这坯子是试炼品，成本低，可以不再开坯，能一次成材，很适合我们的 250 轧机使用。回来向厂领导汇报后，安钢又召集了一些从鞍钢调入的老技术工人进行论证，一致认为这种方坯能够解决安钢的具体问题。当时我们都非常兴奋，为安钢能够看见曙光而高兴，于是马上向冶金部打了报告，申请用坯。也许是我们急切的心情感染了冶金部领导，刘主任当即就批示下来，同意调拨几千吨优质钢坯给安钢。就这样，安钢本已停关的 250 轧机恢复了生产，产生了效益，给长期亏损的生产线注入了新的活力。

要持续就得配套，就得有钢水。厂里决策要把已经停下来的 $255m^3$ 高炉恢复生产，我曾找当时炼铁厂戎庆祥工程师等了解情况，得知高炉缺少部分配套设备和配件，如高炉上料卷扬、风口大套、测试仪器等等。在那个年代，这些资源是很稀缺的。

向厂领导汇报后，我又动身去北京，再一次找到冶金部刘主任。在述说了安钢的难处后，已经打过多次交道的刘主任也十分爽快，介绍我到冶金部设备司去。在设备司的仓库，我见到了很多部属钢铁企业拆下来不用又积压在那里的设备和备件，以当时安钢的装备水平，拿来就可以直接使用。当时虽然喜出望外，还是谨慎地又从安钢炼铁厂找了专门的技术人员过去进行认真甄选。随后，才从中挑出很多安钢当时和未来一段时间都能用的设备并报告给刘主任。刘主任当即同意把这些设备和备件无偿调拨给安钢使用，解了当时安钢高炉生产的燃眉之急，还为以后高炉的维修维护保留了一部分设备和备件，使高炉、也使安钢恢复了元气。

粉碎“四人帮”后，特别是党的十一届三中全会召开后，安钢出现了前所未有的大好局面，逐渐过上了好日子。在我的记忆当中，类似这类为了安钢生存来回奔走的事情非常多，当时安钢人的信念十分坚定，就是要重新恢复生产，让河南省的这个钢铁基地能够再次焕发生机。我有幸参与和经历了那个时期的一些事情，目睹了在那艰苦卓绝、生死攸关的发展时期，安钢人不回避问题，不放弃努力，勠力同心干事业的决心和作为，希望在今后的发展中，大家能够从中得到一点启迪。

那年，我从鞍钢来到安钢

邓晋森

退休后，我常常回忆起当年“大办钢铁”时的火红年代，更难忘的是从鞍钢来到安钢的过程。

安钢在一九五八年八月建厂以后，得到全国许多老钢铁厂，如唐钢、鞍钢、首钢、太钢等的大力支援。我就是一九五九年从祖国东北的钢都鞍钢支援河南钢铁工业来到安钢的。半个多世纪一晃而过，当年只有十几万吨规模的小钢联，经过安钢几代人的艰苦奋斗，今天已发展为千万吨级的现代化大型钢铁企业。作为一个老安钢人，我感到无比的幸运和自豪。

现在回忆起来，当时组织上通知我调往安钢工作时，我思想上是极不情愿离开鞍钢的。因为当时自己在工作上、生活上、学习上都感到很满意，思想上没有想过往南方调动的念头。

我国从一九五二年起实行统一招生考试，我在一九五二年初中毕业后，经统一考试，被分配到沈阳读中专，毕业后分配到鞍钢工作，开始任见习技术员，厂里对我们这批铸造专业毕业生很重视，专门成立见习小组，抽调老八级师傅作我们的操作指导，指派最有经验的老技术员作我们的技术辅导。公司规定中专毕业生见习期为一年半，我们见习一年就提前转正为技术员，工资由三十二元升为六十二元。转正以后我被分配到车间技术股工作。当时自己对工作是积极热情、虚心学习的。自己每天都深入车间现场，到工人群众中了解情况，不断完善自己编制工艺规程，和工人师傅共同搞一些工艺改进。在无缝顶头的工艺改进中，我采用了串注工艺获得成功，节约了大量的合金钢水，创造较好的经济效益，被厂部评为优秀革新者。在解决铸钢齿轮热节缩松缺陷课题时，我与老同志一起试验用苏联乌拉尔厂铸钢经验，在铸钢齿轮热节处下弹簧内冷铁的方法，解决了热节缩松的缺陷。使铸钢齿轮的质量大大推进了一大步。

我不愿来安钢的另一个原因是正在谈对象。俗话说，男大当婚，当时我二十三岁。南方人在鞍钢找个对象不是很容易的事，想找个南方人当对象那就更不容易了。经同事牵线，给我介绍了一个从湖南来鞍钢学徒的女学员，见面第三天，领导就通知我调往安钢，当时思想上斗争很激烈，这突如其来的调动，不能不说是对自己一场严峻的考验。

我国第一个五年计划时期，中央号召全国支援鞍钢。一九五八年“大办钢铁”时，中央要求鞍钢支援全国。当时，鞍钢工作的干部、技术人员和老工人，纷纷调往全国各地新建的钢铁企业。与我曾同住一个宿舍的小毛同志调往包钢，老翟同志调往酒钢，老石同志调往济钢。其实这些同志，思想上也是不想离开多年工作、生活的鞍钢的，但他们绝大多数同志服从组织需要，克服各种困难，愉快离开鞍钢奔赴新的岗位。和我同一个车间工段的艾段长，全家在鞍钢，家住鞍钢太平村，居住条件很好，家里有暖气、煤气、木地板，当时组织上通知他调往安钢时，他把家里安排妥当，把鞍钢上下班骑的心爱自行车拆了，擦干净上了一层油，用布包起来，挂在墙上，自己愉快踏上南下的火车，奔赴新的岗位。和我同一个车间的小型工段王段长，家住鞍山市郊刘二堡，爱人身体不太好，当组织通知他调往安钢时，他把照顾爱人看病等工作安排就绪后，向组织表示克服一切困难，坚决服从需要，愉快地南下奔赴新的岗位。后来，我也想通了，要向艾段长、王段长学习，坚决听从组织召唤，服从组织需要，到祖国最需要的地方去。于是，我踏上南下的火车奔赴安钢。

这段经历令我终生难忘。

我在安钢建厂初期

邓晋森

1959年底，我从老厂鞍钢调来安钢以后，首先要过生活关。老厂住宿条件好，宿舍有暖气，三个人住一间房。而安钢当时宿舍建设滞后，跟不上需要，许多工人没有宿舍住。领导为了照顾我们这些支援安钢的技术人员，让我们住在单身宿舍里。就是安钢医院旁边的平房。平房屋顶是苇席上盖瓦的土坯房，透气性很好，没有取暖设施，每室住五名车间干部。我们四个人都有自行车，每天晚上，四辆自行车都要推到房间里，室内拥挤程度可想而知。但我们看到车间工人是住在炼铁厂旁边一处等待设备安装的空压机站厂房里，两排大通铺，住着六七十人，我们自己感到也应知足了。

当时，职工吃饭都到工地食堂就餐，自带餐具。我们最常吃的主食是红萝卜粉丝馅的大包子，因为可以不洗碗筷，又减少排队。当时安阳市的餐馆到处贴着“钢铁战士优先就餐”的标语，以表示对“大办钢铁”的支持。但就餐要流通粮票，我们粮食关系都在厂里，不发流动粮票，我们没在市里吃过一顿饭。其实在吃的方面，我们在老厂鞍钢时粗粮比例很高，细粮少些。来到安钢，因地区差别，细粮比例很高，在吃方面还是很满意的。

当时，我们工作的机修厂厂房已盖好，但四面尚未砌墙，属于半露天状态。车间还没有起重设备，没有砂处理设备，没有烘干设备，也没有压缩空气等基础设施，干活都是靠手工劳动。

车间的生产工人大部分是到鞍钢培训回来的。他们都是从农村招来的新工人，非常老实，听领导的话，听师傅的话。他们在鞍钢培训一年多，没有到市里逛过一次。在鞍钢培训时都是在班组跟着师傅干，一般都是打下手。回到安钢以后，基本上没有师傅指导，都要求自己独立操作，所以他们责任心特别强，工作热情也特别高涨，还能因地制宜想些办法。因为车间没有混砂设备，型砂强度不高，铸件容易产生缺陷。工人们就想办法到农村借老乡的碾子去碾砂。他们用自己的洗脸盆，把车间的砂子、黏土，用肩扛着运到农村去碾。碾好后再用洗脸盆运回车间供造型使用。经碾过的型砂强度大大提高，铸件质量大有提高。

车间没有烘干设备，较大的铸件表面掉砂，缺陷较多。工人们就在车间挖地坑，把砂型架在地坑内，底部烧煤加热，顶部盖铁皮把砂模烘干，解决砂型强度不够造成掉砂的缺陷。

浇注铸件是借用双炼车间的天车吊着转炉钢水浇注的。在这种条件下，安钢竟能生产出近五吨重的炼钢车间使用的大渣斗，这是我原来不敢想象的。

来到安钢不久，我就和大家一起投入到赶制二号高炉进风弯管等零件的任务。产品出来后，有些零件表面有些缺陷，必须进行修补才能交货。我在现场与质量检查员一起指导电焊工，对有缺陷的零件具体修补的部位提出要求。由于长时间受电焊弧光的照射，又没戴防护面罩，下班后我发现眼睛睁不开而且红肿了，原来被“电打了”。到医院门诊外科看病时，一位正在哺乳期的女护士主动给我挤了一小瓶乳汁治疗眼睛。她的这种高尚行为，令我终生难忘。通过一系列的事例，我体会到，一切工作都要依靠群众才能搞好生产技术工作。来到安钢不久，我就和广大职工一起，全身心地投入热火朝天的生产建设洪流中。

初建安钢的岁月

徐志杰

年轻时，总觉得人生的旅途是漫长的。到了老年，又觉得人生几十年，昙花一现，生命是短暂的。

瞭望沸腾的十里钢城，我站在这绿荫覆盖的花园中就是安钢现在的职工生活区，眼前高楼林立住着职工家属。一些下班的职工们驾驶着摩托车，一排排简直成了摩托大军，奔跑在安钢大道上。下班后身穿各式时装的男男女女，在林荫路上悠闲散步。节假日里，带领子女外出旅游。那种幸福生活，我在欣赏、思索、怀念，感慨万分。

回想六十年前，在安阳梅园庄这块方圆几百亩田野上，建筑起这座河南省唯一的钢城，是那些创业者们用艰辛汗水拼搏、流血牺牲建成的，如今他们已是70岁以上的老人了，很多同志已经去了“天国”。回忆当年建设工地日夜奋战的场景，我的记忆犹新。

1959年，参加安钢建设的工人、干部、解放军、大学生来自祖国各地。建筑工地一片田野上民工们在挖地基建厂房，一批批农民——新工人，边劳动、边培训，他们吃住就在工地的大席棚子里。当时这生活区是田野刚建起的两处三层小楼，一楼是钢铁厂筹建办公室，楼上是技术人员和干部的独身宿舍，小屋里只能放进四张床，住进四个人。中午宿舍里满屋子蝇子在飞，夜里又有打不完的蚊子，很是热闹。

技术人员都是专业的大学生们，有的就在办公室一角放张木板床，每天趴在桌子上画图，疲倦了就倒在床上，梦中还在想着那一张张美丽的蓝图，又爬起来赶制图纸。钢铁厂的蓝图是他们披星戴月绘制、安装一整套完成的。这些刚毕业的大学生们每个人都勇挑重担，在施工现场和老工人一道，在当时的困难条件下，克服一个又一个困难和技术难关，日夜奋战。这一代的青年是在共产党的培养教育下，唱着革命歌曲，一心为建设新中国奉献自己的力量。他们是那么纯真、激情，没有克服不了的困难。

那年月没有机械化，各项工程都要依靠繁重的体力劳动完成。雨季到来，这黄土地田野上的路，脚踩下去就有半尺深的泥，可一切施工和机械安装都不能延误。技术人员和工人们一起走着这艰难的路，在建设安钢，在战天斗地，各项工程都在突飞猛进。

那个年代，新中国刚刚建立，青年人都非常爱国，节假日不但不休息，每天还在加班加点地工作着，经常参加突击性劳动。清理施工现场、挖土拉车、搬矿石等，每天这样紧张的生活，没有一个人叫苦叫累。傍晚，有时听到口琴在吹一首舞曲，那就是最大的享受了。大家生活的很快乐，因为那时我们也是新时代的青年，幻想着美好的明天。

进入1960年，中原大地第一座炼铁高炉拔地而起，当时这在中原大地上就显得高耸入云，格外宏伟！全河南省都在欢呼。从此，安钢老一代创业的艰苦奋斗精神代代相传，安钢在不断发展壮大，加快了河南省的经济建设。

似水流年，安钢的昨天在历史上写下了光辉的一页，安钢的今天这样辉煌，安钢的明天会更加美好。祝愿安钢还健在的、创建安钢的建设者们身体健康。夕阳无限好，晚霞更光辉，美好的时代，幸福的生活，我们也在度过一个快乐、幸福的晚年。我在这里告慰安钢的第一代创业者：你们的汗水永远留在了安钢这块土地上，安钢人将永远记住你们！

创业艰难

刘增玲

在安钢建厂即将迎来六十周年之际，看到今天的巨大变化，我这个建厂之初就来到安钢创业的退休工人，心情无比激动，抚今追昔，感慨万千。

安钢建厂之初，我还是一个小姑娘。我们学技工的大都到太钢、首钢、鞍钢等厂培训过，一九五九年返厂投入到热火朝天的生产建设中。当时条件很差，大部分人员都住在安阳市区。也没有公交车，厂里仅有的两辆大客车拉不了多少人。每天，我们都是从安阳市区到安钢步行往返上下班。这么长的路，对于我来说不算什么，我上初中时就是学校唯一的一名女生文体委员，曾在校运动会女子五千米长跑比赛中取得第一名。所以，步行上下班十几里路一路小跑谈笑中就到了厂区。

一九六零年，安钢盖了简易平房和楼房，我们搬到了生活区。单身工人住在一生活区的半成品楼里，连门都没有。房间里大部分没床，大家都睡在地板上，很挤。夏天酷热难耐，冬天寒风凛冽。虽然条件艰苦，但我们从不言苦，个个兴高采烈，意气风发，从不迟到早退。当高炉第一次出铁时，我们都去参加庆祝，大伙高兴得笑逐颜开、又蹦又跳，激动万分。

当时，我们用的焦炭和烧结矿都是用土炉自烧，装炉出炉都是工人用平车推拉，非常吃苦。刚开始出的铁水，就让它流到炉台上的斜坡模具里，等下次出铁前，炉前工必须把铁块搬完。这活又脏、又累、又热，大家的脸烤得红红的，汗水湿透了帆布工作服，翻毛皮鞋烧焦后散发出难闻的味道。我们几个人，在化验室上班，这算是好岗位了。一开始连电话都没有，看见放渣，我们就去炉前取样，跑回来要及时准确快速分析，再把结果送到炉上。因为我们是炉前的“眼睛”，下配料要参考。当时化验也是老操作方法，如酸溶母液吸五十毫升都是用嘴吸，一不小心就吸进口里；矿石等原材料都是用大锤在铁板上砸碎后制样。以前没有奖金，保健和夜班费还是后来才有，但我们干活都是争先恐后、热情很高。

一九六零年后，我国由于连续三年自然灾害，又加上还外债，给国内生产生活造成很大困难，工人连饭都吃不饱。红薯叶、红萝卜叶、骨头粉野菜，我们都买过、吃过，不少人因营养不良得了浮肿病。形势所迫，全厂大部分停产。多数人员被下放返乡，留厂人员护厂打扫卫生、学习。闲暇时候，我们还开点小荒地，种些瓜菜补充生活。那时，每人的工资很低，生活艰难，什么都凭票供应。由于种种原因，多半五八年进厂定为二级工资的职工，一直拿了十几年。那艰辛的岁月至今难忘。

在炼钢和炼铁工作期间，每赶上出铁和出钢时，我们经常顾不上吃饭，派人把饭买回来，什么时候忙完才吃饭。特别在电炉化还原期，大家都像打仗一样繁忙而紧张，化学成分不合格就不能出炉，化验要及时准确。为配合好炉前生产，我们工余时就苦练基本功，老方法三元素连测一个人三分钟就报出结果。当时工人三班倒，下班后还要参加义务劳动。比如焦化分公司办公楼前的大水池，就是全厂员工业余时间挖成的。很多同志手足起泡，肩压得红肿。但轻伤不下火线，大家劳动热情仍然高涨。到了农忙时节，我们不忘帮助农民割麦收秋，到南崔庄摘棉花等。我们经常唱的歌是《咱们工人有力量》《勤俭是我们的传家宝》《学习雷锋好榜样》，我们表的决心是：不怕苦，不怕累，忠于革命忠于党。我们做到了我们说过的誓言，脚踏实地，把无悔的青春年华无私地奉献给了安钢。

几十年过去了，当年青春焕发的年轻人，如今已是满头白发。我们走过了如歌的岁月，见证了安钢由一个小钢联，发展到今天这样宏大壮美的大企业，看着安钢人过着幸福无忧的快乐生活，我作为一名安钢人，感到非常自豪和光荣。愿安钢精神继续发扬光大，愿我们安钢发展得更加壮美辉煌！

在那土法炼焦的日子

王自森

目前，集团公司全体干部职工正在积极应对市场挑战，奋力开启新征程，为再铸安钢新辉煌而努力奋斗。我们作为1958年进厂的第一代安钢人，有必要回顾一下那段创业过程，重温艰苦奋斗历史，弘扬安钢精神，这对广大在职职工尤其青年职工也许有一定的启发。

1958年7月我刚18岁，从农村应招来到了正在筹建的安钢，当时还是一片庄稼地，来厂后被分到焦化厂，由当时的化工车间主任张景文带队赴太钢、鞍钢对口学习。当时所谓的炼焦炉，就是在平地上挖一个圆形或长方形的坑，用耐火砖砌上烟道，用土坯砌上烟筒，堆上配好的煤，压紧压实再用泥巴糊好，最后用柴燃着煤块烘烤，大约烧12天，一炉焦炭就算炼成了。

这种土法炼焦效率很低，结焦率只有60%，也就是说几乎两吨精煤才能炼一吨焦，而且焦炭质量从灰分到强度都达不到标准，炼焦过程中产生的焦油、苯、萘、铵等以及煤气都得不到回收和充分利用，在冶炼过程中都逸散在了大气中。当时在约两万多平方米的地面上建了100多座土焦炉，生产中所产生的黑烟、黄烟、青烟、白烟带着各种有害气体和粉尘在工地上空弥漫，环境污染十分严重，在现场作业的职工个个满面满身漆黑，一笑只能看到露出的白牙，和煤矿挖煤的工人没有什么区别。

土法炼焦工艺落后，来往的运输、上下料全靠人工扛、拉、抬，体力消耗很大。炉子砌好后在离地一米左右的炉墙上架上长木板往里装煤时，由身强力壮的小伙子用架子车往上拉，另外有四个壮汉助推上坡，车子不够时用大筐往上抬，甚至用袋子背，工人们常常累得汗流浃背，腰酸腿疼。焦炉出焦也同样是笨重的办法，用钢钎撬、大锤敲、铁锹铲。出焦时往往余火未熄烟熏火燎，遇上盛夏，烈日炎炎，炉旁四五十度的高温灼热难受，加上刺鼻的气味，再加上脚下穿的大头皮鞋被汗水浸泡的两脚一走一滑的滋味，简直叫人痛苦不堪，常常有一些体质差的工人中暑晕倒，烧伤烫伤时有发生。当时还没有建起澡堂，更谈不上更衣室，只有依靠职工摸索出的“三宝”不离身经验来解决，一是“大提兜”：全套工作服、平时更换的衣服、毛巾、碗筷、肥皂、粮票、钱等，上下班不可缺少；二是“大草帽”：防晒、防雨、防尘、防火烤、防头发眉毛被烧，不管黑天白天、晴天阴天，只要上班必不可少；三是“大脸盆”：洗手、洗脸、小河沟取水、喝水、煮萝卜、煮白菜疙瘩吃。这三件东西是日常生活必不可少的，下班后只能在小河沟用毛巾简单的擦洗一下，再换件干净的衣服完事。

在生活上更是艰苦，当时的口号是“先生产，后生活”。我们住的是厂区周边的范家庄、北辛庄、焦邵村等一带的民房，晚上照明用的是煤油灯，上下班绝大多数没有自行车，全靠两条腿走路。

在1960年至1962年三年自然灾害困难时期，职工口粮按工种定量供应。我在熄焦大组当组长定量是一个月42斤，一日三餐标准早晚各三两，中午四两。那时由于肉蛋蔬菜等副食短缺多数人都吃不饱，当时每月工资只有18元，还得养家糊口。但实在饿急了，也会到市营业免收粮票的食堂买碗面条吃，那就算是最高的“享受”了；有时为填饱肚子就到附近的农村收获过的菜地里挖些白菜根、萝卜根煮煮吃。

在那艰苦的岁月里，虽然工作苦脏累，物质待遇也十分差，但是广大职工艰苦创业的奋斗精神却是十分高昂的，大家觉得能为改变祖国的一穷二白的贫困面貌，为改变河南缺铁少钢的状况来到安钢当一名省管国营企业的钢铁工人，本身就有一种自豪感。

当时中央提出的口号是“为实现年产1070万吨钢而奋斗”，在这个目标鼓舞下，职工们自觉做到“八小时内拼命干，八小时外做贡献”，星期天、节假日一般情况下自觉到厂里找活干。我除完成本职工作外，协助车间成立起青年突击队，并组织开展了“插红旗，争上游，多拉快跑”“五比五看”等形式多样的劳动竞赛，装炉组的多拉快跑连创纪录，看火组的精心操作指标创优等比赛多次受到厂和公司的表扬。

记得1961年5月，厂里正开展“红五月”劳动竞赛，我因疝气发作住进了医院急诊科进行手术治疗，医生要求七天拆线后出院，可我觉得自己是熄焦组长，不能因为自己这点小病影响生产大局，于是只住了三天医院线没有拆就上班了，没想到就是这次提前出院留下点小隐患，以至40年后又做了二次手术。

那时候大家都是一心一意为了安钢发展，谁也没有因病、因伤、因抢险等等提出待遇和其他要求，更无任何怨言。还有一件事至今难忘，那是1961年霜降后的一个星期六的晚上，大家躺在床上议论明天星期天干什么，有的说饭票吃完了，干脆就好好地睡一觉，10点以后步行到市里老地方吃免收粮票的面条算了。正说着车间来了通知，要求明天早8点之前必须把那个长方形的炉子修好，并且把现场场地打扫干净，迎接上级检查。第二天一大早没有饭票的几个人凑了8元钱，偷偷地买了一元一个，一个大约1.5两，不敢公开卖的馒头，匆忙吃完，二话不说就直奔工地，大家士气高昂，工作认真，终于提前完成了任务，当厂领导得知有的同志饿着肚子还坚持干活之后，十分感动地说“小伙子们，你们辛苦了，赶快休息休息，弄点吃的去吧！”此后还在厂大型会上对我们给予了表扬。

那时正是“大跃进”年代，劳动强度大，环境条件差和生活十分艰苦，但职工们都能一个一个战胜克服，在思想上也同样要求相当紧。记得过中秋节，每人发了半斤糖票，半斤月饼票，有一个同志说：“一年才过一个八月十五，就发半斤月饼，还不够填牙缝呢。”这个话当天下午就传到厂党委宣传部哪里，部里要求汇报他是什么出身、家庭情况、社会关系等等，当得知这位同志是贫农出身后，组织上就让我们工段帮他提高思想认识，我们帮了他一个星期，直到他写出书面检查才算过关。

光阴似箭，不知不觉五六十年过去了，那些泥巴炼焦、灰头土脸、饿着肚子干活的场面早已被人淡忘，那些简易工棚、原始工具、陈旧设施早已被现代化的厂房、自动化的大型设备所替代。现在的焦化厂已拥有了8座炼焦炉，其中有两座6米焦炉和两座7米焦炉，目前，在国内同类型焦炉中属先进水平，不仅能年产300多万吨优质冶金焦炭，还能生产焦油、工业萘、苯类、硫磺等化工产品，年销售收入达4亿多元。3座干熄焦项目填补了河南省没有干法熄焦的历史，不但提高了产品产量质量，满足了大高炉炼铁的需要，还为公司节能减排和发电量增长做出贡献。生产的煤气除保证公司本部生产外还为冷轧项目提供了能源。看看安钢现在的大焦炉、大高炉、1780等现代化的炼轧设备，再看看厂区四季常青、三季有花，再想想那土法上马、人拉肩扛车推的日子，真是感慨万千。安钢由小到大、由土变洋，我真想说一句发自内心的话——安钢人就是能干，安钢精神了不起！目前的安钢早已不是五六十年前的安钢，已经跨入千万吨级大钢行列，就文化素质、技术水平而言，新一代安钢人要比我们不知强多少倍。

现在安钢面临的困难虽然很多、形势很严峻，但我相信在新一届公司领导班子的英明决策和广大职工的共同努力下，只要继续发扬安钢人艰苦奋斗的创业精神，群策群力，顽强拼搏，我们就一定能够再铸辉煌，再展雄风。

抬过钢筋的妇女们

刘光复

建厂初期，安钢机械化程度很低。当年既无“临时工”也无“农民工”，很多重体力劳动都由职工来承担。例如，高炉刚投产时吃的是原矿石，而进厂的矿石块很大，需要破碎。破碎设备很少，因而大部分矿石靠人工用锤子砸成合格的小块。厂机关干部每周都要多次参加劳动——砸矿石。

1964年，安钢首次出口钢材。当时时间紧迫，又无吊装设备，轧出的圆钢从车间运不出来。每捆重量约100斤，需要用人抬到车间外约百米的平板车上，然后将平板车推到成品库上垛，再根据发货安排由垛上抬到火车皮上。当年安钢没有这个工种，也没有多余的人力，怎么办？不知是哪位“诸葛亮”出的主意，动员职工家属来抬钢筋，就是两个人用肩扛来代替吊装和运输设备。

当时从鞍钢等老企业支援安钢的技术工人们的爱人大部分没有工作，年龄都在三十岁以上。于是就有了一支约三百人左右的妇女建成的抬钢筋大军，倒三班奋战在轧钢线上，这一抬就抬了八年。

不要小看这一捆捆钢筋，它们不但重而且长，抬起来颤悠悠的，不好抬。抬过后腰酸腿痛、肩膀磨得难受。我当年二十多岁身体好，是安钢的篮球队长；也曾试抬过一下，真是吃不消。而这批可敬的安钢女家属们，则硬是咬紧牙关，帮助安钢顺利完成了出口以及后来正常的生产任务。现在，她们都是七八十岁的老奶奶了，由于当年繁重的体力劳动，她们的后半生都是在腰、腿、肩疼痛中度过的。

她们是安钢的第一批临时工。因为对身体的伤害过重，她们中的多数现已谢世。由于当时政策等原因，她们很多年都不能转为正式工，未能享受安钢职工的工资、劳保、医疗、福利等待遇。安钢领导数次向省请示，时隔十五年后，直至1979年才得以转为安钢正式职工。由于工龄短，她们的退休金都很少。

时逢“三八”妇女节，我衷心地向这些老姐姐们致敬。我想，能看到这篇文章的安钢人，也会诚心地感谢她们为安钢做出的奉献！

精神传承

安钢当年英雄谱

杨充敏

我于1958年底由郑州省建206处调来安钢。先在公司团委6年，又到宣传部办厂报12年，每天都和生产工人打交道，了解了不少青年工人中先进人物的英雄事迹。

红色矿工郝林西

安钢李珍铁矿于1958年建矿初期，采用的是土法上马，手工开采，劳动条件非常艰苦。矿工们胸怀早日建成安钢，尽快改变河南省少铁无钢的落后局面的满腔热情，鼓足干劲，奋发图强，大干快上，轰轰烈烈地开展了劳动竞赛，涌现了一大批先进人物。共产党员郝林西就是其中特别突出的一个。

郝林西同志来自清丰县农村，深知是共产党把自己一个出身贫苦的穷孩子培养成为新社会的健壮青年，决心把一切献给党，献给社会主义建设。他在家乡农村就是一个好农民，处处起模范带头作用，十八岁就入了党。来到安钢后更是干劲倍增，奋勇争先，不畏艰苦，勇挑重担。一般工人都是两人抬一筐矿石，重一百来斤，而他确是一人挑两筐，重二百来斤。一人顶四个人干，而且天天如此，有时竞赛高潮中，还一人挑四筐，达四五百斤。他挑矿石用的不是一般的扁担勾担，而是一根碗口粗的长木杠，尽管他的肩上垫着两层肩垫，也还是磨出了一层厚茧。寒冬腊月天他也是光着脊梁大干。有一次，河南日报记者到李珍铁矿采访，听说郝林西能挑四五百斤矿石，不大相信。郝林西就给他当场试验。他一下装了六筐，一发力，一股劲走了五十多米，一过磅，七百二十斤，记者深为惊叹。在河南日报上报道后，大力士郝林西就在全省出了名。

有一天，当时的安阳市委刘书记到李珍铁矿视察，亲眼看见郝林西经常每次挑两筐，有时挑四筐的壮举，深为感动。当矿干部反映郝林西出这么大的力气，每天要吃三斤主食，每月48斤粮食标准不够吃，机关干部经常节约粮票帮他时，刘书记当场写下批条，批给郝林西每月85斤粮食标准。这个标准在当时困难时期是全安阳唯一的一个高标准。而群众对此标准也都心服口服。

在郝林西这些先进人物的影响和带动下，李珍铁矿年年月月都超额完成生产任务，确保了炼铁厂一号255m^{3}高炉吃饱吃好。

随着李珍铁矿技术革新的开展，告别了肩挑人抬手工作业，郝林西也先后改为推矿车、开铲车，以至后来担任基层领导职务，但他始终保持着劳动人民的优良本色，勇作生产排头兵和劳动竞赛火车头的英雄气概。圆满完成生产任务和本职工作。

郝林西为安钢建设出力流汗做出贡献，也赢得了应有荣誉，曾多次被评为先进生产者，两次被评为“安阳市标兵”，1965年被总厂命名为“红色矿工”。更值得一提的是，郝林西同志于1969年4月和1973年8月被选为河南省钢铁战线共产党员代表，先后两次赴京，出席了中国共产党第九次、第十次全国代表大会。作为一名普通工人中的共产党员，能以先后两次出席全国党代表大会，在安钢的历史上仅有郝林西一人。

郝林西的先进事迹已载入安钢史册。1987年编辑的《安钢志》基本建设一组照片中就有一幅“大力士郝林西一人挑四筐矿石”的照片，“人名录”也记载了其被命名及出席全国党代表大会的荣誉。

孤胆抢险英雄刘运启

1960年4月的一天，一炼三吨转炉车间厂房内一派繁忙景象。上午11点钟，青年炼钢工（炉长）刘运启看到一炉钢水已经炼好，便指挥天车工将钢水包吊进炉前地坑内，准备出钢。他向下一看，大吃一惊：“有水！”身在附近的车间主任成志贵听到喊声，也连忙到地坑边向下望，果然见地坑内因下水管漏已积有半尺来深水。

炼过钢的人都知道，1500多度的高温钢水，碰到10几度的凉水，热冷相激，就会发生强烈爆炸。

三吨多的钢水就像三吨炸药的威力，足以造成炉毁人亡的恶果。

成志贵和刘运启立即紧急商量对策。眼前摆着两种办法：一种是，为防爆炸将钢水放在炉膛不浇放凉。这样，人安全，而河南人民用几百万元心血建成的这全省第一座现代化炼钢转炉就会报废。另一种办法是冒险出钢，但就会危及到厂房内正生产的40多人的生命安全。

刘运启冷静思考后，想出了个两全办法。就是将厂房内所有人都撤离现场，只留自己一人在现场出钢，就是出事故，也只牺牲自己一人。成志贵稍加思考后，也没别的办法，只能同意这个办法。两人便分头疏散厂房内所有人员。成志贵本来也要留下陪刘运启一道观察，但刘运启说，万一出事故要尽量减少不必要的牺牲，何况事故处理后还要有人指挥生产，所以坚决把成志贵推出厂房外。

整个车间只留下刘运启一人。他冷静地操作旋钮，稳摇炉体，将炉口对准地坑内的钢包，将三吨多钢水准确地倒入钢包。在钢水基本倒完时，少量的钢水已无冲击力，流不进钢水包，顺着炉口唇部向下滴去，碰到凉水后发生了较小爆炸。只听“咚”的一声，热气浪把刘运启冲倒在地。

爆炸声响后，成志贵第一个冲进车间，见刘运启躺倒在地，心想，这一下完了，小刘壮烈牺牲了。但到身旁一看，见刘运启并未受伤，只是热气浪把他冲昏过去。几声呼唤后，刘运启清醒过来，他站起来连忙往转炉前地坑里看，见一包钢水完好无损，转炉炉体也未损伤。两人就分头呼唤天车工及其他人员，将钢水包吊到钢锭模处浇铸钢锭。地坑内排干积水，焊补水管后，又继续正常生产。

事情就这样化险为夷。优秀共青团员刘运启孤胆排险的英雄事迹感动了一炼，感动了安钢，感动了安阳。安阳市豫剧团还将他的事迹编成短剧《钢铁英雄刘运启》，在每晚大戏前演出，受到观众热烈欢迎。

《安钢志》第1244页就写有英雄模范人物、优秀共青团员刘运启的美名。

手搬红钢锭救人的英雄程明义

温度高达一千二三百度、重达二百多公斤的八吋红钢锭，别说人手去搬，就是站得离它一米来远也烤得人脸疼。然而在我们安钢建厂初期的小型轧钢厂500加热炉出钢口旁，却发生了一起双手搬开红钢锭救人的英雄壮举。从事这一超常壮举的英雄就是500加热炉出钢工、优秀共青团员程明义。

事情发生在1960年9月的一天上午十点多钟。

当500加热炉内已加热好的红钢锭被顶钢机顶向出钢口正要出钢时，该根红钢锭上驮着的一根掉队回炉的短钢锭掉下后斜担在出钢槽上，使那根红钢锭归不进出钢口的出钢槽，在那里斜担着，出钢机的顶杆就无法将其顶到输钢辊道上，运往500轧机，轧制成60mm小方坯。

这时，在出钢口旁的出钢工程明义就拿着长铁钩去调整那根短钢锭。刚调好位，站在旁边的另一外号叫“大老闷儿”的出钢工就拿着长铁钩去钩那根红钢锭，想让其归顺出钢槽。

说起“大老闷儿”，其实并不老，才24岁，仅比程明义大两岁，主要是说他人高马大，反应迟钝。他当时也是心急用力过猛，那根红钢锭就沿着出钢槽帮猛然向他滑溜过来，一下将他撞倒，并横担在他的肚子上，一股青烟忽地冒起。

站在一旁的程明义看到这一险情，大吃一惊，立即意识到这根一千二三百度的八吋红钢锭压在人的肚子上是什么恶果。此时找什么东西衬垫外拖都已来不及了。对阶级弟兄生命高度关爱的责任心促使他毫不犹豫地伸出双手，抓住红钢锭翘起的一头，猛然发力向一旁掀去，一下甩开半米多远。“大老闷儿”得救了。

好险啊！一千多度的八吋红钢锭压在肚子上若停留两秒就会烧穿肚皮，停留三秒就会烧坏五脏，“大老闷儿”就必将被烧死无疑。好在由于程明义的英雄壮举，红钢锭在大老闷的肚子上只停留了一秒钟，除将腹部工作服烙糊，肚皮被烫得红肿外，生命已无大碍。程明义的双手就是戴着帆布手套，两手掌也被烧得红肿。

程明义的英雄壮举感动了每一个知情的安钢人。事过次月，恰逢河南省歌舞团来安钢作国庆节慰问演出，他们到公司团委了解到程明义的英雄事迹后，随即编写了一出名为《红钢锭下英雄情》的快板书，在当天晚会上第一个节目演出，受到暴风雨般的热烈掌声。程明义手搬红钢锭救人的英雄事迹从此就广为传颂。《安钢志》第1244页英雄模范人物中也并列着优秀共青团员程明义的美名。

上述先进人物的英雄事迹已过去半个多世纪了，每当念起，犹觉历历在目，感慨万千，正是老一代安钢人的高尚品德和英雄气概，激励着我们战胜安钢前进道路上的一个又一个困难。坚信当今新一代安钢人青出于蓝，而胜于蓝，在新领导班子的带领下，定能乘风破浪、昂首前行，再创安钢新辉煌，让安钢这个利税大户的新形象，展现在国人面前。

安钢史上的精英群体

杨充敏

安钢发展建设前期，在党的培育和为改变河南少铁无钢落后局面的雄心壮志鼓舞下，涌现了一大批先进群体。为了传承老一代安钢人的艰苦创业精神，再铸新辉煌，现将我所熟悉的初期基建、后来复产、再后附企，三个时期三个方面有代表性的精英群体予以简述。

勇挖贮水池的青年突击队

在焦化厂，坐落着安钢大贮水池。一汪碧水向厂区静静流淌，阳光抚照，波光粼粼，激起老安钢人内心的阵阵澎湃。现代的年轻人可能都不知道，这个大贮水池是当时公司机关青年突击队带头手工挖制的。

安钢于 1958 年开始建设没几个月，就感到厂区靠地下深井供水不足，便决定建个大贮水池，引来小南海水库的河水使用。

大贮水池面积 84 米见方，深 4 米，仅土方就有 2844 立方米。当时“边基建，边生产”，抽不出生产工人，公司领导便将挖池任务分摊给两级机关干部。

时任公司机关团支部书记马骥选、支委邢玉洁、刘学仁等，主动请缨，发动 40 多名团员青年，组成青年突击队，承担了分给公司机关的全部挖掘任务。

当时没有挖掘机，挖掘工具就是铁锨镢头，扁担大筐，唯一的劳保用品就是一双线手套。队员利用业余时间，或两人工作一人干，抽出一人上前线的办法，积极投入挖池劳动。他们多是些刚出学门或参加工作不久二十上下的大姑娘小伙子，皮薄肉嫩，干不了多久两手就磨出了血泡。但为了加速建成安钢，他们忍痛咬牙艰苦奋战。“手磨烂，肩压断，不分昼夜连轴转；大干苦干加巧干，完不成任务不下火线！”就是他们苦战的生动写照。经过三个多月的昼夜奋战，大贮水池于 1959 年国庆节胜利建成通水投产。

如今，当年突击队的姑娘小伙和其他所有参加挖贮水池的人员早已离休退岗，成为耄耋老人，幸福颐养晚年。当时建设的生产设备经过更新换代，早被淘汰。唯有焦化厂旁的大贮水池依然玉体健在，并未内退，每日每夜尚在默默地服务着厂区生产。由于“流水不腐”，加上精心维护，仍是池固水清，鱼游浅底，鸭戏水面。

祝愿我们的“大妹子”——焦化厂旁大贮水池终生与安钢亲密相伴，不弃不离，青春永驻，寿超百年。

小型车间的烈火金刚们

安钢在1958年“大跃进”中诞生后，连年亏损，开始转亏为盈，是在1963年11月26日划归冶金部领导之后，于1964年头回实现盈利73万元，其中的关键是安钢请求冶金部从首钢调来数千吨60mm优质方坯，由小型轧钢车间将其轧成线材，销售赚钱。

当时小型车间由于设备先天不足，大量采用人工作业，生产条件非常艰苦。

加热炉是小型车间的头道工序。为将钢坯加热成为千度高温的红钢，加热炉工需及时添煤，每班撬渣，劳作又热又脏又累。在大班长王锡鹏的带动下，顶钢组王自森，烧火组翁治安、冯荣香、郭增喜等，团结协作，不怕苦不怕脏不怕累，精心操作，圆满完成各班生产任务。当时最为艰苦的活莫过于加热炉抢修，炉底裂了缝塌了洞影响加温就要修补。为了赶时间多轧材，又不能等到炉子完全停凉。只要炉内不见明火，色稍发暗即进入抢修。这时，炉内温度仍有二百多度。修者需要罩上湿棉袄，下铺湿麻袋，爬进去麻利地糊上几瓢耐火泥。热气熏得太难受时迅速爬过去对准炉口大吸几口炉外凉气。快要热昏时连忙爬出来换人。其中的热度险度难受度可想而知。

轧钢机是小型车间的关键工序。大班长崔乃臣和轧钢工元振民、王灿书、魏合山等，腿上打着竹条裹腿，手中掌着长柄大钳，聚精会神地操持在热浪滚滚的轧钢机前。虽经葛永新、杜玉玺等“小改小革”，自制安装了升降台、正反喂盘、返钢板等先进机件，仍需瞪眼观察，随时辅助。但见一根根从加热炉内推出的红钢锭，穿行于400/250五架轧机10道辊孔之间，由方变扁又变圆，由粗变细又变长，最后化作一条细长火龙，沿着辊道昂首挺胸向西飞奔，遇顶板后翻身趟上斜坡冷床。有时从辊孔中挤出一条不听话的红钢条，妄图逃离返喂盘，胡绕乱窜。这时就靠轧钢工眼疾手快，嚯地挥动大钳，夹住那根佻皮的钢头，翻转身喂向下道辊孔，任凭一千来度的炽热火龙在身旁翻滚盘绕，拱形飞舞，匆忙穿行于轧钢机间。

精整在小型车间是相对技术简单，热度稳定，比较安全的工种。但对钢材质量及成本降低却起着重要作用。大班长张庆元和精整工康骚、杜坤、郭振华等，对每根钢材都严格把关。将其中麻脸耳刺缺陷的一段剪除，余段合格者仍零捆入库，以提高成材率并降低成本。规章规定，定尺合格钢材中允许有一定短尺。

勾钢工勾的钢条虽已由红变暗，而散发的热气仍有七八十度。

不吸气吧憋得难受，吸口气吧熏得难受。这时只有亲手操作的人才会体验到，热到顶点感到的不是热，而是疼。热气熏得人鼻孔疼，喉咙疼，胸部疼，浑身都疼。每次从冷床上勾下二十来根钢条，勾到冷剪机辊道上后，就连忙跑到厂房外五六米处，扒开口罩毛巾，深深吸上几口凉气。

工人的工作服一干活就出汗溻湿，停一会又熏烤干。就这样干了湿，湿了干，一股汗馊腥味。但只这一身，又没洗衣房，没法及时洗换。

当年小型车间职工为安钢转亏为盈做出了突出贡献，也为安钢培养出了一大批轧钢人才，涌现出的先进模范人物已载入安钢史册。

轧钢工崔乃臣作为先进工人代表，于 1968 年赴京参加了国庆观礼，捧回了毛主席赠给的金色芒果。安钢领导和大队人马都到安阳火车站盛情迎接。加热炉工王锡鹏作为安钢标兵，1965 年被总厂命名为“烈火金刚”。这“烈火金刚”可以说是当时小型车间英雄好汉们的集体荣誉，王锡鹏则是其中的优秀代表。

身残志坚的福利厂男女精英

随着转亏为盈，安钢在扩大发展钢铁主业的同时，开始着力开拓附企生产。为了满足职工的劳保用品供应及生产单位的劳动服务业务，并安置安钢家属子弟特别是身有残疾的待业青年，于 1987 年 8 月 1 日组建了集体企业性质的安钢福利厂。

福利厂最初只有 37 人。1996 年改制为福利公司后，职工已发展到 300 余名，其中 160 多名身有残疾。他们身残志坚，奋发勇进，除完成钣金、电修、缝纫生产任务，创造了年获利润破千万，经营收入超亿元的卓越成绩外，还在体育方面取得了惊世卓业，培育出了三个残疾人体育竞赛世界冠军，捧回了省市及全国大赛的几十个奖杯证书，为安钢为河南为新中国争了光。

电工张喜安是福利厂残疾人传奇式领军人物。他从小酷爱游泳，九岁因车祸失去双脚后意志弥坚。1982 年 18 岁时到市体校拜师学艺，自创了“张氏游泳锻炼法”，使游速飞快提高。1983 年偶闻我国改革开放后第一次残运会在天津举办，便带上 80 元钱 5 斤粮票自发前往参加。由于他不属于任何代表队，组委会不让他参赛。经他软磨硬泡，感动了时任国家队残疾人游泳教练刘风庆。刘教练慧眼识才，对他单个测试后保举他代表个人参赛。结果出乎意料地夺得 100 米仰泳和 100 米自由泳两项全国冠军。他从此一鸣惊人，被吸收为国家队正式队员，抽调到北京参加正规专业集训。1984 年 3 月在美国纽约举办的第七届世界残疾人奥运会上，张喜安代表中国队参赛，一举夺得 A3 级 200 米混合泳金牌。实现了中国人在世界残奥会上这个项目金牌零的突破。同时他还获得 100 米自由泳、仰泳、蛙泳三枚银牌。使中国五星红旗四次冉冉升起在美国上空。张喜安从 1983 年到 1990 年在国内外残疾人大赛中共获得 18 枚奖牌，先后被安钢安阳河南省授予劳动模范和全省全国新长征突击手等荣誉。

缝纫女工刘璟丽由于天生双腿畸形，行走困难。张喜安发现她在与别人掰手腕玩耍时臂力特棒，便让她在业余时间练习仰卧举重。

经她刻苦锻炼，取得出色成绩。继先后取得全市全省全国残运会女子举重冠军，并荣获体育道德风尚奖，明星残疾职工之后，她于2002年8月在马来西亚首都吉隆坡举办的世界残疾人锦标赛上，一举获得女子75公斤级举重冠军。2009年8月她内退之后仍坚持锻炼，于2014年6月在安阳市第六届残运会上夺得标枪、铅球、铁饼、举重四个项目第一名。

失去左手的炼钢辅料工梁海臣曾四次参加全国残运会短跑竞赛，于1999年元月在泰国举办的残疾人亚运会上取得一金一银一铜的好成绩。同年8月，他在西班牙巴塞罗那世界残疾人田径锦标赛上获得400米短跑冠军，和100米200米两项短跑亚军，并于2000年澳大利亚悉尼残奥会上取得100米短跑第二名。

残疾人身残志坚，在各自的岗位上默默奉献，都成为了生产技术岗位上的能工巧匠。职员任永红在业余时间勤学苦练，练出一笔好字，多幅书法作品收入《中华书法大家精品集》和《中华人民共和国书画名家作品集》中，近作草体条幅荣获全球华侨华人书法大赛一等奖，他的名字已载入《中国当代艺术界名人录》。

点赞三代安钢人

杨充敏

安钢代有才人出，各领风骚几十年。

安钢自1958年建厂至今，汇集了三代安钢人艰苦奋斗的心血。常言：时势造英雄。而英雄反过来又给时势以重要影响。三代安钢人的形成、成长、贡献、坎坷，无不与当时当地、国内国外形势、地理环境与人员素质息息相关。安钢作为河南省最大的国有钢铁企业，每一代安钢人都是在省委省政府的亲切关怀和精心培育下健康成长的。在庆祝建厂60周年的今天，我们怀着激动的心情，衷心地为三代安钢人点赞。

第一代安钢人
艰苦奋斗，创立基业，开创河南现代化钢铁历史

1958年，河南省委省政府领导，为了实施国家发展钢铁工业规划，在安阳创建钢铁基地，于当年3月抽调孔百川、杜华平、白肇焜等领导同志组成安钢筹建处，筹建安钢。从本省各市县抽调了行政管理干部，从唐山、太原等老企业抽调了技术骨干，从各县农村主要是“大办钢铁”集团中招收多数是小学初中文化的农民，分别送老厂短期培训后回厂分配到岗位操作，组成了第一代安钢人的基本队伍。

第一代安钢人在“鼓足干劲，力争上游，多快好省建设社会主义”总路线的鼓舞下，土法上马，土洋结合，从1958年8月10日开工到1960年11月，经两年多苦战巧干，便以“大跃进”速度建成从采矿、炼焦到炼铁、炼钢、轧钢现代化中型钢铁企业的雏形。并在边基建的同时，边生产了10万吨钢、27万吨铁、2万多吨钢材、40万吨焦炭和188万吨矿石，一举结束了河南少铁无钢的穷局，开创了河南现代化钢铁历史。

经过1961年至1963年三年困难时期的精简下放，1964年至1965年交冶金部两年代管，调整巩固了安钢的主体产业，还创造了1964年盈利73万元、1965年盈利433万元的奇迹。特别是经过1966年至1976年“十年浩劫”的考验，安钢人顶住了干扰，守住了人心，保住了安钢，坚持了生产。1972年4月，大家响应冶金部关于“结束我国钢铁十年徘徊”的号召，在省领导组织的安钢会战指挥部的率领下，在坚持生产的同时，又大抓基建配套。经过五年苦战，硬是把冶金部最初规划的“三大五中十八小”中的一小，即年产8万吨钢的小罗汉，建设成为“四五六六”规模，即年产40万吨钢材、50万吨钢、60万吨铁、60

万吨焦炭的中型钢铁联合企业的大金刚。在1958年8月至1977年的20年间，安钢还给省里上缴税金6909万元（以上数据来自《安钢志》）。

在职工福利方面，共建设了五个生活区，使多数职工和家属在这片土地上安了家，拥有了一个简朴而稳定的家园。然而，当时由于国家经济条件所限，劳动条件非常艰苦，又因物资匮乏，买东西都需凭票供应，职工收入又低，大家普遍过的是贫困型生活。但又因物价便宜，分配均平，干部廉洁自律，人们虽忍饥负重，却口无怨言，心平气和，以苦为乐，以穷为荣。

如今，第一代安钢人均已离休退休，不少人已经辞世，健在的都是些耄耋老人，正在幸福地安度晚年。

第二代安钢人
锐意改革，迅猛发展，打造出河南特大型钢企

粉碎“四人帮”以后，特别是1978年党的十一届三中全会之后，安钢出现了新的历史转折。以从安钢技校职高、安钢电大工大、安阳大学以及由北科大等院校代培出来的优秀学生为主体的第二代安钢人，在邓小平同志关于改革开放、“发展是硬道理”、建设有中国特色的社会主义思想指导下，大胆改革，快步前进，完成了三个转型。

第一，由计划经济向市场化经济转型。原先由于建设安钢的资金全部来自省财政，那时安钢的一切经营权产品分配权均由省政府掌控。随着贯彻对外开放，对内搞活的方针，在农村大包干推动农业大发展政策的启发下，时任安钢党委书记赵硕、厂长韩旭东、副厂长钟力生集中群众意见，于1980年3月大胆提出并经省领导批准的五年利润包干方案实施，实行了承包经营，即在完成上缴利润（先是800万元，后增为1100万元）指标后，余款由安钢支配；产品在完成省计划后，由安钢自销。利润余款和自销款用于配套扩大再生产和改善职工生活。这就极大地调动了安钢管理和职工劳动生产的积极性。当年，安钢以400%超额完成了经营指标，利润自留达到2776万元。安钢由原来的亏损大户一跃成为全省上缴利税大户，仅1985年就上缴利税5000万元。这一硕果振奋了安钢干群，震撼了中原大地。省领导向全省国有企业推广了安钢承包经营的经验，安钢被树为全省工业战线上的一面红旗。冶金部向所属56个地方国营企业推广了安钢经验，推动了全国地方钢铁工业发展。

第二，由中型钢企发展为大型钢企的转型。安钢利用承包经营积累的利润和产品自销款到1985年自筹资金已达1.5亿元，用于配套技术改造，使安钢于1985年实产达到“四五六”（即40万吨钢材、50万吨钢、60万吨生铁）的目标。由于钢产量一年上一个10字头，1989年，在全国56个地方钢企中，安钢出乎意料地率先突破100万吨钢的记录，实现了中型钢企到大型钢企的转型。当

年上缴利税近3亿元。

第三，实现了由大型钢企向特大型钢企转型。自2003年3月开始，经五年奋战，对安钢进行了脱胎换骨的改造，把安钢由年产几百万吨的大型钢企扩建为年产千万吨级规模的特大型钢企。建成了国内领先国际先进的一大批高端装备和生产线。主导产品全面升级换代，由长材为主转变为以板材为主。产品附加值和技术含量大幅提升。而且还平稳过渡，保持了改革开放以来连续盈利的记录。

与安钢生产建设迅猛发展的同时，职工生活水平也得到相应提高，先后建成了六区、高层、新一区、御景园等生活区，向内部职工出售。职工由于收入增加，购买了新楼房住宅，添置了成套家电，原来的楼房经房改也实现了私有化。加上市场物资丰富，敞开供应，职工和家属过上了温饱型生活。

目前，第二代安钢人多数已经退休，部分将要退休，他们仍在发挥余热，为家园为社会做着力所能及的贡献。

第三代安钢人
正在为重塑新安钢而战

我们不要过分苛求前人，有些困局的形成往往也是不可逾越的历史发展规律的必然，但事实毕竟是如此。正是我们安钢全力参加的全国钢铁行业十余年来产能无序扩张，加上大规模基建活动的放缓，造成钢企严重的产能过剩，产品积压，钢材跌破白菜价仍库存堆积如山，钢企之间出现了生死存亡竞争淘汰的惨烈局面。我们安钢虽然焕新了整套现代化设备，但由于管理落后，产品成本高，劳动效率低，抗风险能力弱，2012年和2013年出现了严重亏损，濒临危亡困局。职工和家属出现了担心安钢垮台的情绪。面对此等危局，安钢新的党政领导班子，受任于安钢生死存亡之际，奉命于重塑新安钢的危难之间，立足新常态，制订了具有前瞻性可操作性的“一一四三”宏伟战略规划，大刀阔斧颠覆性地重组了生产管理班子，采用了按铁前、钢后、非钢三大板块运作的模式，率领第三代安钢人，开展了轰轰烈烈而又扎扎实实的解危脱困保生存大决战。

“数风流人物还看今朝”。第三代安钢人面临的形势是前所未有的凶险，担负的使安钢浴火重生的担子是前所未有的沉重，而人员的素质却是前所未有的高，绝大多数成员都是名牌院校大学本科优等毕业生，部分是经过部队锻炼的复员转业兵，他们具有拼搏进取、敬业奉献的精神，有信心有勇气有能力打赢解危脱困保生存大决战。

安钢党委立足解危脱困大局，充分发挥国有企业党组织作用，积极构建“四个三”党建工作布局，把党的思路政治优势、组织优势和群众工作优势转化为企业发展优势，为安钢健康发展提供了坚强的政治保证和组织保证。广大党员、领导干部率先垂范、冲锋在前。广大职工群众立足实干，顽强拼搏，为生存而战，为荣誉而战，为尊严为战，把每一个生产岗位都当作一个战场，把每一项工作都当作一次冲锋。经过一年苦战鏖战，2014 年便旗开得胜，初步扭转了严重亏损局面。当年实现销售收入 470 亿元，同比增长 16.16%；实现利税 16 亿元，同比增长 79.77%；铁、钢、材分别达到 1088 万吨、1088 万吨、1079 万吨。从而使安钢由千万吨的规模达到了千万吨的实产。

谁知喘息未定，2015 年初全国钢价呈现断崖式下跌的残酷局面，一些钢企纷纷倒闭。安钢由于负责率高，失血点多，眼看就有资金链断裂的危险。面对此等危局，安钢新的领导班子率领第三代安钢人马不歇鞍地开展了“止血倒逼保生存”殊死大决战。止住每一滴血，成为安钢职工每人每班压倒一切的任务。生产管理“精、细、严、实”，堵塞一切漏洞。“有活自己干”，清退劳务人员，减少外包外委，成为新的风气。经过一年奋战，保住了资金链不断裂，还能继续稳步生产向前发展，并取得阶段性成果。2015 年，在全国钢铁行业异常困难的形势下，安钢基本做到了不停产、不减产、不减人、不减薪，干部职工保持了思想稳定，斗志昂扬的精神状态。全年生产 1105 万吨铁、1074 万吨钢、1097 万吨钢材，销售收入 400 亿，上缴税费 10 亿元。

进入 2016 年，由于国家狠抓供给侧结构改革带来的初步成效，钢价市场初现回暖。安钢领导牢牢抓住这一市场机遇，创新体制机制，着力抓好“稳炼铁、强销售、降成本、促转型”重点工作，上半年一举实现整体扭亏为盈，销售收入 195 亿元，实现利润 8126 万元。河南日报以显著位置报道了这一喜讯，极大地鼓舞了安钢人为打赢解危脱困保生存大决战的信心和决心。

2016 年 3 月 15 日，省委省国资委总结并发布了安钢集团“四个三”党建工作经验，号召全省国企学习运用，极大地促进了河南国企改革攻坚战。

雄关漫道真如铁，而今迈步从头越。2017 年，安钢取得了生存保卫战的决定性胜利，实现了建厂以来的最高盈利水平，完成利润 20 多亿元，再展了安钢雄风。目前，安钢又提出了要再铸辉煌，努力跻身行业第一方阵即前三分之一行列，到 2020 年实现“双千亿”的安钢梦，更是任重道远。

但我们相信，在省委省政府的坚强领导下，安钢各级领导班子和干部职工，定能不负众望，务实重干，创新进取，出色完成解危脱困重塑新安钢的历史重任，为实现河南振兴做出应有贡献。

想起老一代安钢人

刘　晓　刘晓明　刘晓忠

前几天，远在南方的我们想念故土和亲友，便和几位在安钢的老前辈取得了联系。一位老前辈感慨地说："当初参加安钢基础建设的工程技术人员没剩几个了，刘工已走了30年。活着的老同事很怀念他。""我们当时都是全心全意为安钢基础建设贡献自己一分力量的人。"这位老前辈提起的刘工叫刘芳村，是我们的父亲，是安钢初期建设者之一。

1958年1月，河南省安阳钢铁厂筹建处成立了，安钢人的精神标杆就树立起来了。那时的安钢人，从党政领导开始，都是全力以赴地把国家利益放在第一位。那种忘我的工作精神，带动了所有的工程技术人员和一线生产工人。全心全意为人民服务，是那一代安钢人的自觉行动。那时国家提出的"鼓足干劲，力争上游，多快好省地建设社会主义"总路线，是安钢人艰苦奋斗的精神支柱。筹建安钢的领导和工程技术人员从省城或其他地方调入。在工作岗位变动上，他们没有讲条件的，只想着为国家工业化早日炼出钢铁。

1958年12月，"安钢生产现场指挥部"成立了。副指挥长李凤翔从洛阳矿选将我父亲调入安钢。建设初期，父亲和几个同事一样，面对四野茫茫的安钢规划区，不畏艰难，开始了对一个厂区、一个车间、一个办公点，一个生活、医疗区进行设计和建设。他们带领工程技术人员和一线工人忘我地工作。那种废寝忘食的精神和工作热情是罕见的。我们依稀记得，夜深了，父亲和其他同事还在办公室里绘制建筑图，工地上工人们还在加班加点，干劲十足，不讲任何条件。当时的领导深入生产一线，哪里有问题有困难，就不分白天夜里奔向哪里。我们还记得，到了钟力生任厂长时，为了谈工作，他不是派人把父亲叫到办公室，而是于夜晚亲临家里当面商议。领导们的勤俭朴实的工作作风，深深地激励着那一代的安钢人。父亲在工程建筑领域对安钢的贡献，得到相关部门的认可，他很快被提拔为工程师。他是那个年代安钢的第一个获得职称的人。那时，所有工程技术人员的工作，并不是为了职称和职务，他们总是把"全心全意"和"忘我无私"排在第一位。父亲去世的那一年是1992年3月31日，他就躺在医院他亲手设计的住院楼的一个房间里。他走得很安详。他那慈祥的神情定格在我们永久的思念中。

我们的老前辈说，老一代安钢人，看到今天安钢翻天覆地的变化，安钢对国家工业、航天业、建筑业等许多生活领域的贡献，就想起自己当年也有一砖一瓦的劳动参与，心中有一种自豪感。

半个多世纪过去，安钢蓬勃发展，欣欣向荣，靠的就是安钢人的传承精神，和安钢人全心全意为建设发展安钢、为国家繁荣富强而努力奋斗的精神。作为安钢人的晚辈，我们更应该继承和发扬这种精神。

安钢第二代

李 科

很早就想写篇关于安钢人后代的文章。现在参加工作的我们这一代人称得上是安钢的第二、三代了，比起我们的父辈来，我们是幸福的一代人。不说不知道，那次参加公司举办的青年工人培训班后才对安阳钢铁的历史有了进一步了解。从一个名不见经传的小铁厂到今天创利税数亿元的钢铁龙头企业，其中凝聚了几代安钢人的奋斗足迹。

在缺乏运输设备的建厂初期，安钢人肩扛手抬着板坯送料要走数百米的路途。给我们授课的老讲师可能参加过，因为看得出他的心情激动万分。他说顾不上累了，只知道能出产品了。那个高兴劲啊，连做梦都是兴奋的，真的，我发现安钢人的创业精神一点也不逊于大庆铁人精神。当时的炼铁炉太小，大块的矿石填不进去，是靠人工拿锤一块块砸出来，然后又一块块的放进炼铁炉里去的。我简直都不敢相信这是真的，但事实如此。在三年自然灾害的困难时期，安钢人饿着肚子战斗在生产一线，为了企业的生存，安钢人中万余人含泪离开了为之奋斗和播下辛勤汗水的岗位。我的心灵受到了震动，为安钢人的奉献行动所感动。

正是有了这样的劳动者，安钢历经艰辛一路走来但步履并不蹒跚，取得了一系列成绩；1989 年钢产量突破了 100 万，1993 年进行了股份制改造，1997 年钢产量达 200 万吨，2001 年 300 万，2017 年实现利润 20 多亿元，安钢发展壮大了。

安钢人多荣耀，春风得意马蹄疾，一路拼搏一路歌。不求之大，但求其强。比起我们的父辈来，我们身上多了安逸，少了奋斗，多了奢侈，少了朴素，所欠缺的是一种艰苦创业的精神。不错，比起我们的父辈来，我们是多了一定的知识，但在今天竞争激烈的年代，落后意味着淘汰。我们是年轻的一代，倘若把大好的时间都浪费在东游西逛喝酒打牌上面，是不是太不值得了。青春年少是样样红，何不多用一点时间来学习职业技能和自己感兴趣的事物呢？值得欣喜的是，我看到了许许多多忙着“充电”的年轻工人，一天的工作忙碌后去上夜校补习文化课，到职工大学学习专业技术理论，还有的自学考试成才，他们是安钢的希望和中流砥柱。

我家三代人的安钢情结和梦想

王瑞玲

我的父亲1958年进入安钢当工人，经历了艰苦的创业年代。那时候，父亲的唯一梦想就是加入中国共产党。他锲而不舍地在为自己追求的事业而努力工作着。

但是，家庭出身富农的父亲，在那个“唯成分论”的年代，入党问题一而再、再而三地被搁置。当“唯成分论”年代过去后，父亲的入党问题终于得到解决。他再也控制不住自己的情感，激动地说：“当我举起右手面对党旗宣誓时，我有太多的感动、太多的自豪，也萌生了太多的责任和使命。”当时，我看着激动万分的父亲，看着他那热泪盈眶的双眼，暗下决心，长大后也要入党，像我父辈一样去追求自己的梦想。现在父亲已退休了，虽步入了古稀之年，却还在安钢老干处第七支部担任副书记，为自己的理想和信念默默地奉献着，发挥着余热。

我是1984年入厂的工人，经历了改革开放年代。当时我的情结和梦想就是：像我的父亲一样加入中国共产党。父亲对事业的追求，对理想的追求，对信念的追求，以及言谈举止、品行人格、行为习惯对我起着潜移默化的影响。“对老人要孝敬关爱，对同志要诚实热心，做事要认真踏实，追求理想要始终如一、锲而不舍。”父亲的教诲在我的脑海里打下了深深的烙印。在平凡的岗位上，无论干什么工作，干一行爱一行是我对工作的态度。我的信念是，对于困难永不放弃，对于工作从不放松，对于成绩永不自满；以饱满的热情、高度的责任迎接每一天，挑战每一天。由于工作的不懈努力和追求，我于1999年6月18日，圆了自己入党的梦。当我站在党旗前，庄严地举起自己的右手宣誓时，我的眼眶充满了泪水，心灵感受到了刻骨铭心的震撼，也真正意义上理解了父亲对党的情结和对理想信念追求的执着。我时刻提醒自己：组织上的入党一生一世，而思想上的入党也必须一生一世。

我的儿子于2011年进入安钢工作，赶上了汇聚正能量实现中国梦的年代。他深受家庭影响，大学毕业后毅然辞去了铁路局的签约，回到了家乡来实现自己的梦想。儿子很认真很严肃地对我说：“妈，我曾经很向往大都市的繁华，但是在大都市里生活，总缺少一种归属感和亲切感，每次假期回到家乡，就感到特别亲。我从姥爷的身上体会到了一种锲而不舍、永不放弃的精神，从你和爸身上，感受到了一种高度的责任和浓浓的亲情。从姥爷一辈人到你和我爸，你们都在安钢工作，安钢对我来说有着强大的吸引力，没有理由不回来。我还准备着为安钢庆祝100周年厂庆呢!”儿子的话让我深思。他真的长大了、懂事了、成熟了。儿子选择安钢不是选择安逸，而是追逐梦想而来，我感到无比的欣慰。从儿子身上，我看到了安钢的希望和未来。有一天，儿子高兴地对我说：“妈，我向党组织递交了入党申请书。我要努力为安钢的扭亏脱困、转型发展而工作，像姥爷和你一样，早日站在鲜红的党旗前举起自己的右手!”听着儿子的话，我的心灵感受到了强烈的震撼。我们的家庭折射出了安钢千百个家庭那种对安钢千丝万缕的牵挂，折射出那种以振兴安钢为己任割舍不断的情愫，那种与安钢同呼吸共命运的决心，那种对安钢充满希望再铸辉煌的信心。

我们坚信，安钢一定会巍然屹立于祖国钢铁之林，几代人的梦想一定会实现!

安钢建设发展的“三代传人”

吕 建

历经60年的沧桑岁月，安钢一举跨入了千万吨级钢铁强厂行列，巍然屹立于中原广阔的沃土，实现了千万吨级精品板材基地的梦想。这些成就的取得，不仅要归功于党的改革开放政策和安钢发展战略带来的结果，而且也包含着历代安钢人艰苦奋斗、奋发向上的创新精神，更凝聚着数万钢铁儿女忠诚安钢所付出的汗水和心血，成就了千万吨级钢铁强厂的辉煌梦想。

在安钢工作几十年，结识过许多一家三代人都在安钢工作的“安钢传人”家庭，他们的祖祖辈辈伴随着安钢建设发展的漫长历史，把毕生精力奉献在了安钢这片广袤的热土，用青春和激情建设安钢的未来，给笔者带来了难以忘怀的感触。记得一位在90年代退休的老同志讲，他的父亲是安钢建设之初来到了钢厂；孩子大学毕业后也分配到安钢工作，三代人的经历，有着三种不同的人生；三代人的生活，有着三种不同的奋斗史，可以说，他们家三代人的经历是安钢50年建设发展的缩影。

这位老同志的父亲是一九五九年从东北来到安钢的，那时是安钢建厂之初，正值“大跃进”的年代，全国上下都在“赶英超美”土法上马，“大炼钢铁”，虽然建设条件非常艰苦，但他们每天都是唱着欢乐的歌，热火朝天地搞基础建设。老一代的安钢人，在这片肥沃的土地上，面对着悠悠洹河水，背负太行山，男女老少齐上阵，靠着双手和双肩干革命，无论是盛夏酷暑，还是生活的艰难困苦，从未影响他们建设安钢的坚定信念和决心；靠着艰苦奋斗，奋发图强的精神支撑，从他们手中炼出了中原第一炉具有历史意义的铁水。自那一日起，安钢这个年设计能力仅为10万吨的小钢联，给第一代安钢人带来了期望，历史将会永远记住老一辈安钢人艰苦奋斗的创业史。

历史的车轮滚滚向前，安钢建设也伴随着历史的前进而不断地发展。这位老同志在他父亲的熏陶和教育下，在70年代高中毕业后也进到安钢上班，那时，正是“文革”时期，抓革命、促生产的劲头十分浓厚，而他则继承了父辈那种发奋努力，勤学苦练的优良传统，每天坚持不断看书学技术，很快就掌握了一些专业技术基础知识。随着时间的推移，特别是党的十一届三中全会后，改革开放的政策，给安钢建设发展注入了勃勃生机，年产钢铁一年跨越一个十字头，效益也逐年增长，安钢终于甩掉了亏损的落后帽子，实现了扭亏为盈的目标。正是有着他们那一代安钢人立足本职，勇于创新的拼搏精神，才使钢产量一步一个台阶地攀上新高峰；也正是因为靠着他们那种自力更生，奋发图强旺盛热情，才使安钢跨入了国内钢铁企业的先进行列。

社会在发展，科技需先行。安钢是随着时代发展和高科技的突飞猛进而向前发展的。记得这位老同志兴奋地告诉笔者：他的儿子是在他的感召之下，大学毕业后也回到了安钢这片沃土，回到了故乡的怀抱的。恰逢正赶上安钢“三步走”发展战略的建设。他的儿子现在是一名基层技术骨干，自2002年来到安钢，凭着掌握的技术知识，从一名炼钢工，到现在的专业技术人才，在生产岗位曾多次获得生产标兵，在生产发展中也多次立过功。尤其是在设备改造方面，他儿子多次指出并改造过设备缺陷，就连外国专家都竖着大拇指夸赞，现在成为了一名生产和设备管理中的顶梁柱。三代人的经历代表着不同的年代，而他们对安钢建设发展所焕发出的热情和奉献精神则是相同的，他们都是为了一个共同的目标而奉献出了青春年华。从中我们也看到了安钢未来的希望，安钢千万吨级钢铁强厂的实现，是历代安钢人坚强不屈、忘我奋斗的精神奉献带来的结果，他们是安钢建设发展的中流砥柱，无愧于钢铁建设发展的英雄称号。安钢儿女一定能在新的发展建设中实现更加美好的梦想。

安钢的接力棒在我们手中

戚连设

也许是自己出生在钢城，钢铁氛围的熏蒸，使我铸就了一股刚强的秉性；也许自认为是安钢的传人，大学漂泊四年后，我毅然又回到安钢的怀抱中。因为安钢的奋斗历程，在刺激着我的全部神经；因为安钢的历年突变，在吸引我们立足安钢、创新制胜；因为是安钢人的后代，就应肩负起把安钢精神发扬光大的责任和使命。

在“大跃进”的时代中，全国铆足劲儿“赶美超英”。虽然爷爷已过了不惑的年龄，但他还是离开了部队，来到了安钢这个大家庭。听爷爷说，那时天南海北集结来的人，都是些钢铁建设的精英。那时创业条件很苦，但每天都能听到欢乐的歌声。听爷爷说，每天干活来回一二十公里，可他们个个都是奔跑相争；每天都定有班产指标，可他们天天都是超了量才停。热轧那边：因怕炉膛的箅子结渣，全班人抬着两根长钢钎，轮流冒着强高温去把加热炉的火道疏通；产品场地：因为装运设备紧缺，男女职工齐上阵，都在争先恐后地拉钢筋、抬钢锭。那时候呵，有多少牵家带口的住在旧民房里，房子不是漏雨就是透风，可没有一个呼冤喊冷；那时候呵，有多少职工在岗位拼命，即使严寒酷暑，也不减为钢铁发展奋斗的一腔痴情。他们老了，却落下一身的疾病，但他们无怨无悔，毕竟他们是为了安钢这片热土的繁荣和昌盛!

每当谈到往事，爷爷总是增添几分豪兴，很多不起眼的小事，他到现在还记得很清——也就是这些受命之时忘其家、临阵之时忘其亲、击鼓之时忘其身的英勇战士，他们用行动来证明着自己就是脚脖上绑大锣——走到哪儿就响到哪儿的安钢英雄!

在“文革”的日子里，到处停产闹革命，爷爷因驳斥“宁要草不要苗”的谬论，受到了不公的待遇与批评。后来的十年徘徊路，安钢戴上亏损大户帽子，这也成为爷爷离休后心里难忘的痛。

我记得，那时是爷爷的指令，硬是把下乡后分到市单位的父亲叫到家中，要他进钢厂当个炼钢工，要他在钢铁生产上去从事什么继续革命。父亲真不愧为安钢的好后生，据说他凭着膂力一人“拉红铁”（将火红的钢板条拉出来轧钢）拉过三吨重，他因为用一个班的人工喂钢——连续甩了1000多次而出了名。小时候，听广播表扬父亲发明什么辊道控，他答复我那是不让弯钢跑偏坑；上学后，听叔叔们夸父亲的绝活是轧辊矫正，父亲告诉我他是在搞技术调整。父亲当过两年的工农兵大学生，能参加技术改进项目他最高兴，记得父亲向我说过：“安钢要发展，科技须先行。”说真的，在工厂的大房子里，我见过父亲和做实验的叔叔们在一起合过影；安钢的电视屏幕上，我看过父亲和叔叔们操作的热轧机口上，那一条条红色的火龙在不停地向前奔腾……

后来我才明白：正是像父亲一样的安钢人立足岗位、不断创新，才使操作室里的鼠标赋予了强大的功能；正是像父亲一样的安钢人不怕吃苦、只争朝夕的精神，才使安钢实现了扭亏为盈，一步一个台阶地攀上高峰，成为全国大钢铁企业的一颗明星！

送我上大学时，父亲曾一再叮咛：好好学呵，别忘了安钢，安钢需要她的后代来继承；还回来呵，你爷爷他们开创年产十万吨钢，咱有责任在十的后面再加上一个零、两个零、三个零！离开安钢的几年时间，我就像一个高空飞翔的风筝，通过与安钢这根扯不断的感情线绳，让我在坐地日行中，感受了安钢改革突变的发生；通过这根扯不断的感情线绳，让我在巡天遥看中，看到了安钢优质钢材正在世界各地承担重用。大学毕业时，我所有的激情都在为安钢颤动，那赶回安钢的脚步也是急速不停。因为我儿时小伙伴、我安钢的同学，一个个都已投入到了这火热的钢铁军营；因为他们胸怀大目标，手拿望远镜，已经在不同的岗位体现着自己的价值与才能。瞧：这是我儿时的小伙伴，现在都成了生产上的岗位之星；那是我中学的同学，他们用肯干与扎实的技能，赢得了师傅与领导的器重。这是我大学的同学，刚来就在行业大赛上立了功；那是我的校友，是他指出并改进了国外的设备缺陷，让外国专家们都感到吃惊……

今天，面对高科技发展和老一辈期待的眼睛，还有谁再怀疑我们这一代不能与安钢同甘苦、共命运？还有谁再怀疑我们不能像老一辈安钢人那样保持拼搏向上的心胸？实践已经做出了最好的回答：我们能行！

今天，追溯安钢60年走过的风雨征程，记载着安钢持续发展事业的兴盛，缅怀老一辈安钢人敬业奉献的一腔豪情，我想深情地说一句：请所有的安钢人放心，安钢的接力棒永在我们的手中！

让人感动的那些事

郭 洁

2010年6月，我从部队转业分配到建安公司金属结构部当了一名车工。报到的第一天，当看到像陀螺一样旋转的钻床、像磕头虫一样的刨床和削铁如泥的车床，各种形状的毛坯由师傅灵巧的双手加工成零件，我感觉这里的一切是那么新奇、有趣、美好，决心要像师傅一样做一个技术精湛的产业工人，服务安钢的生产建设。但随着时间的推移，每天周而复始重复着既单调又枯燥的劳动，这种新鲜好奇的感觉消失了，做一个优秀产业工人的激情也随之退却了。

每当想到一辈子要与这些没有思想的铁家伙打交道，总感觉理想与现实之间犹如天壤之别，顿时沮丧、迷茫、彷徨如潮水般向我涌来，我真想离开建安公司算了。但，随后经历的几件事又重新点燃了我的激情，彻底改变了我的想法，让我不再迷失方向。

世界性的金融危机还在施虐，安钢的生产经营遇到了前所未有的困难。以前，车间的劳保用品及辅助材料的领用、装卸车都是由辅助班组的人员完成。为了提高生产效率，从今年2月份起，车间把这些辅助人员充实到了生产班组。

同时车间也多了一条不成文的规定，劳保用品及辅助材料的领用、装卸车由车间管理人员负责，车间几个领导更是身体力行、率先垂范，像普通工人一样戴上安全帽和手套，去供应处仓库装车，到车间仓库卸车。从他们的身上，我看到了建安公司上下一心，同心协力、共渡难关的缩影。

4月份的一天，我的一个战友患病住进了安钢医院，晚上8点多我到医院看望她时，正巧碰见满脸灰尘、浑身疲惫的结构班班长，2010年集团公司劳模池海波也来到了医院。我连忙问："池师傅，你怎么这个时间来医院?"他笑笑说："感冒了，有点发烧，刚干完活儿，来医院输输液。"我知道，他们班承担的1号高炉4号热风炉工程，工期要求特别紧，再加上现场租用的塔吊每个月都要支付高达15万元租赁费。

为了赶工期，也为了能节省几个不菲的租赁费，他们利用白天有效的安装时间拼了命地往前赶活。为了不影响白天的施工，他竟拖着有病的身体从白天一直工作到晚上。当时，我粗略地算了一下，3瓶液体最快也要到夜里11点多钟才能输完，第二天早晨不到7点就又赶到工地投入紧张地施工，他生病的身体每天休息时间还不到6个小时，而他生病的事情没有告诉任何人，更没有请一天假。多好的师傅啊，时刻想的是工作，心里装的是企业的效益。那一刻，我的眼泪在眼眶里打转。我在心里默默地为他祈祷，祝愿他早日康复……今年3月中旬，我们正在为第二炼轧厂加工一批钢坯夹钳的钳腿。突然，T68镗床的自动/手动进刀切换机构发生故障，钳腿的镗孔加工被迫中断。如果外委加工，加工费高不说，工期也难以保证。况且，全安阳市也没几家公司有这种机加工能力。我们只好联系市里为数不多的修理单位，他们要价都在7000元以上，还没有一点的商量余地。当他们听说我们想自己修理时，不屑一顾地说，这种镗床除了他们，安阳市没有人能修理，自己修理的结果就是把聋子治成哑巴。对方的态度大大地刺激了我们车间维修人员的自尊心，大家毅然决定自力更生修复镗床。然而，自己修理谈何容易？这种镗床是20世纪70年代的设备，技术资料缺失严重，现有的资料只能了解皮毛性的东西，对于有上百个零件组成的进刀机构，一个齿轮、一个定位销安装不到位，设备就不能正常工作。迎难而上、善打硬仗是我们的优良传统，设备管理员、老共产党员靳素文师傅带领维修工张新国，从早上7点半一直干到晚上8点，将重达36公斤进刀机构反复拆装了17次，成功地解除了镗床的自动/手动进刀切换机构的故障。在17次的反复修理中，靳师傅的一句话始终激励着大家："全安钢职工都在坚持低成本运行，我们不能光喊口号，要落实在行动上。这也修不好，那也修不好，要我们维修工干啥？"朴实无华的言语，反映出了老工人与安钢共渡难关的高尚情操和对安钢的深厚情感。

我经历的这几件事中的主人翁，他们没有夸夸其谈的豪言壮语，没有高深莫测的知识文化。但是，他们用自己的言行举止诠释了爱岗敬业、拼搏奉献和忠诚安钢的丰富内涵；诠释了在日益严峻的市场形势下降本增效、克难攻坚，与安钢共渡难关的决心和信心。每想到这些人和事，我都感动不已。我决心将这宝贵的精神财富传承和发扬下去。我相信，有这样一群安钢人，有这样一群甘于奉献、勇于拼搏的共产党人，安钢的明天一定会更加灿烂辉煌！

总有一种精神在激荡

宋永金

一旁是机声隆隆的棒材生产车间，一旁是赏心悦目的园林精致，车间内一支接一支火红钢坯在17架轧机的作用下，一线变多线，以每秒十多米的速度极速穿行，豫安牌螺纹钢从这里出发，走向大江南北，长城内外，构建起祖国的钢筋铁骨。车间外宛若金杯状的大理石广场、曲曲折折的园中小径、碧波荡漾的人工湖、流翠溢彩的大小瀑布、气势如虹的湖心喷泉，在象牙白墙体和海蓝色挑檐的高大厂房的映衬下，让人感受到环境友好型企业的建设步伐越发铿锵有力。

这里就是第一轧钢厂260机组，这片热土目睹了大炼钢铁那个年代的火热，留下了河南省第一支钢材的记忆，见证了安钢棒材从无到有、从弱到强的历史变迁——从1985年投产，到2016年10月实施全连轧改造的31年间，累计轧材1841万吨，曾经支撑了集团公司的整体创效，其中最高年产达到98.4万吨，达到原设计能力的将近5倍，成材率、小时产量、作业率、吨钢电耗等多项技术经济指标在行业同类机组中名列前茅，被同行业誉为冶金行业创效盈利排行榜上一颗璀璨的明珠，是安钢的“功勋机组”。

让我们把日历翻到1985年11月27日，伴随着改革开放的春风，国内首家从意大利达涅利公司引进的一条半连轧生产线——260机组在安钢正式投产，设计能力为年轧材20万吨。多年来，他们坚守“学习、创新、奋进、争雄”的理念，大胆创新，取消了返回轧制，生产效率迅速提升；在1995年、2000年分别进行了2次设备改造，使260机组插上了腾飞的翅膀，踏着奋进的节拍，产量一年一个十字头，成为集团公司高效生产线。

“切分”之路。在安钢转型发展的大潮中，260机组承担起了多轧钢、轧好钢、多创效的历史使命。从2003开始，勇于创新的260人在全水平轧机上实施切分生产，切分工艺是国内当代先进的轧钢技术，就是一根钢坯通过一定的孔型、导卫轧制出多支成品钢的轧钢工艺，具有投资见效快、生产效率高、规模效益好的优势，但在料型控制、导卫操作、机架装配等方面，作业标准要求精细严格，过程控制具有相当的难度。大家记忆犹新的是2003年2月26日，260人在停车仅4个小时后就运用切分技术，把第一支12mm双线切分螺纹钢送上了冷床，实现了当天安装调试、当天试轧成功。在同一周期内，又取得了14螺纹钢两线切分试轧成功的好成绩，仅用8天时间，就达到理想控制状态，14mm螺纹钢班产水平由600吨跳跃式提升到800吨，最高班产926吨，最高平均班产达到849吨，比单线提高251吨，增幅42%，改写了小规格产量低的历史。这在其他钢企，熟练掌握切分技术需要一年左右的时间。在12螺纹、14螺纹切分生产的基础上，他们进一步扩大战果，2004年成功试轧16螺纹切分，2005年继续开发了12螺纹三线切分工艺，2006年成功试轧18螺纹切分。切分工艺的日趋成熟，已成为创效增收的主打产品，12mm螺纹、14mm螺纹、16mm螺纹、18mm螺纹切分规格班，日产纪录接连刷新，最高班产达到1100多吨，最高日产达到3300多吨。

“切分”精神。切分工艺的成功应用，让慕名而来的同行啧啧赞叹——竟然在没用平立交替轧机的全水平生产线上创造了如此骄人的业绩——冶金行业的指标排行榜上成材率名列第二名，主导产品螺纹钢“卓越产品”再获殊荣……人们不禁会问：是什么力量使260机组不断发展壮大？是什么力量引领老线在装备没有大的改进的条件下创效力不断提升？是什么力量使这条老线越来越活力四射？

——是“学习、创新、奋进、争雄”的理念，学习不停歇，创新不止步，踏着奋进的节拍，他们始终瞄准行业先进水平；

——是“装备不是一流，指标必争一流”的超创理念，硬件不够，创造条件也要勇争一流；

——是永不满足、追求卓越、精益求精的“切分精神”。

作为20世纪80年代投产的生产线，260人深知肩上这副担子的沉重，投用切分工艺不仅仅是一次技术创新上的挑战，更是一次从思想观念到行为规范的多重挑战。没有平立交替的轧制工艺，没有大的工艺装备的改进，没有组织涉外学习，竟然创造了令行业人士艳羡的佳绩。260人每一试轧都要制定数套试轧方案，优中选优，在过程中不断优化、创新导卫使用，巧妙弥补工艺缺陷，保证试轧效果。对于过程中的每一个故障点，都要分析出最末端原因，制定预防措施，在过程中实现锲而不舍地持续改进。由于小型棒材切分工艺的调整点多，工作量大，在大换辊过程中往往人力不足，车间创新了团队协作机制，上下班次根据工作量大小，把粗轧、中轧工序的调整工作量由上一班次协作完成。这一举措，提高了时间利用率，在协作过程中实现了相互交流，淡化了专业与专业之间、大班与大班之间、大班与工段之间的界限，实现了“沟通无障碍，协作无条件”的团队协作模式。在现场调试过程中，经验技术往往是“盯”出来的，红钢的运行速度都在每秒10多米之上，要想发现运行中的问题，必须发扬“蹲点”、“盯点”的精神，这样一来，吃饭的事情也就无暇顾及，从食堂捎回来的馒头和咸菜就成了主要餐饮。2005年7月6日，三切分12mm螺纹钢试轧现场，车间主任姚志潭一手拿咸菜、一手拿着馒头，吃一口馒头，就一口咸菜，而眼睛却盯着红钢。吃着吃着，外面有事就跑出去忙活一阵子，忙完了，再回来吃，吃着吃着又跑出去……就这样，一个馒头吃了30分钟……著名诗人王怀让在《中原崛起的钢铁脊梁》中这样写道，“为了一项先进的工艺，260 机组不但能‘吃苦’，而且能‘吃咸’，请采访那些咸菜和馒头们是怎样在肠胃里化合成 6 个昼夜的智慧和毅力。”说到这里，切分精神已是显而易见，是一种执着，是一种奉献，是一种追求卓越、勇创一流的团队精神。

搏击“寒潮”。单纯新工艺的成功，不是真正意义上的成功。成功的企业应该具备竞争对手不可复制的核心竞争力，具有广泛的影响力和持续的市场盈利能力。正是这一种可贵的切分精神，成了渡过金融寒潮的强大动力。2008 年，不期而至的金融危机，突如其来的行业严峻形势，让这个处于市场最前沿的轧钢车间，最快、最深刻地感受到了市场寒潮的威力。如何抓住国家启动四万亿建设项目的市场机遇？抓住棒材持续盈利的难得商机？260 机组作为安钢一条低成本棒材生产线，使命光荣，责无旁贷。

在这套八十年代初期的装备上还有没有进一步挖潜提升的空间？通过开展全员大讨论，大家达成了“装备不是第一，但指标要必争第一”的共识，要在“干毛巾里再拧水”，为集团公司生存发展承担压力做贡献。如何在系统思考中找到切入点？在开展工艺研究中他们发现，因为微张力轧制带来 2%的“头尾差”缺陷和切分轧制中的“两线差”问题，是制约成材率进一步提高的“卡脖子”环节。可是在国内同类型企业已全部采用平立交替生产工艺的条件下，要在全水平轧机上，消除 6 米钢坯延长为 108 米红钢的头尾尺寸偏差，难度可想而知。但强烈的责任心和使命感激励他们必须迎难而上，深挖内潜，弥补“短板”，彻底消除因装备水平导致的“头尾差”和“两线差”对成材率的影响！而要保证这一效果，就要使 15 个轧制道次的红料尺寸、转速匹配都要达到理想的运行状态，这就对过程的作业标准提出了更高的要求。在消除“头尾差”的攻坚战中，他们创造性地提出了“要用圆钢的生产标准，控制螺纹钢生产”的生产理念和操作方法，为了找到适应这一要求的最佳参数，大家几乎到了废寝忘食的地步，从粗轧到中轧，从中轧到精轧，无论是操作台，还是调整工，不论是单线生产，还是两线、三线切分生产，他们蹲现场、细观察、反复采集数据、统计分析。一时间，班与班、岗位与岗位之间展开了一场自发的心得交流、数据共享活动，大家对料型、比操作，对数据、改参数。生产骨干杨文吉、侯永刚、李红铭下班依然不回家，岗位对标寻找改进办法，不达目标不罢休的精神带动了很多岗位职工，加班加点，毫无怨言。为克服小规格切分“两线差”导致的工艺事故、金属损失等难题，创新总结了“压辊缝”和“水平仪测横梁”等先进操作法，解决了辊缝两线均衡和导卫稳定难题，使两线料型、尺寸误差大幅降低。有耕耘就会有收获，在岗位职工的创新创造和辛勤汗水付出中，一套融标准化和规范化为一体的技术参数“软件包”开发成功，有效解决了钢材“头尾差”问题，一个个饱含职工智慧的先进操作法解决了小规格切分“两线差”难题。“头尾差”的解决使螺纹钢的负差定额在下降0.4%后，实际单支称重不超国标上限，在确保了产品质量的前提下，负差收得率同比提升0.15%，在质量最好、指标最优的同步改善上找到了理想的“平衡点”。就这样，他们硬是在装备条件没有发生变化的前提下，消除了微张力轧制带来的2%的头尾差缺陷，使综合成材率提升了0.21%，年净增效益1000万元，使成材率、定尺率、负差率三大关键技术经济指标较上一年平均分别提高0.22%、0.94%、0.21%，在全水平式轧机上创造了令行业瞩目的技术经济指标，安钢棒材的竞争力在市场大潮冲击下与日俱增。

势在必行。260机组，这个20世纪80年代从欧洲亚平宁半岛走来的骄子，历经30个寒来暑往，在白热化的市场竞争中，工艺技术显然已经落后——加热炉炉型落后，钢坯加热不均匀，同一根钢坯沿长度方向上温差大；15架轧机全水平布置，不能全部实现无扭无张轧制，产品尺寸波动大；轧机结构全部为牌坊式，辊跳大，精度低，不能实现备用机架快速换辊；冷床宽度窄，冷床齿距小，不能适应多线切分要求；冷剪剪切能力不足，多层剪切，剪切质量差……落后的设备，带来的是产品质量的波动及生产成本的增加，改造，势在必行！

脱胎换骨。260机组改造工程是由中冶京诚工程技术有限公司设计的一条具有国内先进水平的棒材轧制生产线，年生产能力为100万吨。整个棒材轧制线采用连续式轧制工艺，全线共设17架轧机，轧机为短应力线轧机。粗轧机组6架轧机，中轧机组4架轧机，采用平立交替布置；精轧7架轧机采用“平平立平平平平”布置形式，确保了所有切分规格产品出中轧后中间断面均为圆形等轴断面，更有利于轧件断面的均匀冷却，此布置形式实现了小规格多线切分带肋钢筋的控温轧制，为生产高等级细晶粒钢筋提供了技术保障。全连轧改造后，将成为一条专业化精品螺纹钢生产线。轧机全线无扭转后，尺寸波动大为减少，减少大头大尾现象，产品精度提高。改造后可实现安钢螺纹钢的经济、精细生产，提高市场竞争力，维护提高安钢螺纹钢市场品牌形象。

众志成城。从2016年10月24日，260机组全连轧改造工程正式破土动工，到12月28日成功热负荷试车；再到2017年元月11日，全连轧改造工程胜利竣工投产……一路走来，在施工建设期间，一轧厂克服了环保制约、冬季施工、时间紧、任务重等一系列不利条件，与各施工单位一道克服困难，团结协作，密切配合，保证了整个工程建设的稳步推进。参与建设的广大党员骨干、各专业技术人员立足现场，忘我工作，在长达两个多月的时间里，没有休息过一个星期天、节假日，全身心投入到各项改造工作中；尤其是进入设备调试、热负荷试车的关键阶段，许多同志坚守岗位，连续八九天不离厂，熬红了眼睛、喊哑了嗓子、累瘦了身体……正是所有工程建设的参与者的齐心协力，抢工期、保质量，仅用67天就实现了热负荷试车，并于2017年1月11日顺利竣工投产，创造了同行业改造的典范，同时孕育形成了“不怕吃苦，敬业奉献，顽强拼搏，勇于挑战，变不可能为现实”的260改造精神，并成为后期设备调试、试轧产品、全线贯通、达产达效等的精神支撑和思想保障。

抢抓商机。国内同行业新建棒材产线的达产达效往往都需要大约半年的“磨合期”，260机组全连轧工程投产后，恰逢国内市场棒材市场效益走高，集团公司要求改造后的260机组快速实现达产达效目标。集团公司党委书记、董事长李利剑就260机组全连轧工程建设提出要求，切实提高工程质量，加快建设步伐，争取早日建成投产创效，对工程建设、资金控制、安全施工、设备调试、达产创效寄予厚望。集团公司总经理刘润生多次深入现场指导施工建设、热负荷试车、达产达效等重点工作，并强调指出要围绕工艺的完善，质量的稳定，发挥低成本优势，快速实现达产达效目标，打造安钢优棒生产基地。“一定要举全厂之力，不遗余力，不讲客观，快速实现260全连轧工程改造后的达产达效目标，抢抓市场机遇，为销售提供强有力支撑，向公司递交一份满意答卷……”260机组全连轧工程指挥长、第一轧钢厂厂长傅培众的表态掷地有声。

一轧厂广大干部职工在集团公司的统一安排部署下，发挥260机组立足实际、改进创新、奋勇争先、建功创效的优良传统和工作作风，咬定目标不放松，披星戴月，废寝忘食，描绘出许多“不怕吃苦，敬业奉献，顽强拼搏，勇于挑战，变不可能为现实”的感人至深画面。

从2016年腊月二十九这一天开始，厂部6名领导把工作地点搬到生产现场，24小时值班，协调解决各项事宜，发现问题、分析问题、解决问题；厂领导班子成员直接参加车间及班组的生产调度会、交接班会，讲清形势、提振士气、鼓足干劲，汇聚全员达产达效的力量。在2月23日夜班，260机组班产首次突破千吨大关后，该厂干部职工再接再厉，抓好生产组织，精准操作，到2017年4月份，260机组生产运行日趋稳定，最高日产完成3077吨，基本实现达产达效目标。

进入5月份，长材市场持续向好，价格不断攀升。260机组“抢抓商机，增产创效”劳动竞赛如火如荼，四大班你追我赶，明争暗赛。其中，12螺纹四线切分首次刷新千吨班产纪录。在“大干7月份，决战三季度，决胜四季度”劳动竞赛中，260机组继续保持了强劲的创效势头，7月12日同一天两创班产新纪录——14螺三切分、12螺四切分分别以1105.52吨、1075.8吨刷新班产纪录。7月23日，18螺切分以3513.32吨刷新日产纪录，7月26日，16螺切分以1153.32吨刷新班产纪录，18螺、20螺、22螺平均班产均达到1100吨以上……

7月份，260机组月产“破七见八”，产能水平实现标志性提升。8月份，他们再接再厉，开足马力，对切分生产全过程精益求精，保证切分生产的稳定性和高效性，以月产8.9万吨刷新历史最高纪录。在棒材产品市场利好的形势下，实现了“抢抓市场机遇、提升产品档次和创效空间”的目标，以扎实工作业绩为落实“大干7月份，决战三季度，决胜四季度”提供了支撑，用实际行动支撑了集团公司盈利创效。正如第一轧钢厂党委书记牛治中所说：“我们坚持鲜明的正向激励，评树先进典型，激发各级骨干处处率先垂范，讲政治、重担当，讲效率、重实效，讲奉献、有作为，增强高标准、严要求意识，引领广大职工坚定信念，为实现260机组增产增效目标奠定了坚实基础……”

老骥配新鞍，再踏新征程！回顾260机组生产发展历程，总有一种精神在激励着一轧人，每一名260机组人在砥砺前行，传递着“功勋机组”接力棒；展望明天，260机组创效的步伐一刻不曾停歇，将依托规范严密的基础管理机制，持续优化程序和工艺参数，完善设备条件，进一步提升综合创效能力，在打赢“改革、环保、转型”三大攻坚战中续写新的辉煌……

当年在轧钢顶岗

杨充敏

在这酷暑盛夏时节，我回忆起当年在小型轧钢车间顶岗，亲身体验到老安钢人在恶劣环境下艰苦创业的史实，联想到安钢近年来发生巨大变化的同时，将过去那种既热又脏又累又危险的操作环境改变成为现在的掌控着电脑，开着空调，遥控生产，安全舒适的操作岗位，实在是新一代安钢人每天都享受着的一大福利。

1964 年的夏季，全厂职工都在开展着轰轰烈烈而又扎扎实实的转亏为盈活动。安钢领导为了锻炼干部，激发生产工人热情，对机关干部实行“三定一顶”的劳动制度。

“三定一顶”就是定人员、定工种、定班次、顶岗位。当年六月底总厂政工部门抽出党办郭文信、纪委任鸿全、武装部黄毅和团委的我等七人组成一个劳动组，到 250 轧钢车间顶岗。

当时的气候已是高温天气，加上红钢窜动，厂房内到处是热浪滚滚。工人劳动竞赛是热火朝天。但见一根根从加热炉内推出的红钢坯，穿行于 400/250 五架轧机之间，由方变扁再变圆，由粗变细再变长，最后化作一条细长火龙，沿着辊道昂首向西飞奔，翻身趟上斜坡冷床。当时虽说已经安了返喂盘，但仍需有像崔乃臣、元振民那样打着竹条裹腿掌着大钳的轧钢工在机旁守护。有时则需眼疾手快地夹着上道轧孔挤出的红钢头，翻转身喂向下道轧孔，任凭炽热的火龙在身旁翻滚盘绕，拱形飞舞，他泰然应对。

我们这些机关人员当然不让沾轧机的边，只让我们干些操作简单相对安全的活儿，首先顶的就是勾钢岗位。操作时两人分站冷床两头，手持长铁钩，一齐用力，把已初步冷却的线材三五一绺一步一退地将其勾到冷剪机辊道上，按一定尺寸剪断，结扎成捆后吊入露天成品库待销。

精整工班长康骚、杜坤向我们讲了勾钢的操作要领后，强调我们要穿戴齐全劳动保护用品。

当时气温已经很高，人们早已穿上背心裤头拖鞋。我们为防热钢熏烤，却要穿上劳动布工作服，系好袖口领扣，围上毛巾，戴上口罩、厚手套，穿上翻毛牛皮鞋，布帽上边再加安全帽。五黄六月天，这身打扮就像捂酱，又像发疟疾捂汗。但这些用品一件也不能少。比如口罩，厂房内灰尘不大、工人一般都不戴。但我们不戴不行。一个班下来，满脸熏得通红，几天疼劲不下。

我们勾的钢虽然已经由红变暗变青，但散发的热气仍有七八十度。不吸气吧憋得难受，吸口气吧熏得难受。这时我才体验到，热到顶点感觉的不是热，而是疼。热气熏得鼻孔疼、喉咙疼、胸部疼，浑身都疼。每次勾下二十来根勾到冷剪机辊道上后，连忙跑到厂房外五六米处，扒开口罩、毛巾，深深地吸上几口气。当时厂房附近没有一棵树，只能在一座房檐下防晒，并切记把长铁钩也带出来。一旦忘带出，再用时就是戴着手套也烙得手疼。我们的工作服则是一干活一出汗就溻湿，一会又烤干。就这样湿湿干干，工作服硬得像盔甲。

但就这一身衣服，也没法换洗。生产工人却不像我们那样狼狈，而是镇静有序地从事着各自岗位的操作。

当时由于天热出汗多，班中有中暑的。我们组郭文信就因高温，晕倒在岗位中。两个人将他抬到附近房檐下凉了几分钟才醒过来。

那时车间也送有开水，但太热，越喝越热越出汗。工人渴时就噙住水龙头喝凉水。

在轧钢车间蹲点的总厂政治部杜如桂主任看到这一情况，就让食堂每天给送些酸米汤，什么酸米汤：连一粒米都没舍得下，就是咸酸温开水。放些盐，飘几个葱花，喝着香，补充出汗流失的盐分；放些醋，利口。炊事员一挑去两桶咸酸温开水，工人们就半是赞誉半是调侃地喊："杜如桂的酸米汤来了，快来喝!"大家听到后，谁有空就去舀上一大碗，咕咚咕咚喝个够。你别说，还真见效，自从有了"杜如桂的酸米汤"，就再也没有发生因天热汗多而晕倒的现象。

在精整班，我们又干了一段拉改尺。就是把质量检查工查出的不合格品拉出来，拉到废品堆去回炉。若有两米以上合格的则把它剪下来，拉到成品材处。因为当时卖的钢材中允许带一部分短尺。这也是既保证质量又能节约为转亏为盈采取的寸材必争的措施。有时生产越不顺，废品越多，拉的改尺就越多。

有一个班我拉了半吨多改尺，累得我下班时腿发硬，连自行车都上不去。

后来到了秋冬，我们又到加热炉顶岗。先跟着组长王自森学顶钢，又跟着班长冯荣香学烧火。有时吊钢机坏了，加热炉全体人员就去扛钢坯。扛的够本班用。

工人师傅教我们学技术非常耐心。他们先做示范动作，再让我们跟着做。给我印象深刻的是烧火工刘永安，还有个郭师傅，烧火添煤动作熟练，姿势优美像舞蹈一样。持锨采煤如海底捞月，蜷腿直身回锨似金鸡独立，扬锨撒煤像天女散花。煤撒的面积大，又均匀，让人看着入迷。我学了多天总也学不好。

在加热炉最难受最危险的活儿就是补炉。炉内裂了缝，需停火修补。为了赶时间多轧材，又不能等炉内全停凉，只要不见明火就进入抢修。修者需穿上湿棉袄，下铺湿麻袋，爬进去糊几瓢耐火泥即出来换人。有一次我要求进炉。结果进去只糊了一瓢泥不到十秒钟热气就熏得上不来气，连忙倒爬出来。工人师傅却能进去修补一分多钟。

我们“三定一顶”只顶一个学徒工干活，只起些辅助作用，主要活儿都是工人干的。

当年由于干群齐心协力，安钢终于实现了转亏为盈。1964年安钢盈利73万元，上缴利润33万元。这几十万元虽然数目不大，但意义重大。它表明了安钢可以不赔钱，可以依靠自己的力量持续再生产。安钢终于保住了，并从冶金部代管的临时措施中又回到河南省怀抱。

美丽的炼铁我的家

海的记忆

伴随着安钢发展的节拍，炼铁厂用智慧和汗水创造了辉煌的历史，它不仅仅是一部艰苦创业史，也是一部安钢由小到大、由弱到强发展的浓缩史。

今天的炼铁厂，已成为一个装备大型化、工艺现代化的炼铁大厂，正发展成为一个令所有炼铁人骄傲和自豪的强厂。

遥想初创时期的炼铁厂，在当时设备技术条件差、机械化程度低的情况下，第一代炼铁人“走泥泞路，点煤油灯，喝洹河水”，发扬艰苦奋斗、团结奉献的精神，用双手挖开了一条通往做大做强的大路。没有破碎机械，矿石的破碎全靠人工抡大锤砸；没有运输设备，全凭肩挑人抬，生产现场人山人海。但第一代炼铁人发扬特别能吃苦、特别能战斗、特别能奉献的创业精神，靠车拉肩扛和人海战术拉开了建设安阳钢铁的序幕，奠定了安钢发展的基础。

十一届三中全会以后，改革开放的春风吹到了中原大地，河南省人民政府批准安钢自1980年元月实行利润包干，安钢批准炼铁厂实行利润留成。从此炼铁厂有了经营管理方面的自主权，把工作重点转向生产建设上来，以企业管理为切入点，制定和建立各项劳动纪律和技术操作规程，开展增产节约运动，降低原燃料消耗。同时，同20个国内大中型同类型企业建立技术经济指标交换制度，不仅开阔职工视野，而且提高了干部职工的竞争意识。1980年，炼铁厂第一次甩掉了建厂以来年年亏损的帽子，全年产铁创建厂以来最好水平。

沐浴着改革开放的春风，炼铁厂逐步走上了建立现代企业制度的正常轨道。1985年以后，炼铁厂无论是高炉容积、产量，还是创造的多项技术革新，不仅展示了炼铁厂推动生产力发展的功绩，成为不同时期安钢先进技术的见证，而且填补了河南工业发展史上一个又一个空白，有的还达到国内先进水平。更为可喜的是，1993年产生铁历史首次突破一百万吨大关，经济技术指标跃上了一个大台阶。

迎着新世纪的一缕曙光，安钢精神抖擞、昂首阔步，加快发展步伐，以高昂的姿态迎接新一轮的挑战。

2007年，以产品结构调整为主线的安钢“三步走”发展战略完成后，安钢发生了脱胎换骨的变化，开启了千万吨级的新时代。一个装备大型化、工艺现代化、产品专业化的新安钢拔地而起，一个年产钢千万吨级的钢铁巨人巍然屹立在中原大地，一个着力打造“精品安钢”“绿色安钢”的中原钢铁巨子展开了腾飞的翅膀。在此过程中，炼铁厂生产建设也迎来了历史性机遇。6月28日，9号高炉竣工投产。

9 号高炉自诞生之日就承载了巨大的历史使命。

面对安钢建设千万吨级钢铁大厂的目标，9 号高炉不辱使命，用不俗的指标和成绩否决了所有人的质疑：1 年投产、4 天达产，刷新全国同类型高炉建设工期最短、达产速度最快两项纪录；投产 1 年产铁 211.42 万吨，为安钢跻身千万吨级大钢行列立下汗马功劳；利用系数跃居全国同类型高炉前列。炼铁厂又一次不负众望，用一个又一个漂亮数据，消除了所有人的疑问；用一个又一个新纪录，让所有人振奋不已。9 号高炉成为炼铁厂生产的“领头羊”，安钢增产增效的主力军。

2008 年初，金融危机突如其来，作为集团公司降本增效关键环节的炼铁厂，解放思想，转变观念，众志成城，迎难而上，努力实现“弯道超越”。面对前所未有的困难和挑战，炼铁厂按照集团公司倒逼机制的要求，主动为安钢发展承担更多压力与责任，决心在弯道处把危机转化为强大自身的机遇。危机面前，广大职工积极投身科技攻关、小改小革、修旧利废等工作中，立足岗位、创新创效。回眸砥砺奋进之路，每一步前行，都满含集团公司领导的关心和支持，每一步跨越都凝聚着炼铁人的智慧。

3 号大高炉的投产，使炼铁厂生产如虎添翼，释放出巨大的效能，为安钢提高核心竞争力再立新功。

岁月见证了炼铁人的坚实足迹，目标指引着奋进者的开拓创新。在集团公司不拼规模做特色，提升核心竞争力、做大做强发展战略的指引下，炼铁厂必将在新起点上再跨越，再谱生产建设的新篇章。

历史聚焦

忆习仲勋副总理来安钢

张景文

我是一九五八年安钢建厂初期的进厂工人，第一炼钢厂三吨转炉车间投产之后车间把我抽出来搞宣传和书写标语。1959 年 5 月 26 日，是我难忘的日子。那一天，时任国务院副总理习仲勋同志在省市领导和当时安钢领导董万里、杨志超等陪同下来到安钢，视察刚刚投产不久的三吨转炉车间。虽然时间过去了半个多世纪，但我对当时的场景依然记忆犹新，也终生难忘。

那一天我正在忙于编写黑板报，公布各班钢产量，当时厂里负责接待工作的同志李聚堂、赵临婕同志以及车间领导成志贵等同志，为了迎接国家领导来安钢，带领职工清理场地钢渣、打扫环境卫生，在厂房正门中央用红布书写了醒目的大字标语“为全国年产钢 1070 万吨钢而努力奋斗”，并号召职工每班由十五炉钢提高到二十炉钢，力争夺取高产。

当天上午十点左右，习副总理一行亲临炼钢车间，冒着高温和正在生产的工人一一握手，慰问大家说“你们辛苦了！”习副总理中等个儿，五十岁左右，身穿中山装，没有一点官架子，十分平易近人。他关心地询问正在炼钢的炉长宋泽新：“一个班能炼多少炉，每炉多少吨钢？”宋泽新回答说：“每班十五炉钢，产量七十吨左右。”习副总理语重心长地叮嘱说：“你们要多炼钢，炼好钢，支援社会主义建设。”这让在场人员深受鼓舞，又感到责任重大。习副总理离开后，全车间职工纷纷向车间写决心书、挑战书，表示多炼钢、炼好钢，坚决完成任务，不辜负中央首长的关怀和鼓舞。

从 1958 年建安阳钢铁厂，到 1959 年正式成立安阳钢铁公司，第一代安钢人靠的是艰苦奋斗，手拉肩扛，硬是在安阳河畔这片古老的大地上炼出了第一炉合格钢水，正式宣布结束了河南缺铁少钢的历史。

在我记忆中的那个年代，由于三年自然灾害，工人生活和工资收入都很低，那时的工人没有手表和收音机，全车间 300 多工人只有几辆自行车，无论住市里还是生活区的职工，身穿白帆布工作服步行在上下班的路上。另外没有澡堂，下班之后在小河沟顺便洗一洗，每天都是如此。

当时炼钢车间有三位女炼钢工，甲乙丙三个班每班各配一名，人称三朵金花，英姿飒爽地战斗在炼钢第一线，她们是吴凤梅、付春枝和张芬兰。她们和男同志一样，挥汗大干，在“大跃进”年代为完成国家 1070 万吨钢目标而奋斗。

忆往昔峥嵘岁月稠。安钢经过半个多世纪快速发展，目前已具备年产千万吨钢的生产能力，从年产 10 万吨钢的小钢联发展到今天千万吨级的特大型钢铁企业，经过几代安钢人的努力，已经实现了习仲勋副总理“多炼钢，炼好钢”的嘱托，钢产量翻了一百倍，质量也多次在全国获奖。习副总理离开我们很长时间了，我们十分怀念这位人民爱戴的好总理。最近，以习近平同志为核心的党中央提出了“两个一百年”的中国梦，勾画了中华民族的发展蓝图。实现“双千亿”、再创新辉煌，是我们全体安钢人的安钢梦，我们离退休职工祝愿并相信安钢的明天一定会更加美好、更加灿烂！

回顾1980年承包经营前后

王永茂

安钢是1958年按照十万吨小钢联的规模兴建起来的。承包前在旧的计划经济管理体制束缚下，安钢根本没有经营自主权，一切都是省政府统一管理。安钢需要改扩建资金由省政府核准，按进度拨款，生产的产品由省政府统一分配，安钢的盈亏也由省财政全收、全补。企业就像一台机器，由政府控制，只管生产，不问经营，根本谈不上活力。

多年来，由于河南是农业大省，财政收入不高，拨给安钢的资金有限，使安钢的主体设备长期不配套，技术落后，设备陈旧，不能形成综合生产能力。

生产的产品产量低、质量差、消耗高、品种单一，亏损严重。承包前21年虽然国家给安钢投资4亿多元，可亏损却达到1.5亿元。特别是1977年亏损高达3000多万元，相当于河南省40个县的财政收入。全省人民大力支援建设起来的河南最大的钢铁企业却成了亏损大户，作为安钢人，这时的心情是非常沉痛的。

1978年，党的十一届三中全会召开，全会做出了实行改革开放的新决策，启动了农村改革的新进程。安钢领导者在改革开放方针指引下，在农村大包干做法的启发下，决心抓住有利时机，改变安钢落后现状，大胆地向省委省政府提出承包经营的设想。因为是第一家企业提出承包经营，省委省政府非常重视，组织有关局委对方案进行反复论证和测算，最终于1980年5月批准安钢实行承包经营，主要包括：从1980年起年上缴利润800万元包干，超过包干利润资金，可以自主用在改扩建项目上，生产产品计划内的上交省里分配，超产部分可以自行销售。这样安钢就有了部分经营自主权，从计划经济向市场经济迈出了可喜的、重要的一步。

企业经营模式的改变，要求安钢领导者的经营思想和管理模式也要随之而改变，必须动员全体职工行动起来，抓住这来之不易的契机，从上到下抓管理、练内功、深挖潜、降成本、增效益。为了确保承包800万元目标的实现，安钢采取指标分解的办法，把大于800万元利润的各项指标，层层分解到各二级厂矿及管理部门，由领导班子带领计划、财务、劳资等处室，对各二级厂矿的各项指标逐个落实。当时各二级厂矿领导，由于长期受计划经济经营思想的影响，对这一变化都不太适应，过去只管生产产量，现在要抓成本、看效益，还要与刚刚实行的奖励挂钩，感到压力很大。于是安钢领导班子就分别与各二级厂矿详细算账，明确指出各项指标潜力在哪里，并要求各职能部门深入生产一线，及时解决各单位遇到的困难和问题。经过耐心细致的工作，最后各单位都表示，一定要珍惜这大好时机，决不辜负省里的期望，坚决完成承包任务。各二级厂矿领导带着安钢的重托，回到单位后同样把各项指标层层分解到各车间、工段、班组，做到人人都有明确指标，从此在全厂掀起了人人献计策的热潮，抓管理、降成本、增效益已成为全公司的主旋律。

1980年经过全体职工的努力拼搏，年利润最后完成3576万元，超额百分之四百完成公司既定目标，极大地鼓舞了全体职工，也震撼了中原大地。省政府及时总结经验，在全省国有企业中进行推广。冶金部抓住安钢承包经营的典型，召开全国56家地方钢铁企业会议，让安钢介绍经验，从此在全国钢铁企业中掀起学习安钢经验的热潮。这更加激励安钢人要进一步深化内部改革、转变经营机制、强化企业管理、推进技术进步，坚定走一条内涵挖潜、自我积累、科学投入、滚动发展的道路。

1983年，河南省委省政府根据安钢两年来承包经营情况，调整了承包指标，由利润包干改为利润递增包干，即：年上缴利润以1100万元为基数，每年递增6%，上交产品产量也按递增包干执行。

安钢按照承包经营政策，加大利润留成资金，进行技术改造，对主体设备填平补齐，充分发挥设备潜力，增加产量，提高质量，扩大品种，用超产的产品自行销售，占领国内外市场，多创收多增利，使安钢的生产经营步入了良性循环轨道。到1985年已从利润留成中自筹了1.5亿元资金，完成了“四五六”（40万吨钢材、50万吨钢、60万吨生铁）生产规模的配套改造项目，并提前一年完成省政府要求安钢1985年实现利润5000万元以上的目标，职工收入也随即逐年提高，极大地调动了全体职工的积极性。1989年，安钢在全国地方钢铁企业中率先突破100万吨钢，经济效益大幅度增长，实现利税近3亿元，成为河南省上缴利税大户，被省委省政府树为河南省工业战线上的一面旗帜。

承包经营至今过去很多年了，每个安钢人都不愿意看到的困难局面又出现了。其中固然有外部的原材料涨价、钢材价格下滑等因素影响，但也反映出企业内部管理还存在着一些漏洞，抓降本增效措施的力度不够。就在这极度困难的条件下，安钢人正视面临的严峻形势，采取非常措施，打破部门界线，成立了非常设工作机构，狠抓三大板块降本增效措施，借鉴过去承包经营时的做法和经验，将解危脱困的指标层层分解，落实到人；充分发动全体职工，继续发扬安钢人锐意进取、不畏艰险、勇攀高峰、敬业奉献的精神，努力拼搏，真抓实干，人人都为打赢安钢生存保卫战贡献力量。经过数年艰辛鏖战，生产经营持续向好，2017年安钢终于取得了生产保卫战的决定性胜利。相信在新的领导班子带领下，在安钢人的共同拼搏下，安钢会浴火重生，走向更加辉煌的明天！

100 万吨的记忆

耿新战

人生总有许多难忘的记忆，那一夜忘不掉，牢牢印在我的脑海里。

我是1987年参加工作的，至今已有30年了，其中有16年是在火热的炼钢炉前度过的，炉前炼钢虽然辛苦但很有成就感，这一段的经历给我留下了终生难以忘怀的历史记忆，特别是1993年12月12日的那一个寒夜更使我终生难忘。虽然天气寒冷，但是我们小组的每一个人都丝毫没有寒冷的感觉，大家都沉浸在兴奋和幸福之中，因为第二炼钢厂年产第100万吨钢就是这一天夜里由我们小组炼出来的，是我亲自摇炉生产出来的。

那天我们小组上中班，按照厂部测算，这个中班第二炼钢厂就要实现年产100万吨钢，提前19天完成年产100万吨钢的奋斗目标，这对我们炼钢人来讲是十分光荣的事情，实现年产100万吨钢是二炼人多年来梦寐以求的目标，是二炼人经过20年奋斗的丰硕成果，是二炼发展进步的里程碑。三座转炉的同志们都期待着第100万吨钢能诞生在自己的小组里，但幸运却落在我们小组头上。当出完饱含2000多名二炼人深厚感情的第100万吨钢时，当时的厂长史济春率领党政领导敲锣打鼓来到炉前，送来贺信，表示热烈祝贺。我们炼钢工人，特别是我们小组工友们感到无比的光荣、无比的幸福，其他小组的同志对我们既羡慕又遗憾。这件事，最高兴的莫过于我们炼钢组的炉长晁玉祥，巧合的是两个100万吨钢（一次是1989年安钢年产100万吨钢，一次是1993年二炼年产100万吨钢）都产自他所带领的炼钢团队，因为工作业绩突出他率领的炼钢组荣获“全国五一劳动奖状”，后来他本人又荣获河南省劳动模范、“全国五一劳动奖章”，成为安钢先进人物的优秀代表。

现在二炼年产能已达200多万吨，最高年产钢240多万吨，年产100万吨钢在现在看来稀松平常，但是当年实现年产100万吨钢实属不易，是二炼人经过20年拼搏奋斗得来的，它包含着无数二炼人的辛勤汗水和大智大勇。第二炼钢厂经历了一个艰难曲折的发展历程。它1973年投产，当时被人称为“新炼钢”，但由于生产不配套，加之“文革”的影响，10年后的1984年才达到设计能力——35万吨。改革开放以来，特别是1987年学济钢，挖潜增钢动员会以后，二炼才真正步入加速发展的快车道，1987年厂部提出“分钟一吨三效益200元”，“分钟一吨半效益300元”的“一分钟”精神，加之硬性管理规定14条的推出，“三不”原则、四不放过的实行，使大家时间观念大为增强，在时间夹缝中挤钢，争分夺秒抢钢意识十分浓厚，向时间赛跑，向时间要钢要效益，成为炼

钢工人的追求。在大伙的共同努力下，1987年到1989年三年三大步，每年增钢10万吨，1989年实现产量翻番，达到76万多吨，为当年安钢钢产量突破百万吨做出了巨大贡献。1990年以后，随着连铸事业的发展，管理的逐渐完善，“四新”技术的应用，二炼钢产量持续增长，1992年钢产量突破90万吨，较上年增长10万吨，从1992年开始二炼在高起点上不断上台阶上水平，创造新辉煌，1993年一举突破100万吨钢，圆了几代二炼人梦寐以求的愿望，作为当事人我感到无比的兴奋、无比的自豪。

第二炼钢厂的发展有不断加强完善管理的原因，也有科技进步的推动，但是我觉得还和广大职工不畏艰难、敢为人先、拼搏奉献的精神分不开。当年，为了增钢、抢钢，炉前的职工克服了种种困难，上班期间没有时间到食堂吃饭，在生产现场一顿饭要分好几次吃，有时饭都凉了还没有吃完。补炉油砂堆积在炉前，时间一长就凝结成块，大家就用铁锹、锤子打碎，再装入斗子，用斗子抽入炉子。炉后加冷钢调温，也是我们炉前工用小推车一车一车推过去的。打炉口、处理氧枪粘钢等等，一个班就没有闲着的时候，工作十分辛苦，而且环境也很恶劣，夏天工作服被汗水浸透一个班都干不了，冬天后背冷风吹着，前面上千度的高温辐射着，风湿病、腰腿疼在炉前工中司空见惯，而且每周工作48小时，一周才能倒一次班，辛苦程度可想而知，但是大家没有叫苦说累的，一上班大家劲头十足，铆足劲大干，充满了乐观向上的精神。

炉前最艰苦的工作当属大补炉。由于受耐材质量的限制，加上溅渣护炉技术还没用应用，当年炉龄仅有六七百炉，能干到800炉就要受表扬、受嘉奖，现在一万、两万多炉也是家常便饭，但在当年是难以想象的。当年砖补一圈，最多撑三天，每天都有一座炉需要大补炉，每当大补炉，需要工人把炉摇平，冒着上千度的高温辐射，用6米多长的补炉大铲，将30多斤重的耐火砖准确无误地填入规定位置，码放整齐，既要技术过硬，又要接受高温炙烤，推大铲几分钟就大汗淋漓，需要及时换人操作；特别是夏天高温季节，酷热难当，大补炉操作更加艰苦，但是我们炉前工团结协作精神十分强，每当遇到大补炉，其他班组的炼钢工都积极主动协助补炉，就连车间领导也时常到炉前参加补炉，干部与职工水乳交融，干群关系十分和谐，为炉前职工克服困难增添了无穷的动力，再苦再累大伙都毫无怨言，这一团结协作精神一直传承至今，成为二炼一笔宝贵的精神财富。

撞罐机诞生记

马敬甫

2017年国庆长假的最后一天，我和在安钢上班的儿子一起来到阔别多年的厂区，走到进厂大门时，恰逢水渣车间前任两位主任，简单介绍认识后，就直奔当年的水渣车间现场。他们介绍说：与你在时相比变化很大。随着公司产能迅速增长，水渣池位相应增加，撞罐机也从一台增加到五台。直到前年公司通知高炉渣罐不再使用，撞罐机才正式停用，前后使用32年。

渣罐是铸钢制成类似锅形的专门容纳近1500℃高炉液体熔渣的一种容器，四壁上凝结一层熔渣固体，时间越长凝结的越厚，俗称锅渣皮即重矿渣。必须清理干净后才能配往高炉使用。

撞罐机是清理渣罐内壁锅渣皮的一种装置。清理渣罐时，将其倾翻到一定角度，操纵撞罐机的近百公斤的撞杆以一定的速度撞击其下部罐沿，产生的撞击力、震动力与锅渣皮自重，强迫锅渣皮脱落。

1977年以前，高炉熔渣基本都在炼铁厂东区水渣池处理。而锅渣皮由机车通过渣10线把它运到安阳河弃渣场，倾倒在安阳河床西侧，累计120万吨左右，占地百余亩。造成污染环境、堵塞安阳河、威胁殷墟安全等问题。为解决建设铸铁机的占地问题，1977年公司在孝民屯北面建设了两座新的水渣池。从此高炉熔渣就移到新渣池处理了。因无地方弃渣，锅渣皮还是倒安阳河处理。

没有撞罐机之前，在熔渣倾倒完后，机车将渣罐拉出水渣池再经过渣10线推到安阳河弃渣场，水渣车间工人对其采用正、反倾翻，靠其自重脱落清罐。但经常有通过多次正反倾翻锅渣皮就是不脱离的情况。这时只好采用人工处理了，站到罐口两边的前方，踩在道渣上举着六棱钢钎寻找缝隙捅撬清理。时有遇到发红吐着火苗的高温锅渣皮，辐射的热波正好集中投到操作者的脸上，尽管戴有披肩帽、口罩防护，工人的脸还是被烤得又红又疼。可我们的职工却以“眉毛烤焦脸起泡，不误高炉半分秒”的豪壮精神战胜艰苦危险的作业困难，无怨无悔地使一个个锅渣皮滚落到安阳河床。他们真不愧为攻坚克难、吃苦耐劳的安钢无名英雄。环境恶劣不算，他们还得高度提神，紧盯着锅渣皮的动态，看到要往下掉时，扔下钢钎先赶紧跑到一边，不然还会砸住人呢。实在是不安全又无奈的作业，所以公司把它定为二级危险源。

1980年，就“弃渣入河”光明日报曾点名批评过安钢。领导更是如坐针毡，真到非解决不可的时候了。于是，原废钢厂（现综利公司）党委书记成志贵同志亲自带队赴济钢参观考察，返厂后又派我去考察邯钢撞罐机的使用情况。在返厂回报和讨论会上，领导仔细询问了大家感觉如何、有何想法及有什么困难等……最后语重心长地说，我厂渣罐处理方式太落后，既不安全劳动强度又大，处理时间还长，时有配罐晚点情况发生，这种局面必须改变。然后对我讲，你要想方设法把我们的撞罐机搞起来，从设计、制造、安装、调试直到职工正确使用都由你全权负责，并且越快越好。但一定是适合我们使用的，不能摆花架子。

我在设计过程中，充分考虑到安钢现有资源，以优先选择库内可代用的材料和零部件为原则，力争做到成本低、又能尽快造出。所以，在传动部分设计中，使用了库存的车轮、链轮、链条等备件。大大加快了设计和制造的进度。对于行走轨道的轨距，经过反复考虑，决定不能照搬别厂，必须改为标准轨距。这样，不管是材料、备件、施工队伍、施工质量等问题，运输部都可以轻而易举给予解决。撞杆选用供应处库存的厚皮无缝钢管，并依其设计传动轮的尺寸。

设计的撞罐机由机修厂加工制作、废钢厂（现综利公司）自己安装调试。当制作完成往水渣池运输时，因为外形尺寸庞大，加上运输车的高度就接近超高界限，稍有不慎极易造成事故发生。为了安全，我带着几名农场的清道工全程监护，遇有行走障碍物，事先支开或移走；当走出原烧结厂东门到孝民屯时，又将其卸到通往废钢水渣池的渣8线上，改由人工推到水渣池的渣4线。然后再用汽车吊位移到其旁边运输部早已铺设好的撞罐机专用行走线上。这样，巧妙地避开了走孝民屯道路不平、坡度又大造成的行走困难。撞罐机安全就位后，我的心才从嗓子眼上放下来。

为尽快投入使用，厂领导专门抽出电工、钳工成立由郭全兴任组长的水渣车间维修组，负责撞罐机的设备安装、调试和全车间的设备维修。经过半个月的时间，设备安装完毕、供电滑线架好，接通电源后即时转入空载和带负荷试车。经过认真准确调整，实现了一次试车成功，车间职工高兴得欢呼雀跃。紧接着对每个班的职工进行培训，充分利用接班后的空闲时间，我带着职工钻进撞罐机的小房子里，站在机架两侧，讲解结构原理、操作方法及安全注意事项，再让职工轮流上机操作，感受领会，没过几天各班操作人员都可以正确使用撞罐机清理锅渣皮了。也就是从那一时刻起，我厂具有自主知识产权的第一台撞罐机正式诞生了，原始落后的人工清理方式在安钢宣告结束了。

时至今日，想起当年那些气氛积极热烈的讨论、工作场面，我依然感到激动。实践证明，利用撞罐机与以前人工捅撬清理锅渣皮相比，无论力量大小还是效果快慢都要提高好几倍；而且操作人员站在渣罐后面离罐口三米远的铁皮制作的小房子里，人身安全有了绝对保障。这样，锅渣皮就可以在占地面积不大的渣罐走行延长线的固定一侧用撞罐机集中清理了。清下的锅渣皮打水激冷后运往破碎筛分系统，制成市场需要的各种规格的重矿渣产品。这时撞罐机变成该流水线上不可或缺的一个结点。不但为我厂创下了可观的经济效益，而且彻底解决了锅渣皮不再往安阳河倾倒，使堵塞河道、污染环境、威胁殷墟安全的难题也得到了妥善解决。正如职工何瑞林曾说，你老马不来，撞罐机还搞不起来，我们的撞罐机花钱少结构简单容易操作，撞击力大清理锅渣皮快，既省力又安全，真给我厂办了件大好事。

安钢曾有小高炉五座和 $450m^3$ 高炉两座，高炉融渣在两条线上分别以 10 个渣罐和 8 个渣罐轮流运输，平均间隔时间不足 50 分钟。若人工处理根本满足不了高炉的需求。就是撞罐机也从一台增加到五台才满足了生产需要。后来高炉融渣处理工艺采用当今更先进的炉前“INBA”法。因此，高炉渣罐彻底不需要了，这样撞罐机在安钢也完成了它的历史使命，自然被淘汰。

那天我回到家后心情一直没能平静。联想在安钢工作三十多年，说实话做了不少工作，但都没有像在水渣池从无到有创新应用撞罐机的工作中，在领导的关怀和支持下，从设计、制造、安装调试直到教会职工正确操作使用，参与了全过程。大家一块积极出主意、想办法，敢于担当和勇于付出，克服种种困难制造出我厂第一台撞罐机，并一次试车成功、顺利投入使用，这是大家用心血和智慧换来的成果；又从一台陆续增加到五台，一直服务生产三十多年，更是生产和企业的认可。同时，自己的技术和想法在实践中得到验证和升华，自己的思想意识受到一次很好的锻炼和提高。撞罐机的作用虽说只是生产工艺上一个小小的环节，但它的作用却在当时给公司带来生产效率、作业条件、环境保护、资源再利用多个方面的改进提高，说明技术创新至关重要。现在，我又看到撞罐机已被更先进的技术所代替，安钢的技术进步日新月异、稳步向前，令我这名耄耋之年的、曾经的技术工作者感到无比欣慰。

时间，验证了这片厂区花园的价值

赵进军 口述 邱洪林 整理

时光荏苒，匆匆岁月更迭不止；花开花落，四季轮回绿色永驻！

虽然已是初冬时节，但在被誉为安钢名片的第一轧钢厂厂区花园里，小桥流水、锦鲤畅游、假山喷泉、飞瀑奔涌、奇石横卧，一幅江南景象；白皮松、华山松、马尾松、雪杉松、油松等各色植物仍然绿意盎然。

恰逢一个国家级环保检查团由此经过，对作为钢铁联合生产企业的安钢能够拥有这样一片规划严整、彰显着浓浓和谐文化的厂区花园表示由衷的赞许！

当年克服种种困难，经过多个时期建成的这片厂区花园，日益凸显出当年决策者建设这片厂区花园的超前思维和战略眼光。

看到眼前的这些景象，我的思绪不禁又回到了18年前这片厂区花园开始建设的难忘岁月……

第一轧钢厂厂区花园从1999年开始起步建设、规划（当时叫小型轧钢厂，2002年3月更名为第一轧钢厂），以前这片厂区花园所辖区域是破旧不堪的厂房、仓库和凌乱的几处办公区、车棚平房等。九十年代整个社会的环保意识、美化环境的观念还比较淡薄，在原就用地紧张的厂区起步规划建设花园绿地、美化环境，无论是观念还是行动上都面临着较大的挑战。

这处花园一经提出规划建设，就带来多种不同的声音，质疑和意见可以说是“纷至沓来”，认为投资搞花花草草，远不如投资抓生产建设带来的效益更加明显。当时小型轧钢厂的领导班子形成共识，认识到抓好厂区绿化工作是企业的社会责任所在，也是大势所趋。当时的厂主要领导以超前的思维，非凡的胆识，敢为人先的魄力，下定决心，决心依靠自己的力量，建设一个“绿色，生态，和谐”的厂区花园。

思想认识决定行动。

在随后的时间里，我们全厂上下一手抓生产管理，一手抓厂区花园绿地建设，牵头成立了厂部专门的绿化管理机构。从拆迁、土建开始，厂领导非常重视，亲自把关；在对第一期绿地设计、论证过程中，一遍一遍反复考察论证，力求把方案设计得完美无瑕。

方案几经斟酌方得日臻完善。目标确定后，接下来是全员参与的大会战。

在厂班子及主要领导同志的负责主持下，确立了“发展循环经济，打造绿色生态园林企业”的总体理念。我们克服厂房布局不尽合理、建筑分布杂乱等困难，组织党团员、管理人员、车间职工放弃工余时间，积极参与到清理杂物、刨土挖坑、平整地面、运送垃圾等苦脏累的工作中。在工作现场大家肩扛手推、协作突击干活，没有抱怨，没有退却，把参与建设“绿色、生态、和谐”的厂区花园当作使命责任，当作义务来不折不扣完成，期间涌现出许多感人至深的工作场景：

——那年腊月二十八，几名同志去附近县乡移植树木；当天下班忙完厂里正常的生产管理工作后，厂主要领导深夜奔赴移植现场嘘寒问暖，慰问人员，了解进度。

——在老线材机组厂房拆除中，组织职工清挖老桩基。由于老厂房的桩基非常深，挖掘清理和回填新土的工作量很大，大家利用机械、人力把原地基遗留的水泥渣子、钢筋、石块等清理干净，组织填充新土，完成任务后，许多工友们的胳膊累得都抬不起来了。

——在去林县采集石头过程中，工作人员为了完成奇石采购任务，到石板岩乡附近的大小山头、山沟，精心筛选石块，汗水多次浸湿了衣服，等完成任务往回返时，穿的鞋子都磨破了。

——无论是在现场平整地面、填充新土，还是在规划设计、花木选址等工作中，厂各级领导都亲临现场，严格把关，科学指挥，确保每一棵花木的种植质量，甚至连每一棵花木的树形、阴阳朝向都调整到最佳的观赏角度。

……

一分耕耘一分收获。

经过全厂广大干部职工不懈的努力，在园林规划设计上积极探索和实践，先后完成世纪广场、260 机组循环水景观区等点、线、面有机相连的 35000m^2 的生态园林景观；完成了安钢东大门一轧厂区域的环境改善工程；还新建扩建园林绿化面积 15000m^2，多处生态园林景观。世纪广场绿化面积 6300m^2；260 机组循环水园林景观绿化面积 8600m^2，人工湖水面面积 1110m^2；新建 300 棒材机组环境改善工程和职工文化健身园景区，绿化面积 3000m^2，在整体布局上采取观赏性与功能性相结合的原则，选择苗木充分考虑环保功效。之后又相继完成了机加工大院和四个车间的绿化美化工程，铺设广场砖 600m^2，绿化面积 13000m^2，主干道绿化带 1800m……

随着安钢的发展，拆除原有建筑物后，我们又筹划职工文化休闲绿化区域，该工程毗邻集团公司新建 16 米大道，和原有假山小溪与我厂健身园绿化区有机相连，园区道路蜿蜒延伸到职工篮球场，呈现出以园路为纽带、环绕相连的生态园林景观，使生产与环境实现和谐统一。形成以道路绿化带为主轴，风格迥异又相互环绕的厂区园林景观，创造出了“春季繁花似锦，夏季浓荫蔽日，秋季色彩缤纷，冬季枝干苍劲”的四季美景，累计绿化总面积达到 50000m^2。

随后，一轧厂继续加大厂区绿化、美化及环保力度，不断完善厂区花园建设、维护工作，还把“安钢厂标”“世纪之窗”“心心相印”“龙凤呈祥”“二龙戏珠”等企业文化、传统文化融入到园林绿化建设之中，2008年，完成厂前大道绿化和景观美化，扩建健身园二期工程，新增绿化面积2500m^2。

2015年以来，一轧厂持续提高这片厂区花园的管理工作标准，先后两次对260机组加热炉厂房北侧空地进行科学的绿化规划，把绿化与厂部基础建设、景点建设和企业文化融为一体，既突出每一处绿化的不同特点，又体现出这个厂区花园的完整与承接，新增绿化面积1500m^2；2017年260机组改造后，对原料跨厂房外空地进行系统规划、整体绿化，新增绿化面积2000m^2，同时建立完善了厂区花园巡查和专业养护工作机制，加强绿化工作人员对各类花木的造型管理维护，定期进行修剪，有效确保了草坪、植物造型的整齐美观，精心打造了绿色一轧、亮丽一轧美丽风景线。2017年3月，一轧厂还依托丰富的花木资源和优美环境，成功承办了安钢“春满一轧”摄影比赛，产生了良好的社会效益。

如今的第一轧钢厂厂区花园已经成为集团公司的一张靓丽名片，凡是到安钢调研、参观、学习的领导嘉宾都要绕着这片厂区花园实地参观、考察；职工们在工余时间也在其中休憩，或流连忘返，或小坐谈心；就连职工家属也会到这片厂区花园里散步散心……

扎实的工作获得了广泛认可和赞誉，一轧厂先后荣获“全国冶金企业绿化先进单位”“河南省园林单位”“省级园林先进单位”和安阳市“花园式单位”等称号！

时间，验证了这片厂区花园的价值！

奋战在废钢的日子

张景文

现在的综利公司的前身是“安阳钢铁厂废钢处理领导小组”(简称“废钢”),它建于1975年12月。正巧那年我从部队转业回来，就被分配到了废钢。当时的废钢主要领导是成志贵、王之栋同志，我在这个小组担任办事员、劳资员。

废钢新组建时期，单位来自各个厂共103个职工。因为废钢处理是在厂区外，地处荒凉，又是露天作业，人称是安钢的西伯利亚。工人主要生产任务是翻渣斗、翻渣罐，服务炼钢炼铁，确保安钢正常生产。

渐渐地，安钢投产20年来积压的废钢渣无法处理成了问题。数百万吨废钢渣堆得像座山，风刮过来，狼烟四起，污染了周围环境和空气，污染了农田，堵塞了河道，威胁着名胜古迹殷墟的安全。当务之急要挖掉渣山置换土地，建立新渣跨，及时处理废钢渣。总厂领导韩旭东非常重视这项工作，亲自跑到大连和太原钢铁公司考察冶金渣处理情况。王之栋同志是解放前参加革命的老干部，不顾自己年逾花甲，不辞劳苦，勤奋工作，亲自绘图纸写报告向省计经委和冶金部跑资金，先后申请资金420万元，为废钢购买设备解决冶金渣问题打下了基础。

1977年冬季，厂部提出大干100天，搬掉大渣山的口号。厂里购买了十几部日本载重汽车和两台电铲，以“愚公移山”的精神日夜奋战。当时废钢没有食堂也没有澡堂，大家奋战一天后还得去几百米外的第二炼钢厂吃饭、洗澡，很是辛苦。就这样，领导干部跟班指挥，工人们冒着寒风大干，终于提前10天完成搬渣山任务。这次清除渣山，将废钢铁渣变废为宝，回收废钢铁16万吨，按当时价格计算，每吨500元，回收资金8000多万元，清理出去废冶金渣约170万吨，节约了大量耕地农田，更重要的是，大大减轻了两个炼钢一个炼铁厂的压力，确保了安钢生产正常进行。

1980年4月，我被调到废钢水渣车间担任车间党支部书记，主抓生产的工程师马敬甫任车间主任。

那时水渣车间有职工80余名，有龙门吊工，翻罐工三班四运转，主要是服务炼铁厂，担负着三座高炉出渣，冲水渣发路运车任务。工人每个班都冒着上千度的高温处理渣罐，每班共处理六次36个渣罐，全天处理72个高温渣罐。为了不误高炉正常生产，我和车间职工一块跟班作业和劳动，将处理完的渣罐泼浆，即用沙和白灰掺和成泥浆向罐内泼后方可返回高炉使用。这个车间经常出现的事故是水渣池放炮，非常频繁，严重的给当地居民房屋财产造成损失。为了解决放炮这一难题，我和马敬甫同志先后去济南钢铁总厂、首都钢铁公司炼铁厂考察取经，回来后自己研制捣罐机。用了不到一个月时间研制成功，投入使用后，大大降低工人的劳动强度，提高了翻罐的工作效率。我们又研究采取了“慢倒细心操作法”，大大减少了放炮事故的发生。

雄关漫道真如铁。回顾废钢从无到有、从小到大的快速发展，不禁令人感慨万千。这个厂先后建起了磁选、重渣破碎，混凝土砌块生产线，废钢加工，冶金渣的综合利用等项目，将昔日的废渣遍地建成了今日的花园式的厂区，这是安钢职工自力更生艰苦创业努力拼搏的又一明证。

愿废钢发展前途更加光辉灿烂。

钢铁渣的“凤凰涅槃”

胡怀平

1983 年 8 月份，正值青春年少的我揣着“愚公”的梦想，到废钢加工厂(现综合利用开发公司) 报到，成为开发利用安钢钢铁渣铁军中的一员。

时光荏苒，弹指一挥间。作为历史的见证，我不仅目睹了由于历史条件的限制没有考虑钢铁渣的综合利用，而是采取简单堆放的方式，弃之于洹河岸畔。年复一年，百余亩的沃土上钢铁渣成灾，废钢铁成堆，自然植被几乎为零的荒凉；也分享着钢铁儿女变废为宝，点渣成金的喜悦，见证了综利公司的不断发展壮大。

1985 年，为打破堆弃无地、外排无路、钢铁生产受制约的困境，在进行了化学成分和物理性能分析之后，综利公司投资建成了一条两破两筛一磁选生产线，将重渣块加工成不同粒度，作为筑路使用的新型材料。1986 年，该项目通过河南省建筑科学研究所技术鉴定，各项指标均符合《冶金部高炉重矿渣破碎技术标准》，它作为二次资源开始用作建筑、修路、制作预应力空心板的骨料和矿棉保温等材料，成功应用于民用及工业生产等领域。

科学的思维方式、果敢的决策和实践，为人们展示出冶金渣的美好前景。1993 年，怀揣着“愚公理想”的综利人在确保优质服务钢铁生产的前提下，以“三年承包”为契机，在借鉴 1981 年、1988 年两次开发渣山经验的基础上，组织 60 余名“开山勇士”，顶烈日、冒酷暑、斗淫雨，强攻硬上，进行了一场艰苦卓绝的攻坚战。一台台铲车挥起再挥起，一部部汽车加速再加速，历经 9 个月的奋战，终于搬掉了占地 100 多亩、沉睡了 35 年之久、高达十几米盘踞在洹河岸边的大渣山，将特大型钢铁联合企业无“渣山”的事实写进了中国冶金工业史。

为赋予钢、铁渣产品新的内涵，近 30 年来，综利公司坚持内引外联，先后与集团公司科技处、同济大学、省建筑材料研究所联手，探索钢铁渣应用的新领域。

1991 年，他们大胆设想，改进钢渣生产工艺，确立了以“打水焖渣自解代替两级破碎工艺”，节省了七条传送皮带和筛分环节，降低了生产费用，提高了工作效率。该项目于 1997 年 12 月 11 日，被国家专利局授予“钢渣处理方法”发明专利。

1993 年、1996 年先后投资 80 万元自行设计、安装建成了 8 立方米资源再生炉两座，重渣混凝土砌块、路面砖环保生产线一条，实现了由提供原料到提供成品的转变，先后开发出建筑、地面装饰产品两大系列 20 个规格 35 个花色品种。

1997年，他们又与同济大学进行了《安钢高炉重矿渣替代碎石作水泥混凝土及铁路道床的试验研究》。2001年，高炉重矿渣做混凝土骨料成果在郑州通过了技术鉴定，并获河南省优秀产品二等奖。2003年，与安阳市规划设计院和西安公路研究所成功研究开发了高炉重矿渣在沥青混凝土道路基中的应用。其中高炉重矿渣混凝土作为道路层面与钢渣基层结构组合为国内首创。

为提高含铁产品的附加值，2003年综利公司组织专人多方考察论证，上马了一条棒磨磁选生产线，年棒磨加工能力在15万吨左右，提高了含铁产品的纯度，取得了明显的经济效益。2005年为满足120t转炉和2200高炉的生产需求，他们又建设了65万吨钢渣处理生产线和水渣处理跨，使钢铁渣加工处理的空间得到进一步拓展。

随着集团公司"三步走"战略规划的完成，钢铁生产规模的迅速扩大，承担着冶炼系统排渣重任的综利公司显得越来越力不从心。为解除制约渣处理发展瓶颈，2009年1月19日，集团公司决定投资4000万元，在综利公司3号钢渣跨内对现有热泼渣处理方式实施工艺改造，建设一条年钢渣热焖处理90万吨生产线的规划。

2009年9月16日，在欢快的乐曲与喜庆的鞭炮合鸣声中，安钢钢渣热焖工艺改造工程开工，2010年7月11日安钢钢渣热焖工艺改造工程竣工投产。

面对渣处理工艺参数不全、安钢钢渣与引进生产参数差别较大等各种困难，他们针对罐内的钢渣液体、固体、散渣共存，温度存在较大差异的特点，采取先处理固液罐、再处理液体罐、最后固体罐的工作顺序来改变钢渣状态，使其符合热焖工艺要求。

面对新工艺、新技术、职工操作技能水平不熟练、焖渣质量波动带来的挑战，他们对主控室、地面工、挖掘机等岗位及与钢渣热焖相关的职工，举办了8期专业培训，培训人员达400多人次。

面对钢渣热焖时出现的板结现象，工程技术人员跟班采集数据，对钢渣入池、打水降温、搅拌、焖渣、出渣等10多个关键节点的温度、状态进行全程跟踪统计分析后，编制出更加符合新工艺要求的操作标准。

为确保钢渣热焖工艺改造项目顺利达标，钢渣车间通过提高对钢渣入池的温度、打水量、焖渣时间、放散开闭度等环节的精确控制，使钢渣处理时间由过去的150小时缩减至目前的12小时，钢渣粉化率得到提高，渣中金属含量下降了2个百分点，使该工艺高效、快捷、节能的特点得以充分体现。

为充分释放新工艺、新技术的能量，综利公司以钢渣热焖工艺改造工程竣工为契机，全力投入了钢渣产品的分类、分级加工利用和设备工艺配套完善的研究。他们针对热焖后的生产工艺特点，展开了钢渣返烧结的设备技术改造和产品分类分级加工使用，最大限度地回收含铁资源，竭力推进内部循环使用。

综利公司自1975年成立以来，一直将含铁产品对外销售。近年来，随着铁矿石产品价格的持续走高，给集团公司的生产成本带来巨大压力。承担钢铁渣处理任务的综利公司针对含铁钢渣品位高的实际情况，按照烧结及冶炼生产对原料的要求，组织工程技术人员进行攻关，持续不断地对生产设备和生产工艺进行改进，终于使"上磁选""下磁选""钢渣磨三"、"库捡渣"等全部经由磨机加工磁选渣钢达到了烧结团生产配料的要求，持续不断地向烧结机组提供优质磁选钢渣原料。

从2010年12月起，综利公司结束了延续35年含铁产品的外销历史，随着第一车26吨磁选钢渣送往烧结厂，标志着该公司"两循环、一延伸"发展规划目标，即提高铁资源利用效率，含铁原料加工不出厂、含铁产品不外销，全部返回烧结"内循环"的规划已变为现实。

综利人在用智慧和汗水将钢铁渣所蕴含的能量得到充分释放的同时，又把目光转向了环境效益。八十年代中期，综利公司按照有物必有区，有区必分类，分类必挂牌的定置要求，积极发动职工持续深化"6S"管理，对生产现场、设备进行"清扫、清洁、整理、整顿"。

历届领导班子率领职工发扬"愚公移山"精神，挥钎扬镐，清出一片片空地，挖出一个个渣坑，再从厂外运来黄土，种上黄杨、雪松、垂柳，并开花圃，植草坪，建花园，修雕塑，在这块贫瘠的渣地上用汗水培育绿色生灵，使昔日满目荒凉的渣场变成了一座花园式工厂——春有白玉兰和红杏争妍斗艳，夏有绿荫叠翠与玫瑰月季相映成趣，秋有红枫映日、桂花飘香，冬有苍松挺拔、腊梅傲霜，成了让人引以骄傲的三季鲜花、四季常青的"翡翠城"。绿树成荫、鸟语花香的优美环境凝聚了合力，稳定了队伍，促进了各项工作再上台阶。

花开花落，春去春来，三十四年弹指一挥间，旧貌变新颜。

这地，这水，这里的人都变了：当年工作时的小铁房已被巍峨的大楼所替代；当年处理第一斗钢渣的那座简陋小厂房早已不复存在，取而代之的是宽敞明亮的大厂房；当年处理钢铁渣的工具、工艺资料，已被列为教育后人的珍贵史料送进了公司的厂史展览室……

历经20年基建，22年配套完善，综利公司实现了冶金渣加工处理机械化，"三渣"产品资源化，年加工钢铁渣的能力从1982年的19万吨发展到2017年的400余万吨。生产的高炉水渣已成为豫北地区水泥生产企业的重要原料；钢渣作为筑路材料和烧结添加剂，被道路建设、修筑简易公路和烧结生产所采用，冶金渣纯渣有效利用率实现了100%。

时光易失，初心不改。有着远大志向的综利人一定不会停下前进的脚步，他们将继续在钢铁渣加工利用的征途中钻研探索，写出"世界上没有垃圾，只有放错位置的财富"的新篇章。

当年在矿山

姚昭文

1971年初，我结束了知识青年上山下乡生涯，来到安钢李珍铁矿当了一名光荣的矿工。那一年我整20岁。7年的矿山生活，为我的人生增添了浓重的色彩。回忆那段峥嵘岁月，我觉得在安钢创业初期，日子固然苦了一些，但是我一生中的一个亮点。

我们的锤声在替星星唱歌

刚到李珍铁矿时，我在矿上新成立的石灰连烧石灰。睡的是麦秸铺就的大铺，也就是上百人睡在一座大大的简易房里。吃饭在老机关食堂。每天的工作就是在临近三采区东边的山上，抡起24磅大锤，将爆破工炸开的大石头砸成较小点的石块，以便装进罐车运到石灰工地烧成石灰。刚开始时由于有新鲜感，觉得好玩，抡起大锤来特别卖力。到下午就不行了，胳膊痛得连锤也举不起来，还觉得饿得特别难受。晚饭时竟然吃了4个馍，喝了3碗稀饭。第二天，我的双手再也举不起来大锤，手腕像断了一样，浑身如同散了架。一双帆布手套，3天就磨得净是窟窿。上夜班时，探照灯将工地照得一片雪亮。我们几十个新工人抡着大锤，默默地砸着石头，实在是累得连说话的力气都没有了。记得有个爱好写诗的工友说了一句很诗意的话：我们的无言是夜晚真实的写照，我们的锤声是在替星星唱歌。每次下班回到宿舍，我们累极了，睡得连个梦都不做。

几个月后，我被调到二采区当爆破工。

有一次，接受的任务是炸掉二采区西南方向的一座山头，这在采矿术语上叫剥岩。掘进工给挖好了炸药室。装炸药的通道是一条不到两尺高的小洞，我们十多个人就一一躺在小洞里，从洞口接过炸药，将它从身边推过，然后用脚蹬至下一个人，最后一个人在炸药室里将一袋袋炸药垛好。记得共装了6汽车的炸药。爆炸时，倒没有什么太大的声响，只觉得脚下一颤，那座山头就不翼而飞了，场面十分壮观。

1972年初，我被调到破运车间当了一名皮带运输工。皮带运输机用来运输矿石，我的任务就是在皮带廊里巡视，监护皮带在运行过程中，防止它跑偏。不然的话，矿石会很快在皮带机旁堆成一座座小山，这就是生产事故，是要受处分的。皮带廊里粉尘很大，我戴着防毒面具一样的防尘口罩，不停地在皮带廊里来回走动。每当皮带有走偏现象，就急忙调整辊筒，将皮带运行方向调正。在皮带运行正常时，我就像只猴子一样，蹲在皮带廊的角落里，默默地看着不停运转的皮带机出神。每到下班时，浑身上下落满了矿粉，摘掉口罩后，脸上除了牙是白的，全身是灰蒙蒙的矿粉，让人不由得想起了井下采煤的煤矿工们。记得这年冬天的一个深夜，我们加班协助维修一条基本露天的皮带，我的任务就是听从指挥，让拉紧皮带时就用力拉紧。那夜天特别冷，我靠着一辆罐车在等待中不知不觉睡着了。天下起了大雪，我身上落了厚厚一层雪花。大家找不到我，以为我回宿舍睡觉了，需要拉皮带时没有人喊我。但拉皮带时的劳动号子声将我惊醒。我急忙拍掉身上的雪，加入到拉皮带的队伍中。

1973 年，我干上了技术工种的活儿，做了一名钳工。先是在破运车间制作防尘设备，后到运输车间做修理工，在运矿的大平洞里修罐车和采掘机、焊道岔，什么活儿都干。班中饭由食堂炊事员给送进洞来。洞里尽管生着煤火，但在夏天也很冷。有一次，我在平洞的最里层焊接被矿石砸坏的溜井钢板，工作地点就是在距地面几十米深的溜井底部。尽管当时是三伏天，里面的温度也只有 5 摄氏度。溜井壁渗出的水几乎是不停地“哗哗”往下流，一身棉衣很快就湿透了，全身冷得直打颤。焊接时必须脸朝上，这叫“仰焊”，在焊活中是难度最大的。工作时，焊花不时会落在脖子里，烫得我直打哆嗦。

和火车司机骄傲地对话

我在运输车间上班时，工地离我住的地方有 2 里路，上下班还不是太大的难题。

不久我调到一采区做维修工，宿舍离工地有 10 里左右，且都是山路，上班时要翻越三采区西侧的十八盘，然后是穿过二采区的羊肠小道。一边是大山，一边是深沟。上白班还好些，上中班（单位为照顾我，不让我上夜班）就苦了。有一次我下中班，深夜 12 点开始下山回宿舍，当走到二采区西边的羊肠小道时，赶上了雷阵雨天气。我没有带伞，只好惊慌地往前跑。一不小心，竟掉下了左侧的山沟里。幸亏坡度不算太陡，我一直滚到了沟底，身上摔伤了好几处。疼痛难忍之际，我见前面不远处有一个放羊人建的小石头屋，刚巧能蹲在里面。为了避雨，我弯腰钻进小屋。借着闪电，看到外面不时跑过去一些动物。有一只动物甚至想钻进小屋躲雨，我惊骇地大叫一声，把那动物吓跑了。

1976 年夏天，我结婚了，爱人在安钢机修厂工作。安钢离我上班的一采区工地将近有 100 里。那时我工资只有 33 元，坐火车太费钱，我就骑着自行车来往于安钢和李珍铁矿之间。星期六下午下班后，我骑车子去安钢，到星期一凌晨 2 点就起了床，将手电筒绑在车把上，沿着安李线旁一尺多宽的小路向着李珍铁矿出发。路窄还不太可怕，可怕的是小路离铁轨太近，小路上洒满铺铁轨的小石子，一不小心，自行车轮子碾到它，车子就摔倒了，我就掉进铁路旁的路沟，摔得鼻青脸肿。过了水冶站往西北方向的铁路边，有一片坟地，我要骑着车子从坟地边经过。不管有没有月光，坟地里总显得阴森森的。有一次我刚经过坟地，后面驶过来一列火车。由于这段路是弯道，火车开得非常慢。当车头从我身边经过时，司机大声问我："干什么的？深更半夜的。"我骄傲地大声回答："去李珍铁矿上班。"司机撂下三个字："好样的！"离开李珍铁矿已经 30 多年了，如今李珍铁矿已不复存在，但矿山的工作和生活像一个个影视镜头一样，仍然历历在目。我常给女儿讲矿山的故事，讲安钢人的奋斗精神。我说，你现在工作和生活是多么幸福，住的是新楼房，上班是操作电脑。你若知晓了父辈吃的这些苦，就会倍感安钢现在的工作和生活的舒适甜美。

我与安钢的高炉情缘

宋润明

我从1958年参加工作至2001年退休，在安钢亲身经历建设的高炉已有十余座（含水冶永通公司）。由于新建安装，上喷煤系统以及大中修，基本上我都参加过。细想起来，在建一、二号高炉时我是战斗员，那时是学徒工、铆工，直接干活的。在建三号255立方高炉时，我是领导和组织者。建四、五、六号以及水冶高炉时，我是参与者和管理者。

一、难忘的一、二号高炉

1958年8月份，我参加工作来到安钢，当时安钢还是一片棉花地、蔬菜地等，连住处、吃饭的地方也没有。我们在安阳市冠带巷15号院居住。集中搞军训学习等待分配工种。吃饭就在南大街路西营业食堂。由于大家还没有干过高炉，所以先接受安阳市一钢厂一号28立方小高炉的建设任务。我们在机床厂制作后，就到一钢安装。等到该厂具备基本投产条件后，就撤出一部分人。这年的12月末，安钢一号255立方高炉基础由省建四公司承担交工后，我所在的省安装三处三〇一工区接受了高炉系统的安装任务。因为没有工棚，我们就在一高炉北边约三百米的地方，用竹竿、苇篾外边抹泥巴搭建了坐北朝南“凹”字形工具房及办公室大院。当时组织机构领导是党总支书记王星才，工区主任是韩宗学。下设三个工段，机装魏廉为工长，火电唐礼为工长，铆焊油陈永年为工长，共计400余人。

建高炉期间，大家吃饭的地方就在现在的电影院外，用竹竿、苇篾外抹泥巴搭建的全处职工大食堂和全处徒工食堂，住在一生活区现电影院广场路东边，也是用竹竿、苇篾外抹泥巴搭建的职工集体宿舍。这种工棚的特点是冬天冷、夏天热。那时候，我和工友每天上下班都是徒步，天天早出晚归。中午、晚上食堂送饭到现场。当时正是“大跃进”年代，又有苏联专家的指导和督促。春节不放假，每天晚上加班到十二点钟，每人发两毛钱夜餐费。

安装一号高炉时，我是干热风炉、洗涤塔、除尘器的。因当时设备条件有限，只有一台十吨履带吊车和一次能吊40吨重的立人大栏杆一个，其次是两木搭、倒链、人抬肩扛。靠的是精神和干劲。高炉炉壳是在上海加工制作的，火车长途运过来，变形较大。我们负责对接安装。因此，不管是高炉壳、热风炉壳，还是洗涤塔、除尘器等外壳，由于变形，每一代板对好口后，都需要找圆，要用大锤打一阵子。所以，当时的施工现场听到的全是震耳的大锤声。难怪别的工种都说铆工“没合子”。

一号高炉的砌筑工程是由本处三〇四工区承担。该工区是专业筑炉工区，四百来人。那时运来的耐火砖切割工作量很大。先量尺寸划线，再上切砖机切，切好后再上磨砖机磨，光切砖，磨砖就占去一半人，所以他们也是昼夜不停地干。

由于当时省委提倡“全国一盘棋”精神，全国全省二十七个市的一百多个单位大力支援，甲、乙双方的共同努力，十天完成了高炉基础工程，七十八天完成了高炉系统的安装工程。安装设备总重达七百五十多吨，各种阀门七千多个。

1959年5月19号，一号255立方高炉正式开炉生产，当天河南省领导吴皓同志来了，他代表省委在现工人文化宫广场的地方隆重举行了开炉典礼。我也参加了祝贺典礼大会，目睹了大会盛况，倍感兴奋。

1959年5月，一号高炉竣工投产后，单位组织对徒工总结评比。因当时徒工占多数，技工少，一个技工师傅带领几个徒工干活。我被评为徒工标兵，在一号高炉前，领导与我们拍集体合影留念。这是参加工作第一次得的荣誉，我很珍惜。当时就将这张大照片寄回老家，现在还在原籍老家堂屋镜框里悬挂着。

一号高炉竣工投产，二号高炉基础工程已经完成了。吊装用的大栏杆必须拆除搬到二号高炉旁再立起来，但工作量大，时间长。大家集思广益后，采取上边放及收拖拉绳，下边垫枕木滚杠，将大栏杆整体平移到二高炉旁，既安全又缩短了时间。

安装二号高炉时，承担制作安装任务的仍为三〇一工区。承担筑炉工程的仍是三〇四工区，我又改为干高炉本体了。这时，整个高炉系统的制作任务都是自己干。由于条件有限，没有压头机，炉壳卷圆前，钢板两头必须用18至20磅大锤打成弧形。下边垫上道轨，师傅指挥，两个徒工抡大锤。每一张钢板3~5个人轮番打锤，没有数百锤上不了卷板机。这是我们最累最不愿意干的活儿。

就这样，我和工友每天爬上爬下，从高炉本体一直到上升管、下降管的对接安装。又好又快安安全全地完成了任务。

1960年5月20号，二号高炉全部竣工投产后，需要拆除吊装用的大栏杆。因当时条件有限，没有检测煤气的鸽子，又没有煤气测试仪，拆除离高炉很近的大栏杆，只能凭眼力看风向有没有煤气刮过来，靠风力和感应来判断。拆除当天，我们只看到风力不大，就安排两名青年起重学徒工，穿戴安全带上了栏杆，他们都说有煤气不敢上栏杆。这时，开75马力卷扬机的起重工王正亚师傅，认为风不大，没有事，坚持要上去。他穿好安全带就直奔大栏杆飞速往上爬。我就在旁边看，开始他爬得很快，但越上越慢。当爬至栏杆大约四十米高度时，就看见突然两只手松开栏杆，仰脸从高空坠落到地上枕木上。当时人就没救了。紧紧张张大干时倒没有出事，完成了任务最后拆除工具撤出时，却发生了人身死亡事故，还是麻痹大意，粗心蛮干造成的。这是最大的流血教训。

二、艰难曲折的三号高炉建设

三号255立方高炉的制作和安装都是第一施工队承担的。那时我是施工队党支部书记，书记是全面负责的。队长是侯伯华，下设三个工段，全队172人。

1976年初，我带领全队就开始在加工厂下料制作三高炉炉壳、热风炉、洗涤塔、除尘器及梯子平台、栏杆等。当时，国家正处在“动乱时期”，抓革命压倒一切，“大字报”“大标语”不断出现。正在干活时，如果有人一喊，贴出“大字报”啦！唰的一下，人都跑光了，又劝说不住。所以，从管理角度上很难。当时，全队设备条件有限，既没有龙门吊，又没有各种吊车。制作时也是立个桅杆，用卷扬机吊装。一天也干不了多长时间。每天上班，干部到各班组去叫人，没有材料、氧气等，也得干部领着去拉。制作的炉壳对好口，需要找圆，干部领着打大锤，工效进度可见之低之慢。

这年的8月下旬开始，施工队在三高炉基础东北角立1米×1米×64米大桅杆。9月9号下午三点钟，大家正在立桅杆放拖拉绳时，忽然听到烧结厂的广播里播出毛主席逝世的噩耗，大家互相目视着都坐下来，谁也不干活了。这说明职工对毛主席的感情很深，心里感到难受。

承担三高炉土建工程任务的是豫北建筑七公司三处吴善队。高炉基础交工后，在炉底问题上，总厂研究定不来又拖了几天。这一年，将近二百人的施工队，全年完成54.18万元，超额2.35万元。1977年10月份，总厂成立三高炉指挥部，由基建处陈文达处长坐镇指挥，并规定每天下午五点钟召开碰头会，要大干快上。但我队的技术力量、工种配备等都不具备条件。经请示要求，人员从本单位各队、厂抽调骨干及陆续从维修队借调大量的铆、焊、钳、起重、管道、筑炉等共计23个班组，总共600多人，加上七公司三处共计1000多人。

1977年11月16号下午，基建处马培新处长代表指挥部主持召开宣传工作会议。大讲当前形势和三高炉建设的意义及重要性，以及具体安排意见。1978年2月，主体工程、主要部件制作大见成效。队里又将五个施工人员（工长）进行了调整分工。史育信负责高炉，抓两个钳工班，一个铆工班、一个焊工班、两个起重班。林启录负责热风炉、除尘器，抓三个钳工班、一个焊工班、一个起重班。唐锡坤负责洗涤塔、电除尘，抓三个铆工班、两个焊工班、一个起重班、一个油漆班。鲁玉会负责所有供排水，抓三个管道班。李慎达负责所有电气工程，抓两个电工班。并规定每天下午四点钟由队长召集各施工员（工长）碰头会。收集情况研究解决问题，安排工作。另外，现场设广播站，抽专人负责广播好人好事和工程进度，现场组织报捷、贺信及流动红旗竞赛等形成轰轰烈烈、热火朝天、大干快上的局面，后勤服务紧跟上，送饭送水到现场。

1978年2月23号晚上，在总厂四楼会议室，三高炉指挥部主持召开“大战

35天，决战三高炉”动员大会。王震副厂长做动员。他说：一高炉带病工作，全靠冷却水。他要求三高炉拼死拼活要搞上去，这关系到三年提前一年实现“四五六六”规模的大事。提前一天就是四百吨铁。否则，会拖全厂的后腿。赵硕书记做指示说：三号高炉是省委非常关心的工程，省委指示一定要抓紧三高炉的建设。省委王辉书记见面就问五一能否投产，并指示省冶金局和机械局具体安排，全省二十几个厂，都为三高炉服务。

实际上，从1978年元旦开始我们就规定，春节不放假，职工的探亲假暂不享受，有急事可按事假批，工人晚上加班到十二点，副科级以上干部加班不发加班工资，只发两毛钱夜餐费。2月7、8、9号是大年春节初一、初二、初三，老天先下雨后下雪，尤其是初三大雪纷飞，北风刺骨。但施工队大战三高炉劲头未减，各班组早上按时出工，起吊洗涤塔，高空对口，吊装高炉料钟……4月20号前，所有设备要安装完，其中高炉上、下水工程15号要完工，进入调试烘炉阶段，1978年5月31日，三号高炉终于竣工投产。

回头总结，这次三号高炉建设拖延的工期长，主要是设备不配套，修改量大，缺少零件及加工件，材料供应不及时。当时的政治形势也有影响，尤其是1976年的“抓革命、促生产”，实际上并没有促好生产。其次，单靠一个施工队，从领导力量、技术力量、工种配备等不具备条件承担这样大的工程，这是后来所吸取接受的教训。

三、代替处长抓高炉喷煤

1995年，我在基建工程处工作时，任党委书记。当时，该处正承担着水冶二号高炉和炼铁厂新一号高炉制作安装任务。还要上高炉喷煤工程等，时间短、任务重、工期紧。几位处领导都承担有工程任务。我受处长委托，代表基建工程处抓炼铁厂的喷煤工程建设。

5月3号下午，我开始参加喷煤指挥部会议。5月19号，基建工程处一队、三队及二队后续人员先后进入现场。我带领一队、二队、三队、四队及计划、施工、设备、技质、安全等科室的代表人员一百多人在指挥部的领导下，与铁西区建安公司配合，承担整个喷煤工程的机械安装、管道供排水、蒸汽、氮气、煤气、电气、仪表筑炉等800多万元的总工作量。由于工期紧、任务重，星期天及晚上照常上班，中午、晚上送饭到现场。

喷煤工程的大小设备及配件的供应涉及全国几十家单位。运来的设备，有的设备到了不具备条件，有的具备条件需要安装，可设备未到。有的即使到了，还不符合要求。以及设计上有些问题，如漏设计、少设计、与实物不符、配管与配线之间矛盾等。如这次缺少各种电线7000多米等，修改量大、问题甚多，经常出现待工状态。后来，指挥部决定，一律通知供货厂家来设备时带人一块过来，现场解决问题。于是，广州华南电气集团高压电器厂、石家庄的几个阀门厂、沈阳球磨机厂、无锡布袋除尘器厂、开封开关厂、新乡空压盘厂和风机厂以及武汉设计院等厂家随设备来人，一块在现场处理问题和参加调试。这一决策大大促进了工程进度。

关键时刻人力紧张时，我就从基建工程处机关各科室抽人及从炼铁厂求援人力，共放电缆2400米、570多根。7月13号下午，1、2号煤气炉点火。点火前，先送氮气吹扫。一号电子打火不行，改为手动打火。7月20号下午组织二高炉试喷煤粉。由于操作失误、压力低、煤粉喷不进高炉里。炉内压力大都顶出来了，到了晚上10点至11点，又找出原因，打开流化阀，插进五支喷枪。进煤3.84吨，很顺利，吨铁60公斤/煤。8月20号4点35分，喷吹系统自动化喷往二高炉。插进5支枪，时速1.5至2吨。压力3.5至4公斤，很顺利，共喷煤9吨。9月1号上午11点半钟，炼铁喷煤开始在二高炉试生产，插八支枪。喷吹系统全自动、制粉系统部分手动。时速1.5至2吨，很顺利。从此，坚持不停喷吹摸索，我处负责保驾留电工三人、仪表工两人，例会撤销，我也算完成了任务。

该喷煤系统投运三个月后，又向1-4号高炉喷吹，达吨铁80公斤，性能处于全国先进水平。

四、代替领导抓高炉检修

2000年3月份，炼铁厂二号高炉中修。这时，我被调往三博公司已经退居二线。年龄已经五十九岁，马上就要办理退休手续了。但高炉检修任务已定，三博公司经理张相林找我商量，他因当时事情多工作忙，让我代替他到高炉抓检修。

三博公司承担二高炉的中修任务有炉前系统、槽上槽下系统、供料系统、炉体拆除运输、炉体及斜桥照明。热风炉耐火砖拆除运输，金属安装防锈、刷漆、保温等共计工作量将近二百万元，工期35-38天。

接受任务后，我不敢怠慢，从3月20号开始，就带领三博公司铆焊队、土建队、电修、防腐、废钢加工及耐火材料厂等六个单位的领导和职工以及机关科室人员。日日夜夜，坚守在二高炉检修现场。爬上爬下，跑来跑去。在公司指挥部的领导下，我们又与建安公司密切配合。一边拆除，一边运输。做到你拆除多少，我就运走多少。因为现场比较窄狭，为了互不影响，我们采取交叉、交替作业。服从大局领导，在指挥部的统一安排下，方便让给对方。如热风炉归炼铁厂白天拆除，我们三博公司就在晚上装车外运。

由于全体参战职工的共同努力，团结奋斗。不怕脏、不怕累，顶风冒雨克服了种种困难，奋战35天，终于保质保量、安全顺利地完成了所有任务，使高炉4月23号夜出铁。

那些年，那些事

宋永金

今天是 2017 年 11 月 13 日，再过 14 天，第一轧钢厂 260 机组就要迎来她的 32 岁“生日”，我站在 260 机组主控台上，只见一支支火红的钢坯从加热炉膛里“推”了出来，稳稳当当经过平立交替的 17 架轧机，一线变多线，箭一般地驰向冷床……抚今追昔，百感交集，这条历经 32 年的生产线依然活力四射，焕发着青春与活力。32 年来棒材生产的艰辛与辉煌历历在目，那些带着一线火热气儿的轧钢故事，仍然让工友们津津乐道。

取消返回轧制　机组升级上档

1997 年，我来到当时的小型轧钢厂（现在叫第一轧钢厂）260 机组，当上了一名钳工，负责维护检修机械设备。听老师傅们讲，260 机组是改革开放后，国内首条从意大利引进部分关键技术和设备，由国内配套而成的一条半连续化小型棒材生产线，于 1985 年 11 月 27 日竣工投产，年设计能力只有 20 万吨，产量连年攀升，到 1997 年，产量突破了 50 万吨，国内很多轧钢厂都来学习、参观，被业内同行誉为“棒材的摇篮”。

投产之初，由于受筹建资金限制，450 毫米×3 粗轧机组采用双线返回轧制工艺，就是说钢坯由机前辊道送入 1 号、2 号、3 号粗轧机，连续轧制 3 个道次后，机后拨料装置将轧件拨入返回辊道送至机前，经上拨装置移入机前辊道，进行 4、5、6 道次轧制，而后延伸辊道将轧件送入中、精轧机。三架轧机走六道，给生产带来了许多不利因素，如单根轧制节奏时间长、温降大、生产事故多、产品质量不稳定等，严重制约了机组的各项经济技术指标的提高和发展。1992 年底，时任小型轧钢厂（现在第一轧钢厂）260 机组车间主任刘润生（现任集团公司总经理），研制开发了大变形量连轧棒材技术，突破了连轧棒材平均延伸率 μ_p 不能大于 1. 33 的禁区，使 260 机组取消落后的返回轧制生产工艺成为可能，粗轧 3 架轧机由原来 6 道次改轧 3 道次，粗轧与一中轧仍形成脱头轧制，改造一举获得成功，属于国内首创，吸引了一批又一批同行前来参观学习。

取消返回轧制，使得生产过程稳定均衡，工艺事故减少了 20%，增产 30%，年创效益 3800 万元。1993 年该机组生产的 20MnSi 热轧钢筋被冶金部认定为实物质量达到国际先进水平的产品。

电控系统改造　插上腾飞翅膀

当时，260 机组的冷床只有 66 米，上卸钢依靠拉杆带动支点摇摆实现卸钢动作，主控台还是凭经验操控的模拟系统，调整精度已经不能满足快节奏的轧钢需求。90 年代末，随着工业微机控制水平的逐步提高，交直流调速技术和可编程逻辑控制器技术的日臻完善和广泛应用。260 机组电控系统控制精度降低，稳定性较差，造成产品质量波动大等一系列问题亟需解决。2000 年 2 月份，时任小型轧钢厂厂长刘润生主持了 260 机组电器控制系统、冷床区设备进行了升级改造，该设计方案开发应用了一套交直流数控调速及可编程控制器自动化控制系统，采用最新的 PLC 及计算机硬件设备，增强控制功能，增加活套调节和微张力控制精度，有效提高产品尺寸精度；采用美国通用公司的 DV300 直流调速装置及 PROFIBUS 传动网络工程，确保各机架的一致性及相互之间的协调性，实现任意时间的轧制金属秒流量相等；采用 GE90-30PLC 控制系统，实现国际上先进的侧推式上卸钢控制工艺，结合优化剪切和棒材尾部处理功能，提高成材率。同时把冷床长度增加到 120 米，实现了两组冷床步进的同步性，确保棒材弯曲度在冷床面上小于 1 毫米/米，取得了良好的经济效果。

该项目于 2000 年 3 月上旬投入生产使用，圆钢尺寸精度达到了 0.1-0.2 毫米，比设计值正负 0.2 毫米，高出两个档次，成材率提高了 0.6%，定尺率提高了 0.2%，钢材弯曲度达到千分之一，远远超过了国家标准要求的千分之四，2001 年产量达到 63.6 万吨，较上一年提高了 25%，能源消耗同期比较，煤气消耗下降了 7.29%，电能消耗下降 3.16%，综合工序能耗下降了 5.05%，年增效益 3587 万元。260 机组踏着奋进的节拍，插上了腾飞的翅膀，各项技术经济指标在行业同类机组名列前茅，成为集团公司一条高效生产线。

开启切分之路　勇做创效先锋

现在 260 机组，已经具备 5 个规格的切分生产能力，在 2003 年以前，这是不可思议的事情。因为从 260 机组建成投产，一直是单线生产，要实现多线切分生产，当时真是新鲜事物。切分工艺是目前先进的轧钢技术，就是一根钢坯通过一定的孔型、导卫轧制出多支成品钢的轧钢工艺，具有投资见效快、生产效率高、规模效益好的优势，但在料型控制、导卫操作、机架装配等方面，作业标准要求精细严格，过程控制具有相当的难度。

现在想起来，当时真是困难重重，一轧厂就是在没有大的工艺装备改进，没有现成模式可依的条件下，走上了设备改造之路。2003 年春节刚过，我们就在没有平立交替轧机的全水平生产线上实施切分生产，2 月 26 日，我们在停车仅 4 个小时后就运用切分技术，把第一支 12 毫米双线切分螺纹钢送上了冷床，实现了当天安装调试、当天试轧成功。在同一周期内，又取得了14毫米螺纹钢两线切分试轧成功的好成绩，仅用8天时间，就达到理想控制状态，14毫米螺纹钢班产水平由600吨跃升到800吨，最高班产926吨，比单线提高251吨，增幅42%，改写了小规格产量低的历史。而这在其他钢企，熟练掌握切分技术需要一年左右的时间。在12螺纹、14螺纹切分生产的基础上，我们进一步扩大战果，2004年成功试轧16毫米螺纹切分，2005年继续开发了12螺纹三线切分工艺，2006年成功试轧18螺纹切分。切分工艺的日趋成熟，成为创效增收的主打产品，最高班产达到1100多吨，最高日产达到3300多吨，最高年产达到98.4万吨，为当时“三步走”中的安钢提供了强有力的创效支撑。

回想切分调试的日日夜夜，吃饭的事情常常无暇顾及，从食堂捎回来的馒头和咸菜就成了主要餐饮，著名诗人王怀让在《中原崛起的钢铁脊梁》中这样写道：“为了一项先进的工艺，260机组不但能‘吃苦’，而且能‘吃咸’，请采访那些咸菜和馒头们是怎样在肠胃里化合成6个昼夜的智慧和毅力。”260人就是这样，坚守“学习、创新、奋进、争雄”的理念，硬件不够，创造条件也要勇争一流，在全水平轧机上创造了令同行艳羡的骄人业绩，成为冶金排行榜上一颗璀璨的明珠。

实施全连轧改造　开辟棒材新纪元

光阴荏苒，时间走到2016年，260机组全连轧改造已经在紧锣密鼓的筹备之中，每一个260人都是拭目以待，盼望着这一天的到来。因为在激烈的市场竞争中，260机组的工艺技术显然已经落后——加热炉炉型落后、钢坯加热不均匀、同一根钢坯沿长度方向上温差大；15架轧机全水平布置，不能全部实现无扭无张轧制，产品尺寸波动大；轧机结构全部为牌坊式，辊跳大，精度低，不能实现备用机架快速换辊；冷床宽度窄，冷床齿距小，不能适应多线切分要求；冷剪剪切能力不足，多层剪切，剪切质量差……落后的设备，带来的是产品质量的波动及生产成本的增加……改造，势在必行！

2016年10月24日，酝酿已久的260机组全连轧改造工程正式破土动工，该工程是由中冶京诚工程技术有限公司设计的一条具有国内先进水平的棒材轧制生产线，年生产能力为100万吨。整个棒材轧制线采用连续式轧制工艺，可以实现小规格多线切分带肋钢筋的控温轧制，为生产高等级细晶粒钢筋提供技术保障。

清晰记得，从2016年10月24日破土动工到2017年元月11日，全连轧改造工程胜利竣工投产。我们克服了环保制约、冬季施工、时间紧、任务重等重重困难，仅用67天就实现了热负荷试车，创造了同行业改造的典范。

国内同行业新建棒材产线的达产达效往往需要半年左右的“磨合期”，我们投产后，恰逢国内棒材市场效益走高，260机组全连轧工程指挥长、第一轧钢厂厂长傅培众表示，“一定要举全厂之力，不遗余力，不讲客观，快速实现260全连轧工程改造后的达产达效目标，抢抓市场机遇，为销售提供强有力支撑，向集团公司递交一份满意的答卷。”

从2016年12月29日开始，厂部6名领导把工作地点搬到生产现场，24小时值班，协调解决各项事宜，发现问题、分析问题、解决问题……在2017年2月23夜班，班产首次突破了千吨大关，截至2017年4月份，260机组基本实现达产达效目标，最高日产3077吨，在“大干7月份，决战三季度，决胜四季度”劳动竞赛中，260机组继续保持了强劲的创效势头，12螺纹、14螺纹、16螺纹、18螺纹、20螺纹接连刷新班、日产纪录，8月份，我们以月产8.9万吨刷新最高历史纪录。在棒材产品市场利好的形势下，实现了“抢抓市场机遇、提升产品档次和创效空间”的目标，用实际行动支撑了集团公司盈利创效。

安钢棒材生产又翻开了新的一页，260机组在“学习、创新、奋进、争雄”理念的指引下，将依托规范严密的基础管理机制，持续优化程序和工艺参数，完善设备条件，进一步提升综合创效能力，在打赢“改革、环保、转型”攻坚战，再铸安钢二次辉煌中续写新的辉煌。

“文革”中安钢的建设

刘光复

1966年初，全国经济形势一片大好，安钢的生产也空前的好。以钢产量为例，1966年产钢9.60万吨，是建厂以来最高的。从1958年的0.01万吨到1962年的0.10万吨，再到1964年的2.58万吨，以至十年之后1976年的8.74万吨，可以说当年产钢是个小高峰。

但随着“文化大革命”的开始，安钢遭受到一系列严重的破坏。职工思想的混乱，生产处于半瘫痪状态。特别是“批邓”“反击右倾翻案风”以后，形势更加严峻。“文革”期间1968年、1973年、1974年、1975年、1976年、1977年共亏损11793余万元，减去1967年、1969年、1970年、1971年、1972年共盈利2245万元，净亏损9548万元。不要小看这个数字，安钢自1958年建厂，到“文革”前的1965年，基建总投资仅1.6亿元，相当于亏损掉了多半个安钢。

值得欣慰的是安钢在“文革”中，利用当时国家要求多产钢的形势，加紧了基本建设。政治上的混乱，两派群众组织的纷争，没有影响安钢基建工程的正常进展。正是由于安钢人与设计、施工和设备制造等单位密切配合，使得各工程陆续投产。但在整个建设过程中，所遇到的困难也是难以想象的。

首先是当年的物资匮乏，设备订货非常困难，以二炼的100吨天车为例，几次去太原矿山机器厂联系，都订不上货。后经霍云桥主任请省领导戴苏里给山西省领导王庭栋（曾任河南省领导，“大跃进”时曾和当时的潘复生书记一起被批判保守，后来调回原籍山西省）写信，才得以订货。当时我在二炼负责设备的订货，经过大家两年多的努力，各项设备陆续到厂。对于炼钢厂来说天车是最重要的设备，所以到货的天车也很多。当时中板厂30吨天车没订到货，安钢负责基建的领导李巨源做我们的工作，把天车给中板一台。天车都是按设计数量订的货，生产时每台天车都是必不可少的，我当然不同意。这位领导想以浅显的道理，说服教育我，他说：“你如果有三件褂子，不是也要一件件地穿，总不能三件都穿上吧！把不急着穿的褂子借给别人怎么不行呢？”听到这种“理论”叫人哭笑不得，我只能把订天车同时订的备用小车（重要部件）调给中板厂，他们用这台小车请制造厂配制了天车主梁，解决了中板厂的难题。这也侧面说明订设备的困难。那么多基建项目的大量设备，能订到并按时交货的难度，可想而知。

其次是争得合理设计方案的困难。设计院的设计人员并不是不知道什么方案更合理，但当时国家经济困难，对设计院的要求，最重要的一条就是“省”，因而车间跨度和天车的吨位大小总是争论的焦点。当时二炼钢是在上钢一厂现场设计，实在争得不可开交时，我们就请炼钢车间老工人来座谈，生产工人肯定会支持我们的方案。“文革”中工人的意见是很有分量的。用这样的方法我们解决了不少难题。

再有就是工作时间难以保证，每天下午运动时间雷打不动。你有再紧急的现场问题需要解决，也只能坐下来学习。工地上会突然静悄悄的空无一人，原来是施工单位在开大会。好在那时大家的劳动热情都很高，总是千方百计地把任务完成，使得工程尚能正常进行，直至试车投产。

安钢能在“文革”的混乱中，取得一些建设成果，是那一代安钢人奋战的成果，其中和一批省里下放到安钢的领导干部们的贡献是分不开的。例如1969~1975年任文革主任的霍云桥同志，他是“三八式”老革命，“文革”时期调到安钢任革委会主任。霍主任平易近人，能深入群众，人们背后亲切地称他为“老霍头”。

霍主任工作非常辛苦，白天要抓基建和生产，还要排除“文革”中的各种干扰，只有晚上才能到各生产厂。当时我在二炼钢，每天晚上十二点整，他和李斌两位领导会准时到炼钢平台，慰问炉前的工人们，并了解生产情况。数年如一日，从不间断。

以霍云桥为代表的老干部，带领全体安钢职工，在混乱的“文化大革命”年代，建成和投产了一大批基建项目。建成项目有：水冶2×100立方米高炉，1号、2号42孔焦炉，1号、4号24平方米烧结机，3×15吨氧气顶吹转炉，650中型轧机，1200薄板轧机，2300中板轧机，另外还有矿山以及辅属项目十余项，总投资约2亿人民币。

以上项目的建成投产，使安钢具备了“四五六六”的生产规模（这是安钢多年来规划的40万吨钢材、50万吨钢、60万吨铁和焦的目标）。也为“文革”后安钢的第二个春天，打下了良好的基础。

忘不了激情燃烧的岁月

于洪滨 口述 平 娜 整理

无论春绿秋黄，还是寒来暑往，每每经过3号高炉热风炉的旁边，我都不由地心头一热，一幕幕场景如电影画面般浮现在眼前：工友们挥汗如雨地忘我工作，技术员对炉壳精心测量矫正，大型起重机吊装作业气势恢宏，电焊火花铺天盖地热浪滚滚，指挥的口哨声、安装的打磨声、机械作业轰鸣声连成一片……回想这一切，让我不由得心潮澎湃，仿佛又回到那段激情燃烧的岁月……

2010年初，我当时还在原建安公司金属结构分公司工作，按照上级的工作部署，我所在的车间参与了安钢3号大高炉的热风炉建设任务。然而，当时的建安公司仅仅承担过500立方以下高炉的建设工程，从人员、机械、设备，甚至技术储备上，都与该热风炉建设的要求差一大截。虽然在3号大高炉工程建设中，我们只承接了热风炉系统的建设，但这个热风炉系统毕竟是为5000立方级大高炉配套的啊，对于我们来说，真是个难以想象的庞然大物！面对严格的技术标准和紧迫的时间要求，施工建设的难度之大，我们的压力之大，是可想而知的。但是，为了安钢的长远发展，为了建安公司做大做强，我们不能胆怯，更不能退缩，只能咬紧牙关、坚定信心、众志成城，耗时二百余天，硬生生把这块巨大的硬骨头啃了下来。

忘不了那一刻——

炉壳卷制和组对时，从没有见识过的技术要求和精度，难倒了一大片曾经信心满满的技术工人。一天又一天的克难攻坚，一小步一小步的研究摸索，一毫米一毫米的提高精度，终于迎来了完全满足精度的时刻。随后，吃透技术的师傅们开始高效率、大幅度的成批组对，疲惫而激动的眼神中，似乎能看到泪光闪闪……

忘不了那段时间——

为了满足近乎苛刻的焊缝要求，我们在自己的焊接技术工人严重不足的情况下，北上北京、唐山，东赴济南、菏泽，南下徐州、连云港，奔波数千公里，就是为了找一支满足焊接条件，拥有相应技能的焊接队伍。找资源、联系、谈判、考核、试用、检查、评定，在一道道艰难细致的工作考核中，人员如潮般涌进建设现场，又如大浪淘沙般地散去，最终留下的真正能承担技术、工期压力的精兵强将，组成一个同心协力、勇往直前的焊接队伍和我们共同奋斗。高质量的焊缝一米一米地累加，闪着金属光泽的炉体一带一带地增长，大家艰辛的努力，终于获得了圆满的回报。

忘不了那个寒冬——

北方吹来凛冽的寒风，环境气温下降到影响炉壳焊接质量的数值以下。偌大的热风炉，怎么加热才能保证焊接施工，巨大的难题摆在我们面前。火焰加热？电加热？怎么保证加热温度？怎么保证焊接时温度不下降？一个个拦路虎耀武扬威地挡在我们面前，严寒几乎带走了我们心中的热情。查资料、找依据，各种方案、措施反复认证；推敲再推敲，试验再试验。失败了，再来！精神和汗水慢慢地汇集出成熟、高效的方案和措施。使用电加热，辅助外围保温！我们不怕工序的繁琐，我们不怕措施的艰难，只要能保证焊缝的质量，一切在所不惜！随着合格的焊缝一点一点地被焊出，我们又翻过了一座山！

忘不了那艰难的抉择——

在保质量，还是保工期之间左右为难。整体加热漫长的工期，巨大的消耗和费用，复杂的施工，如一座座大山般压在心头。按常规方法施工，这个困难远大于以前的炉壳卷制组对、焊接、加热焊缝，几乎是个不可能完成的目标。好在我们有了以前克服困难的经验，好在我们有了战胜困难的信心！天南地北地找方案，互联网、资料、书籍，各种渠道的了解信息。在近乎头脑风暴的集思广益中，我们终于看到了解决问题的曙光。互联网上的一篇论文，使我们了解到国内最新的一种消除焊缝应力的方法。几乎是国内第一批使用的超声波消除焊接应力的设备被第一时间采购过来。怀着忐忑不安的心情，小心谨慎的进行试验，唯恐试验数据达不到要求，唯恐断送了这一丝的希望。终于在试验数据出来的时候，能够满足要求的结果让大家几乎喜极而泣……

更忘不了参战的每名职工和技术人员——

他们忍受凛冽的寒风，在隆隆作响的机械声交杂的施工现场，钻到低矮狭小的炉壳底部测量；攀爬上几十米的对接平台抡起大锤找准、找正；悬挂着安全带如蜘蛛人般的附着到炉壳上测量精度；刺骨的寒风中站在高处挥旗指挥吊装；加热后闷热异常，密不通风的焊接工位进行焊接。“晴天一身土，雨天一身泥”，没有节假日，没有准确的上下班时间，寒来暑往，日复一日。

这是一支普通的队伍，这也是一支不平凡的队伍！就是这样的职工队伍，他们用勇往直前的工作信念绘就了安钢发展建设中最美的图画，用无私奉献的精神风貌谱写着自己朴实无华的平凡人生，在3号大高炉热风炉建设中，发扬着工程人善打硬仗，能打胜仗的战斗风采！

逐梦冷轧

孟晓涛

2008年我硕士毕业来安钢工作，到现在将近10个年头了。这期间，一直参与筹备冷轧建设及机组建成后的生产操作和管理工作，可以说是看着安钢冷轧一天一天长大的，冷轧的一草一木，一砖一瓦，生产线的每一个设备，我都如数家珍，有着浓浓的感情。

2005年8月2日，安钢冷轧工程项目工程指挥部宣告成立。

2008年5月28日，冷轧项目工程动工仪式在安钢冷轧工业园举行。

2008年8月10日，安钢1550mm冷轧工程正式开工奠基。

2010年10月26日，安钢1550mm冷轧工程1550酸轧机组进入施工阶段。2014年3月18日，1550酸轧机组正式投入试生产阶段。

2014年11月10日，1550连退镀锌机组开始施工。2016年12月28日，连退机组生产出符合国标的第一卷冷轧产品。

2017年3月20日，第一卷镀锌卷在冷轧成功下线，标志着安钢1550mm冷轧工程三大机组全线贯通。

十年来，冷轧人不忘初心，牢记使命！十年来，冷轧人的初心和使命，就是把冷轧1550mm工程建设成为安钢结构调整、转型升级的重点工程！十年来，冷轧人始终坚守着无悔的信念，始终追逐着最初的梦想。

2008年1月1日，我从北京科技大学材料加工专业硕士研究生毕业，怀揣着人生的梦想，展望着自己美好的未来，于2月14日分配到冷轧，开始了人生的逐梦之旅。

参加工作的第一天，听师傅讲：当年冷轧工程是安钢以结构优化、产品升级为主攻方向的“三步走”发展战略规划的重点工程，也是安钢步入大钢、强厂的标准，是贯彻落实安钢“创新驱动、品质领先、提质增效、转型发展”战略的有力抓手。这是安钢冷轧工程的最基本定位，也是冷轧人始终坚守的信念，更是冷轧人不懈追求的梦想。

而作为一名刚刚从学校毕业的大学生，初来乍到，就一下子投入到冷轧项目工程的筹备中去，我感到十分自豪与骄傲。就在冷轧工程紧锣密鼓进行时，一场突如其来的美国次贷风暴不可避免的也对安钢造成了冲击，受资金短缺等多种因素影响，冷轧工程的时间表也随之停摆。

工程受阻使我陷入了人生的第一次彷徨，但也给我提供了难得的学习时间和机会。在这段时间内，我并没有停下逐梦的脚步，开始如饥似渴地从书本中吮吸着营养，通过查网络、寻资料、看设计，一点一滴地抠技术，和同事们在枯燥的图纸探究中找到了乐趣。我们从各种渠道收集到的设计图纸、设备说明、技术参数几乎摆满了整整一间办公室。在加强理论学习的基础上，通过分析、总结，我们先后制定出了《安钢冷轧企业标准》《1550酸轧工艺技术规程》《1550酸轧联合机组操作规程》《安钢冷轧产品等级细分内控标准》等一系列技术标准，为日后冷轧工程加快建设和顺利投产奠定了坚实的理论基础。

2010年5月20日，冷轧工程复工仪式在冷轧工业园举行。铆足了劲的我抓住这次难得的机会，把压抑在心头的所有精力都释放了出来，积极投身到新一轮的技术谈判和商务招标进程中。2010年10月26日，1550冷轧工程酸轧机组正式宣告开工建设，我也随之踏上酸轧机组的项目建设新征程。

冷轧工程的厂址位于安阳市区东南，距本部近20公里的开发区，工程浩大，距本部较远，又遭受着经济困难的制约，从建设初期就注定了冷轧工程每前进一步，都将面临难以想象的困难和挑战。

试桩阶段开挖过程中发现，这里的地下水极其丰富，且土质较黏，塌方现象不断出现，且主线设备基础为钢筋混凝土结构，普通埋深在-5m左右，局部在-10m甚至更深的位置，庞大的设备基础，沟台交错、结构复杂，公辅各站所也相继开工，对于建设初期只有寥寥数人的工程指挥部来说，可谓困难重重，施工面积之大、难度之强、工作量之重，是任何词汇都不足以表达的。

冬天，没有暖气，穿上笨重的棉衣、棉鞋，冷得实在支持不住了，就跺跺脚、搓搓手、猛灌口热水；夏天，没有空调，热得实在挺不住了，就找个阴凉地儿吹吹风，吃块融化得变了形的冰糕，喝瓶藿香正气水……就是在这样的艰苦条件下，没有人埋怨，没有人退缩，所有人都在为实现冷轧梦而砥砺奋进。

随着金融危机的持续发酵，中国经济增速放缓，安钢生产经营持续下滑，多重压力叠加，2012年之后，饱受磨难的安钢冷轧工程建设再次陷入僵局：进，没有资金；退，前期的大量投入就会石沉大海。期间，作为冷轧建设的一员，我切身感受到了安钢冷轧所面临的困难和挑战。

就在冷轧工程进退两难、骑虎难下的关键时期，省、市主要领导先后深入冷轧现场调研指导，多次亲临现场关心慰问广大干部职工，协调解决实际问题。上级主要领导的关注和关心，带来的不仅仅是精神的提振，更有政策的有力支持。

2013年5月8日，安钢与省国控公司成功举行合作建设冷轧项目签约仪式；6月19日，顺利完成注资并取得企业法人营业执照；6月28日，安钢集团冷轧有限责任公司成立揭牌。省国控公司的注资开启了冷轧工程建设的崭新历程。“合作发展”的决策，无疑给冷轧工程注入了一剂强心针，更为冷轧的发展豁然开启了一个新的世界。

2013年12月10日下午1点半，随着冷轧第一卷原料卷正式上线，标志着冷轧工程酸轧机组正式进入冷负荷运行阶段！作为安钢冷轧第一代轧机主操，此时此刻，我稳稳地坐在操作台旁，看着眼前的操作画面，轻轻地按动按钮，随着轧机轰鸣声，安钢冷轧第一卷冷硬卷正式下线！

2014年，注定是安钢历史上极不平凡的一年，这一年，安钢吹响了坚决打赢生存保卫战的冲锋号；这一年，安钢冷轧工程在历经千难万磨之后，酸轧机组建成投产；这一年，冷轧人从大局出发，全力担当起了生存保卫战的“急先锋”。

作为一名轧机主操，在调试过程中积极配合各方调试人员，我认真记录现场生产数据，不断优化操作方法，提高生产稳定性。同时，我又作为一名技术人员，与其他技术人员一道，制定出可行的技术性参考资料并打印成册，同时根据调试生产情况，及时完善了岗位《安全操作规程》《工艺技术规程》等专业资料。

仅仅半年时间，我们就完成了调试、生产的无缝对接。2014年3月18日热负荷试车并成功生产第一卷冷硬产品开始至7月31日，累计生产轧卷2.7万吨，销售2.4万吨，基本实现产销平衡。8月份，在人员少、经验少、操作难的情况下，我和我的同事们靠毅力、靠智慧、靠担当，硬是完成产量3.5万吨，超计划产量175%，产销率100%，创出边际贡献为正的骄人成绩，精彩地书写出创效新篇章。

2015年11月份，连退镀锌作业部成立，负责连退机组和镀锌机组两个机组生产，此时我被任命为连退镀锌作业部副主任，身上的担子陡然增加。但俗话说得好，有压力才有动力，有动力才有干劲。11月21日连退炉子钢结构开始安装，12月份连退入口步进梁安装完成，年底，连退和包装机组设备基础土建部分相继完成。

2016年10月16日早8时，连退机组做好了穿带及烘炉准备工作。为了使带钢顺利实现全线贯通，我带领穿带小组的职工，身系安全带，蜷曲身体钻到狭小的通道，借助手电的亮光，一点一点将引带向前移动。由于活套不能建立张力模式，只能靠人工拉紧，几百米活套的穿带工作，就是这样在无数次穿绳、拉绳、扒辊中完成的。由于连退机组生产线较长，设备多，安装复杂，高低参差不齐，落差大，我们每一个穿带人员都需要跑前跑后、爬上爬下，每天下来都不知道要跑多少公里。几天的穿带，有的同志双脚磨出了血泡，双手拉出了血印，嗓子喊哑，汗水湿透了工装，但没有一个人喊苦叫累，我们只有一个目标：克服种种困难，圆满完成穿带任务。经过五天的不间断穿带调试，10月20日连续退火机组完成全线穿带工作，进入冷负荷连调阶段；12月28日，连退机组成功轧制出符合国标要求的第一卷冷轧卷。而镀锌机组也在12月14日正式开始了退火炉的气密性实验，并全面进入设备调试阶段。

2016 年，冷轧公司轧硬产品产量突破 30 万吨，同比增产 18.75 万吨。全年破班产记录 8 次，破日产记录 4 次，平均班产 805 吨，基本达到设计产能。

2017 年 3 月 20 日，从镀锌调试现场传出激动人心的消息，经过我们两天两夜连续不间断的调试生产，热镀锌机组线终于生产出了达到国标要求的第一卷镀锌卷，这标志着安钢冷轧热镀锌机组正式进入热负荷试车阶段，同时也标志着安钢 1550mm 冷轧工程三大机组全线贯通。作为连退镀锌作业部主抓镀锌生产的副主任，我由衷地感到自豪，那一刻，所有的困难和汗水都化作了两行泪水，顺着脸庞一点点滑落……

这一年，酸轧、连退、镀锌三大机组齐头并进，你追我赶。

2017 年前 10 个月，酸轧机组刷新班产记录 7 次、日产记录 2 次，最高班产达到 1709.56 吨，比 2006 年班产记录提高 298 吨，最高日产达 3792.48 吨，比 2006 年日产记录提高 273 吨，生产稳定运行创出历史最好水平。

连退全线设备和各项功能基本实现全部投用，机械性能参数达到国标要求，调试项目基本完成，产品质量稳步提高。2017 年 9 月份连退机组四次刷新班产记录，班产首次突破 900 吨大关。

镀锌机组“锌流纹”攻关取得实质性进展，成功生产出口镀锌产品，并远销韩国、巴拿马、以色列和厄瓜多尔等多个国家，同时刷新班、日产记录，分别达到 575 吨和 1499.7 吨，冷轧 1550 热镀锌机组生产能力迈上新台阶。

自 2014 年 3 月 18 日成功生产第一卷冷硬产品至 2017 年 10 月 31 日，酸轧机组已累计生产冷硬卷 83.97 万吨，销售 75.44 万吨。

自 2016 年 12 月 28 日成功生产出第一卷冷轧产品至 2017 年 10 月 31 日，连退机组已累计生产冷轧卷 9.47 万吨，销售 8.27 万吨。

自 2017 年 3 月 20 日成功生产出第一卷镀锌立品至 2017 年 10 月 31 日，镀锌机组已累计生产镀锌卷 2.82 万吨，销售 1.92 万吨。

面对骄人成绩，我们冷轧人激情满怀。

回望创业历程，我们冷轧人心潮澎湃。

光阴荏苒，冷轧人最懂得自己肩上的担子有多重，冷轧人最明白创业的脚步有多难，冷轧人最清楚经历的坎坷有多深。

岁月流逝，漆黑的鬓发变得斑驳、光洁的面庞爬上沧桑的皱纹，冷轧人用坚守、用信念阐释了什么叫担当、什么叫奉献。

寒暑更替，冷轧人走出了一条不畏艰难、勇往直前的创业道路，绘就了一幅实干托起梦想、坚持成就事业的宏伟蓝图。

不忘初心，牢记使命。站在新的历史起点上，只要我们撸起袖子加油干，就完全有理由相信，一个充满生机和活力、不断创造新业绩的崭新冷轧正在健步走来！

小智慧解决大问题

孙万银

1994年以前，我在安钢运输部和伙伴们从大的问题着手进行创新改革，以适应安钢的发展，改变运输部的整体面貌，同时又从小处着眼解决了一系列保安全、促生产、降成本、增加设施的即时难题，运用科技进军的举措，收到了较好的效果。下边简单陈述几项记忆较为深刻的事。

一、蒸汽机车使用软水装置

蒸汽机车（俗称“火车头”）通过燃煤把水加热产生过热蒸汽而成为动力。我们多年来使用的河水俗称“硬水”。此种水产生污垢很快（水锈），并粘着在锅炉和蒸汽管路上。据科学证实，每增厚1毫米的污垢就需要用近十倍的热量来添补，所以就造成锅炉和过热管污垢的增厚，烧煤多、产气又少，既浪费煤水，火车头又没有劲儿。因此，需花重金去郑州铁路局做大修，主要解决处理火车锅炉及过热管的污垢问题。

我曾听说兄弟单位自制软水装置，自做机车大修，处理锅炉污垢的事。有一次在公司的生产协调会上，动力厂某厂长说到软水过剩有余量，一下子提醒了我。说者无意听者有心，事后，我请示公司找动力厂联系，得到了大力支持。我们用报废的油罐车体作为容器，就近架设管路引来软水，开始了给蒸汽机车上软水的措施，不到半年时间效果大显，锅炉部不再产生新的污垢，原有的污垢也得到了化解。我没计算过此措施省了多少煤、多少水、省了多少劳动力，但是，不用花重金去郑州铁路局做大修，省煤了，火车头有劲了，这是摆在眼前的效果和效率，没费多大劲儿，用我们自己的多余资源解决了多年没办法的难题，既省钱省力，还增加设备的寿命。

二、机车转车盘应运而成

操作蒸汽机车的司机，座位方向和工作时瞭望视线是有方向性的。这样干起活来有利安全行车，提高工作效率，按安钢的线路特点应该是车头朝东尾部在西，但从郑州铁路局检修回来的机车全是车头朝西呈反方向。每出现这种情况，就得和安阳铁路车务段联系，用局方的三角线转头，当然需要花钱，而且耽误时间。车头转向有三种方式：一是用转车盘就地转向，二是铁路线转一圈方向就变了，三是三角线折返，这三种方式当时我们安钢全不具备。另外，炼铁用的渣罐车、铁水车，由于总是在同方向来回作业，致使车轮和各机械部件偏磨，给检修增加很大成本，如果有计划地调转一下方向，左右两边平均磨耗，就会在检修中降低成本。为解决这个问题，我们决定建一个转车盘。如果用洋办法正规设计，外委施工，估计当时需 300 万元左右。我们决定自力更生，向兄弟厂邢钢学习，用废旧品改制利用。中心轴驱动可用 380 立方米高炉换下来的旧布料器改制。我向炼铁厂商量支援一台废旧的布料器未果，邢钢运输部得知后没花钱白送给我们一台，转动的轮子用废旧的铁水车走行部分改制即可。地点选在了检修库西侧，正好有一处闲置地可用，经过一段精心的设计、加工、改制，不长时间条件基本具备。挖土方工程时，我们动员机关人员参加劳动，各车间人员也轮流出工。安装时又出现了难题，因为 26 米直径的旋转轨道的煨弯和路基的铺设成了拦路虎，是邢钢运输部领导亲自带队拉着专用机械来了，专业技术人员一气呵成，我们的酬谢只是吃了一顿饭，说了几句好听话。对邢钢运输部无私的大力支持，我至今从心里感到万分感谢和内疚，这种兄弟般的无私是难得的。经过大力协同艰辛努力，转车盘建成投入使用后，立即解决了火车头转向和渣罐车转向的问题，也为公司增加了一套自力更生适用的设施，事后估算了一下总成本花了 15 万元左右，比原计划降低了 20 倍。

三、自制安装铁路照明设施

夜间干活最怕黑灯瞎火，容易出事故又影响工作效率。我们把铁路线路整个整修改造完以后，作为配套线路夜间照明设施应及时解决，根据安钢的实际情况，我们利用自己的技术力量，自己设计，自己制造了十多座 20 多米高的照明灯塔。电源由兄弟厂给予了大力支持，向基础上安装时基建工程处给予了全力吊车协助。上边的照明灯采取光控制自动启动和关闭，一直到现在晚上铁路运输作业时，从西到东从南到北，光明一片，它的作用是用钱无法计算的。

四、高炉下的铁路改造工程

原来安钢炼铁高炉有四座，全是 400 立方米左右的高炉一字排开，但由于建造时间不同，造成了接铁水的铁路线全是每个高炉专线配置，各个高炉出铁时间又不一致，形成了火车倒调作业时，每个高炉配车取车都得专门往复来回作业，非常麻烦。有一天下午下雨天我接到一个电话，说扳道员罢工了，不扳道了。我立即骑车赶到现场一看：一个青工扳道员躺在雨天地里哭呢，我一问缘由，他说干不动了。当时的扳道叉设施是折叠式的，俗称铁榔头，来回搬一次需要使用百十斤的力气，劲儿小了是扳不动的，这个年轻工人岗位在四个高炉铁路线路的咽喉道岔上，我大致估了一下，四座高炉生产火车往复倒调作业，他一个班下来要搬 94 次道岔，这需要多大体力？我当时一点也没批评他，并安排火车司机下车协助他，不要影响生产。这个事极大地触动了我的心灵，我们的职工多么可爱！

多年来他们付出了多大的艰辛，一年四季酷暑寒冬，在岗位上洒下了多少汗水。我下决心想法改变它。我会同专业技术人员多次在现场考察研究，制定出一个改造方案，并在炼铁厂开了论证会取得生产厂的支持，最后方案是这样实施的：把四座高炉，每座专用的铁路线全部拆除后贯通。一条直线连接四座高炉，附加一条运行线。炼铁厂在出铁时间上给予支持与配合，出铁时间先后尽最大努力靠近，这样我们火车作业时，配空车在贯通线上逐一对准出铁口放下，取重车时再逐一连接送走。我给它起了个俗名叫配空车时“鸡下蛋”，取重车时“串糖葫芦”。在不影响炼铁生产的情况下，铁路改造完工后，效果大显。咽喉道岔由原来每班搬动94次变成了每班只搬动一次或很少，同时节省了作业时间，取得了皆大欢喜的效果。

五、自制铁道平板车辆和安全防护车

我们安钢多年来使用的铁路拉货平板车辆历史上欠债太多，数量少质量差不够用，保产保运输一度出现困难。逼得没办法，我们只好将旧敞车割掉四帮当成平板车使用。由于底架强度不够、承载力小，不久就变成了两头翘起的船形而报废，自制了一个调梁台也没解决问题。买新的吧，一方面资金有限，买一辆几十万，太贵，而且就安钢的使用情况，占四分之一造价的制动装置用不上等于花钱买摆设。公司生产在发展，需求量越来越大，因此我们一方面请示公司定制了一批加固的专用平板车，然后自力更生群力研制适合我们安钢使用的专用平板铁路货车。我们采取的方法是：车辆走行部分和连接部分，使用换下来的旧品加工再利用，车底架自制，因为我们最清楚底架哪部分需要加强加固，怎样制造适合安钢需要。我们这些没进过学堂的检修工，边干边学，边研究边改进，检修工变成了设计制造技师。在完成检修任务的同时，先后制造了56辆适合安钢专用的铁道平板车辆，成本只有外购的六分之一左右。结果是原来能用的外购定制的加上我们自己制造的，保住了安钢发展中的生产运输需要。同时，我们还自制了四辆花轿一样的安全防护车，这些制造工程不仅节约了大量财力，适应了我们自己的运输需要，还极大地锻炼了队伍，提高了职工素质和技能，并一代一代把这种智慧技能和精神传授下来。

类似上述小智慧取得大成效，那几年我们做了很多。在运输部全面进行大的创新改革工程的同时，发动职工群策群力，自力更生，学技术、练本事、搞科研，解决了很多保产保运输，降成本保安全的难关。这些大改革创新工程和小的配套措施，形成了强有力的前进动力，使运输部工作翻了身，适应了安钢的发展，并延续至今。

难忘的联防队

张宏裕

安钢公安处治安联防队成立于1992年，2004年因机构变动由生活服务公司接管。我在联防队工作了20多年，现在回忆起来仍感到很欣慰很自豪，“老联防”在冰天雪地站岗的英姿、在深夜抓盗贼的身影、在周日便民服务的热乎劲时时在眼前浮动。他们不愧为一支恪尽职守的治安队；一支热心为民服务的服务队；一支无私奉献的联防队。

一支恪尽职守的治安队

当时的公安处治安联防队是一支由安钢退休职工组成的联防队，它主要担负着安钢各个生活区的治安保卫工作。当时有6个联防中队，700多名联防队员分布在安钢6个生活区的门卫、看楼、巡逻、交通等岗位。联防队有严格的管理和严明的纪律，联防队员都有很强的责任心，工作起来绝大多数都能恪尽职守、一丝不苟，群众亲切地称联防队员为“老联防”。就拿看楼队来说吧，你别小看这活儿，干起来可真不容易。当时各个生活区每栋楼都有一名联防队员负责看管，他的主要职责是负责全楼的治安保卫及楼前摆放的自行车、摩托车的看管。按照规定，看楼队员要求做到“四勤五知十不准”——“四勤”即嘴勤、腿勤、手勤、眼勤；“五知”即知户主姓名、住址、家庭成员、车辆、工作单位。每个看楼队员对本楼的情况都了如指掌，对楼前摆放的自行车、摩托车都能摆成“三点一线”，整齐划一。为加强防范，他们做到了“身不离岗、死看硬守”，在严寒的冬季，他们顶风冒雪坚守岗位；在炎炎的夏季，他们顶着烈日忠于岗位。就是在吃饭时间他们也不离岗，由家人送饭在楼前吃。就是上厕所他们也互换着去。由于他们的辛勤工作，整个安钢生活区治安良好，很少出现丢车现象。他们还经常收管不落锁的自行车、摩托车，为市民挽回数十万元的经济损失。

我十分怀念联防队的“军旅”生活，联防队实行军事化管理，要求队员做到服装整洁、行为规范、礼貌待人。我们的业余生活也多姿多彩，经常举办“摆放自行车”“歌咏”“诗歌朗诵”“乒乓球”“联防演讲”等多种文体活动。我记得联防队每个月都要组织一次大型“摆放自行车”大赛，由700多名队员在灯光球场举行，6个中队10多名选手举行对抗赛，当时人山人海，喊声阵阵，热闹非凡。由于联防队的管理日渐完善，小区社会秩序越来越好，备受各界媒体的关注，《人民日报》的记者还到安钢采访，写了一篇长篇报道，称联防队员是一支不带警徽的公安战士。

一支热心为民的服务队

联防队既是一支能打硬仗的治安队，又是一支热心为民的服务队。6个联防中队每月都要在节假日和双休日搞一次大型便民服务活动，他们举着“联防队便民服务活动日”的大旗，敲锣打鼓来到各生活区热心为居民服务。服务项目有修理自行车、磨剪子、磨菜刀、理发、焊盆、测量血压、缝补衣服、裁剪衣服、代写书信、对联、队长接待日、政策咨询等20多项。他们热情的服务受到社区广大职工和家属的高度称赞，纷纷说“老八路的优良传统又回来啦!”。平时“老联防”还热情的帮助社区居民打扫楼前卫生、清扫积雪、帮助居民看管楼下晾晒的衣物、扶老携幼上下楼等，深受居民好评。联防队还主动担当起社区的民调工作，主动帮助居民调节打架斗殴、邻里不和、夫妻不和、酗酒闹事等民事纠纷。有一次在四一区大门口有两个卖西瓜的，因争夺摊位吵闹不休，都拿起菜刀来拼打，几个联防队员冒着危险把两人的刀收起，好言相劝，才平息了这场风波。

联防队员热心为民服务的事还有很多。记得我在四中队时，一位联防队员在清早巡逻时捡到一个由一张废报纸包着的东西，打开一看是一大捆人民币，急忙拿到中队办公室交给队长说明情况，当时一数整整八万元现金。队长立即叫人写了“招领启事”，并发动全体队员寻找失主，经过三四天的走访，几经周折才找到失主。失主是一名外地民工，拿着现金准备交房款，当巨款丢失后焦急万分，后得知联防队捡到后，立即赶到队部表示感谢，赠送了一面“捡到巨款不动心，热心为民好联防”的锦旗，并拿出5000元钱作为酬谢，被联防队员婉拒。

一支无私奉献的联防队

“老联防”们都是安钢的退休职工，他们参加联防队并不是家里缺那百十块钱，他们的目的就是在自己的有生之年，发挥余热，再为安钢出一把力。有一位“老联防”说得好：我们年轻时为安钢奉献青春，中年时为安钢奉献儿孙，老年时为安钢奉献自身。他们是这样说的，也是这样做的。“老联防”在联防队工作没有工资，每个月只有一百多元的生活补贴，而他们每天要在室外工作12个小时，还要轮流上中夜班，他们的平均年龄都在60岁左右，虽然工作非常辛苦，但没有一个人叫苦叫累，他们感到能在自己的有生之年再为安钢出把力而自豪。有一位“老联防”谢绝了一个私营企业的高薪聘请，自愿加入了联防队。1996年我退休后被安阳广播电台聘为“特约记者”，每月500元工资，工作还不错，可是没有多久，我听说安钢成立了联防队，思想就有了波动，我想我的儿子、女儿都在安钢上班，无论从亲情，还是对安钢的感情来说，都应该参加联防队，我立即辞去了电台的工作，到联防队担任宣传员的工作。

联防队虽然已成为历史了，但每当我回忆起那段美好的时光，都会热泪盈眶。我怀念我的战友，感念他们恪尽职守、严守纪律、热心服务、无私奉献的高贵品质。

浴火重生再出征

柳海兵　王述杰　董　晚

2017年10月20日晚11时36分，在安钢100吨电炉复产工程现场，迎来了一个重要的时刻。在大家急切的期盼中，只见重达400多吨的庞大炉体在液压的驱动下开始缓缓倾斜，与此同时，出钢口顺利打开，刹那间，钢花四射，通红的钢水璀璨夺目。顿时，现场一片欢腾，工程建设的参与者们击掌祝贺，欢呼雀跃……

作为一名宣传工作者，我有幸参与了100吨电炉复产工程的建设过程，用手中的笔和相机全程记录了工程建设中的点点滴滴，见证了一座沉睡时间长达10年之久的现代化、全流程、大型电炉再续辉煌的过程。

100吨电炉复产工程，从2017年4月25日正式签订合同，到10月20日首炉钢冶炼成功，仅用了不到180天的时间，创造了国内同类工程施工时间最短纪录，在安钢发展建设的历史上写下的闪亮一笔。它的快速投产，标志着安钢长短流程优化取得重大阶段性胜利！是安钢转型发展进程中迈出的坚实一步！为安钢生产经营注入了强劲动力。

工程收官之际，集团公司党委书记、董事长李利剑这样评价："100吨电炉工程，是安钢2017年的生命工程，是一号工程，在极短的时间里，安钢人把不可能变成了可能，创造了安钢工程建设新的奇迹。"并欣然命笔，写下《七律·电炉复产有感》：三万铁军不畏难，生存保卫战犹酣。板块运作硕果丰，模式转变成效显。克难攻坚谱新篇，捷报频传众人欢。全面改革不停步，从严治企再登攀！

抉择——电炉复产

安钢100t电炉连铸工程是河南省"九五"期间重点工程，也是安钢装配水平大型化、现代化为标志的产品结构调整规划的启动工程。1998年8月10日开工建设，1999年11月18日建成投产，当时创造了国内外电炉建设史上的奇迹。2000年8月实现了月铸坯6.5万吨，超过了设计水平，创造了国内大型电炉达产速度最快纪录，2003年产钢量在全国20多家90吨以上大型电炉中率先突破100万吨，当年产量达到105.6万吨；2004年生产能力达到了108万吨，主要技术经济指标不断优化，其中电炉最短冶炼周期35min，吨钢电耗220kWh/t，电极消耗1.2kg/t，最高日产钢37炉，达到了当时的国际先进水平。

2008年全球金融危机爆发，钢材需求急剧减少，钢铁行业受到巨大冲击，受地条钢影响，当时废钢供不应求，价格居高不下，与转炉相比，电炉钢生产成本高，国内不少钢铁企业被迫放弃电炉钢生产，仅有国内最大的电炉钢生产基地沙钢，保留了少数的电炉钢生产，安钢电炉也于2008年8月14日停产。

2017年，随着国家供给侧改革的深入推进，地条钢落后产能的一步步出清，废钢资源逐步进入良性循环轨道。同时高炉转炉长流程炼钢环保排放压力与日俱增，具有废钢循环利用和低排放环保优势的短流程电弧炉炼钢迎来了千载难逢的发展机遇。

安钢的发展离不开社会变革的大时代，要顺应时代的发展，善于抢抓机遇，用新理念、新方法、新思路主动适应新形势、新任务、新要求。让100吨电炉再次焕发耀眼的光芒。集团公司决策层审时度势，毅然做出了快速恢复100吨电炉生产的重要抉择。

启动——快马加鞭

100吨电炉复产工程是在原100吨电炉旧址上重建。2017年2月15日，第一批从集团公司各相关单位选派的专家启程到兄弟企业进行前期考察。他们风雨兼程，仅用了5天时间，就考察了天津无缝、莱钢、宝钢、沙钢四个全国电炉主要生产单位。因为时间紧迫，对四个单位电炉生产状况的对比、分析、讨论，总结考察报告很多都是在火车上完成的。

2月24日，考察组向集团公司领导进行汇报，介绍了电炉的整体工艺要求和国内的电炉生产情况。

3月1日，电炉筹备组开始和国内几家知名的钢铁设计院进行接洽。

3月10日，电炉复产筹备组详细讨论了项目方案，确定了投资规模。

3月26日，电炉复产项目的立项正式得到了集团公司的批复。

3月29日，电炉复产指挥部成立。成立大会上，集团公司总经理刘润生要求，100吨电炉复产工程要保证质量、速度、效益、环保一步到位。所有参战单位要鼎力合作，明确认识到此项工程任务艰巨，使命光荣，要吃苦在前，奉献在先，勇于担当，不负使命。

4月21日，项目招标会在集团公司招标公司开标，中冶京诚中标。

4月26日，中标单位汇报了初步设计方案。

4月28日，经过指挥部成员48小时连续奋战，通过了对初步设计方案的审查。

至此，经过一环扣一环，紧锣密鼓的大量工作，安钢应对环保压力，实现转型发展的重点工程即将进入投资建设阶段。

攻坚——不畏艰难

“此次施工项目虽然是一次在100吨电炉原有基础上升级的技改项目，但其难度远远超过新建。不是在一张白纸上任意勾勒，而是要做到因地制宜。”工程技术总公司副经理吕开强坦言。

100 吨电炉复产工程从正式签订合同到冶炼出钢，只有短短的 6 个月时间，一个投资 1.13 亿元的工程项目，要在如此短的时间内顺利完成，困难可想而知。“工程最大的难度就是时间太紧，紧扣节点，可以说一分钟都不敢耽误。”中标方项目经理如是说。

非常之时，非常之事，需要非常之举，集全公司之力办大事。集团公司党委书记、董事长李利剑亲自联系中标方中冶京诚公司高层领导，协调沟通项目推进。集团公司总经理刘润生两度赶赴北京，与中冶京诚高层领导面对面对接，促成中标方把安钢电炉复产工程当成他们的一号工程，把工程进一步强化上升到两个集团层面全力推进，为工程的快速推进定下了坚实的基调。集团公司副总经理郭宪臻每天坚持到现场组织召开项目协调会，梳理解决工程建设中各种“瓶颈”，为早日竣工投产铺平了道路。股份公司经理朱红一老骥伏枥和参战职工一起日夜奋战在工程第一线，督促指导工程建设的每个环节。

这么大的一个工程，这么短的工期，这么多参加单位，并且大家彼此之间不熟悉，而每个单位之间的工作联系又十分密切，可谓是牵一发而动全身。工程指挥部的高效运转、协同有力，就成为至关重要的因素。合同签订后，工程指挥部坚持每周召开工程例会，列清单，定任务，挂图作战，销号作业，做到有序衔接，高效快捷。

面对非常之时、非常之举的边设计、边制造、边施工，甚至边生产的四边工程，指挥部严格把握项目的整体组织协调，盯招标、盯设计、盯施工、盯设备订货、盯设备监制，从指挥部层面，牢牢把工程的主要事项、主要节点盯死，使整个建设过程一环扣一环，强力向前推进，有效发挥了工程建设指挥棒的作用。

为了保证 7 月 25 日施工队伍能顺利进驻工程现场，指挥部要求第一炼轧厂在最短时间内，清理完所有现场障碍，按照分工，指定专人和施工方进行对接，保证 24 小时现场服务。拆除旧设备，离不开天车。原 100 吨电炉的天车由于年久失修，无法使用，为了尽快恢复，第一炼轧厂抽调精兵强将，爬上 40 多米的天车，对每个设备，每项功能进行了逐个调试，登记在册，夜以继日以最短的时间完成了排查工作，并及时向指挥部进行了设备状况交底，配合维检人员争分夺秒的抢修，打响了保工期攻坚战的第一枪。

在紧锣密鼓拆除旧设备的同时，新设备的选型订货工作也在紧张的进行中。与此同时，指挥部又马不停蹄的成立了催货组，列出详细清单，明确具体责任人，紧盯交货期。可以说，每一个节点按时保证的背后，都会有很多感人的故事。“安钢人的这个精神劲，真是了不得!”中冶京诚工作人员由衷地赞叹。

协作——创造奇迹

本着减少工程外委、增加效益的指导思想，电炉复产工程发包比照市场化运作方式，优先安排分子公司承接。工程技术总公司不仅要完成该项目所有机械电气管道液压安装工作，还要进行电炉摇架、下部炉壳、上部炉壳、炉盖等主要设备的设计、制造及安装，成为工程建设名副其实的主力军。

100吨电炉厂房狭小而拥挤，立体交叉作业、高空作业比比皆是，周围密布的介质管道、网状架构给施工造成了极大障碍。

由于图纸到得晚，7月31日，他们才开始根据图纸采购材料。所有人员进入紧急备战状态，材料一到，该公司金属结构部就动用全部力量加班加点制作电炉零件、检修平台和料篮，哪怕只制作出来一件，也要不惜一切代价送往施工现场进行安装。

各个安装部更是不等不靠，按照“见缝插针、立体交叉、强力推进”的指导思想24小时轮班作业，加紧推进施工进度。由于夜晚无法进行高空作业，指挥部根据现场的施工情况、施工队伍数量制定了科学的施工方案。白天，他们攀上40米的高空，为崭新的厂房加装屋顶防尘罩。夜晚，他们深入厂房核心，进行电炉本体的改造和安装。拥挤的施工车辆、大型吊具来来往往，高峰时段甚至有高达400人在工地上同时干活。

从7月20日开始，仅用3个月时间，工程技术总公司就完成了业内平均工期8个月的浩大工程，不仅证明了该公司已具备100吨电炉总承包资质，更创造了100吨电炉安装史上的奇迹。

动力厂负责煤气系统、电气系统配套工程建设，两个配套工程齐头并进，做到了保证时间节点投运、保证介质供应的双推双促，为集团公司100吨电炉复产投运做出有力支撑。

汽运公司在电炉复产前，就早早从打通线路、购置设备、配备人员、苦练技术等方面入手，做好热钢渣和废钢运输的准备，只待电炉复产第一时间做好运输保障，提前铺就了一条宽广的运输绿色通道。

“所有工程遇到的难题，绝对不能过夜，不解决不收兵。”工程指挥部定下了铁律。施工过程中现场管理员和施工人员相互合作，有困难一起想办法，能解决的当场解决，不能解决的每天的工程例会上提出来，各参战单位齐心协力想法解决。正是有了这种高度协同的精神，才保证了工程建设由一个胜利向另一个胜利进军，工期、质量、安全、资金全部受控，堪称完美。

奉献——动人乐章

在100吨电炉复产工程的现场，成百上千名安钢人把团结拼搏的精神刻在电炉庞大的炉体上，把无私奉献的情怀释放在了璀璨的钢花中。从白天到黑夜，从夏末到深秋，安钢人熬红了双眼、嘶哑了嗓音，从未叫过苦、喊过累；现场哨声交织、机械鸣响，谱写出一曲曲动人的乐章。

当时的第一炼轧厂炼钢车间主任胡俊邦，作为电炉冶炼的专家从赴外地考察开始，直到工程建成出钢，全程参与了工程建设的每一个环节。“从2月15日工程开始起动，到10月20日冶炼出钢，我在家的时间太少太少，以至于我的女儿打电话问我，‘爸爸！你忘了我们了吗？’当时，我只能选择沉默。我心里清楚，为了工程早日竣工，我可以在施工现场夜以继日，但我没有勇气，也不可能给孩子一个几点回家的承诺。”10月初，工程技术总公司修复装配部紧急承接了电炉主要备件的修复工作，时间紧、工作量大导致人手不够。材料员石海宽知道情况后主动请缨，走上一线与工人们一起干活。就在参与旋转箱体的试装工作的紧急关头，石海宽突然接到了他久病多年老父亲去世的电话，在场的工友都劝他赶快回家，可石海宽强忍悲痛，坚持把手头的工作完成后，连工作服都没来得及更换，才急急忙忙赶回家里去料理老人的后事。

由于工期紧任务重，在强度极大的工作中，所有参加施工的工程技术总公司项目负责人因长期坚守现场，几乎全部累到发烧输液。第二安装部副经理杜兆飞、第一安装部副经理冯爱民、金属结构部段长王海明相继病倒去医院挂点滴，挂完一刻都不耽搁就马上返回工地。

2017年国庆和中秋8天假期，全体参战人员没有一个人请假，大家全部24小时坚守在施工现场，连续奋战八天八夜。

新生——质的飞跃

这个工程自开始立项就注定会创造诸多领先和“第一”：设计选用了国际领先、世界一流的性能稳定可靠，集烧嘴、吹氧、喷碳为一体的多功能炉壁枪系统，并采用提纯焦炉煤气作为辅助气体，代替轻柴油和天然气，可以最大限度节约成本；新增了电弧炉底吹系统有利于低温、快速脱磷，可以有效降低炉渣中全铁含量；增设了具有国际先进水平的测温取样机械手装置，改善了工人劳动条件、缩短了冶炼时间，实现了无需停电快速、精准测温取样；新建了电炉烟气余热回收装置，可以回收电炉烟气余热，产生蒸汽，供生产、生活使用，既降低了煤耗，又减少了一氧化碳、二氧化硫的排放量，节能减排效益显著，达到了国际先进水平；与之配套升级的电炉除尘系统使排放量由50毫克每立方米，降低到了15毫克每立方米，远远低于国家规定的20毫克每立方米的环保极限标准。

电炉成功复产以后，第一炼轧厂干部职工牢记使命，乘势而上，一鼓作气，在最短时间实现了班产目标，于2018年1月17日实现了日产目标，2018年3月份超额完成了月产6万吨目标。

历尽磨砺终不改，浴火重生再出征。100吨电炉复产工程的按期竣工，正式加入安钢生产组织序列，标志着安钢在提质增效、转型发展的大路上越走越宽广，必将掀开安钢生产运营和转型发展的新篇章。

绿色发展的新标杆

柳海兵　陈　曦

2017年，是安钢生态转型、绿色发展成效卓著的一年。作为一名新闻工作者，我曾在项目建设过程中多次到现场采访，进行新闻报道，见证了当代安钢人，为了夯实安钢长远发展之基，在环保提升工作中做出的艰苦卓绝努力，付出的大量心血和汗水。当代安钢人干事创业的历史责任感、拼搏奉献的安钢精神、众志成城的安钢力量，给我留下了深刻印象。

早在2014年，集团公司就深刻认识到，“环保是制约安钢生存发展的重要因素，很可能是压到安钢的最后一根稻草”。2014年11月21日环保推进会上，时任集团公司总经理，现任集团公司党委书记、董事长李利剑强调，要站在第二场生存保卫战的高度，来重新认识安钢当前的环保工作。环保工作的好与坏，直接关系到企业的生死存亡。在严峻的环境保护形势面前，与安阳城区融合越来越深入的安钢，必须早安排、早行动、早主动，下大力气抓好环境保护工作，打造绿色生产企业，创建花园式工厂，实现安钢与城市的和谐共存，避免几年后出现局部搬迁甚至全部搬迁的被动局面。

在随后2014到2016三年时间里，集团公司在生产经营极端困难的情况下，投入8亿元资金，实施了26项环保治理项目，所有工序全部实现了达标排放，部分工序甚至实现了超低排放。

然而，环保形势的变化实在太快。让我印象深刻的是，2016年11月6日，安阳市市长王新伟到安钢协调推进大气污染防治工作，时间是晚上7点多。一个城市的主要行政负责人，在夜里专程抽出时间，到企业谈环保工作，并且一谈就是一个多小时，与集团公司总经理刘润生座谈结束时，时针已经指向9点多，这个在我采访经历中，实在少见。我隐约感觉到，一场新的环保风暴可能就要刮起。

果不其然，从11月开始，环保管控开始对安钢生产经营产生严重影响，具体表现在环保限产由APEC、上合会议召开时的阶段性，转为常态化，11月份，安钢关停了1号2200立方米高炉；进入12月，执行安阳市红色预警管控方案，2号2800立方米高炉和3号4747立方米高炉按减产运行模式组织生产，日产生铁仅8000t，压产70%。安钢生产组织的矛盾急剧放大，生产经营压力重重。

2017年2月份，原国家环保部正式下发《京津冀及周边区2017年大气污染防治工作方案》，要求在9月30日前，“2+26”城市的所有钢铁企业，大气污染物执行特别限值排放标准。

新时期，新挑战。站在新的历史十字路口，作为城市钢厂、殷墟邻居、“2+26”城市圈重点城市的重要钢企，安钢决策层以宏大的气魄，提出要投入30亿元，开展新一轮环保提升，用“世界最先进的技术、最成熟的工艺、最高的装备配置”，一步到位、高起点抓好环保提升，坚定不移走绿色发展道路。

焦炉脱硫脱硝工程是环保提升的重点项目，工程建设面临多重挑战。

挑战一：时间紧任务重。2月底发布方案，3月份密集考察，4月份招标，5月初中标单位进场施工，9月30日要达到特别排放限值，时间紧迫性可想而知。

挑战二：工艺技术复杂。作为世界公认的技术难题，就在安钢上马兴建之前，焦炉烟气治理还没有十分成熟、完全定型的工艺，还处于百花齐放、百家争鸣的状态，没有一个现成的工艺可以采用。

挑战三：场地异常狭小。一些焦炉本就是见缝插针建设，140吨干熄焦炉也是挤出来地方建设，再想挤进焦炉脱硫脱硝设施，更是难上加难。

挑战四：作业环境复杂。每一套装置的主体设备基础各异，土建设计每个工程都不一样。

挑战五：施工任务艰巨。要在高温雨季的5月到9月，在焦炉生产一刻也不能耽误的情况下，建成5套焦炉脱硫脱硝装置，任务的艰巨性可想而知。

2017年2月底，在环保部新标准发布不久，集团公司副总经理赵济秀带队，能源环保处处长刘永民任组长的技术考察组就匆匆踏上了考察之路，辗转湛江、上海、包头、唐山等多个地方，与同行企业、环保公司进行深入沟通交流，详解了解各种焦炉脱硫脱硝工艺。让考察组感到棘手的是，在全国，乃至全世界范围内，尽管各种工艺技术繁多，但却没有一种尽善尽美的，要么指标排放不理想，要么有二次污染。钢铁企业龙头宝钢采用的相比之下最为先进的活性炭技术，工艺却十分复杂，流程长，先脱硫，再除尘，再经过SCR脱硝。至少经过三套主体设备，占地面积庞大，不适合安钢面积狭小、设备紧凑的厂情。

既要效果好，又要占地少，还要没有二次污染，最好投资还省，运行费用低，没有现成的可以采用，就必须创新，敢于第一个吃螃蟹。

第一个吃螃蟹，那可是意味着风险，意味着挑战。考察组成员经过大量周密细致的考察，以高度的历史责任心和使命担当，最终在军令状上郑重签下自己的名字，确定与南京泽众环保科技有限公司、上海宝冶集团有限公司等单位共同研发焦炉烟囱废气脱硫脱硝用活性炭——烟气逆流集成净化（CCMB）技术，在借鉴、消化、吸收国际一流技术、工艺基础上，通过创新和合作，自力更生创造最先进的脱硫脱硝技术。

这种工艺具有流程短、占地小、投资省、运行费用低的优势，十分适合安钢场地狭小的需求。最为关键的是，没有固废产生，二氧化硫处理过后变成硫酸铵，可以作为资源进行回收，为企业创造效益。使用的活性炭十分常见，市场供应充足，不像其他工艺中使用的催化剂不具有通用性。运行过程中摩擦变成粉末的活性炭，还能添加到焦炉或炼铁喷煤中，不产生任何废弃物，不造成二次污染，形成了完整的产业链条，工艺技术堪称完美。

经过3月份紧锣密鼓的工艺选型，作为项目的常务副指挥长单位技改工程处接到工程立项审批表后，立即组成由计划、建筑、机械、电气等各专业工程师构成的项目组，开辟绿色通道，快马加鞭，进行设计、施工、地勘、监理等的招标、委托、合同签订和实施工作，重点抓好工程的进度、质量和安全管控。为了节省时间，电子版图纸会审、连夜节点验收、半夜临时到现场开会是经常的事，确保了围绕总工期目标，各项工作开展的紧张有序。

工程技术总公司承担了工程建设70%的工作量，成为名副其实的主力军。接手项目后，工程技术总公司发扬铁军精神，站位大局、打破规划、不讲条件、顽强奋战，打了一场又一场漂亮的歼灭战。类似项目在行业内平均工期是8个月，而他们只用了3个多月的时间。

焦化分公司充分发扬主人翁精神，不等不靠，提前介入，积极协调，每天以24小时跟班作业的方式在现场进行督查，与施工方通力协作，密切配合，为施工方开辟绿色通道，尽可能地为其提供便利条件。

这项庞大的工程建设，还涉及安钢其他方方面面、上上下下。能环处、采购处、保卫处、生产处……各单位和部门通力协作、顾全大局，都将工程建设当成自己分内的事，只要听说是焦炉环保项目有需要，二话不说、主动承压、竭尽全力为工程建设提供最优质、最无私、最到位的一流服务和各方面的保证。

5月16日，施工现场打下第一根桩基。8月底，8号焦炉正式通烟运行。仅用3个半月，焦炉脱硫脱硝第一套装置就建成投用！截至9月底，其余四套装置全部建成投用，创造了国内同类工程建设速度新的纪录！安钢成为同行业第一个实现焦炉脱硫脱硝全覆盖的企业。

从实际运行效果看，焦炉脱硫脱硝效果十分显著，甚至超出了预期，达到了国际一流、国内领先的水平。焦炉烟道气排放原来的标准是氮氧化物500毫克每立方米，二氧化硫50毫克每立方米，颗粒物30毫克每立方米，9月30日之后执行的特别排放限值分别是150毫克每立方米、30毫克每立方米、15毫克每立方米，已经将排放标准控制得非常严苛，而安钢焦炉烟道气实际排放，能将氮氧化物控制在100毫克每立方米以下，稳定在80毫克每立方米左右。二氧化硫和颗粒物均控制在10毫克每立方米以下，均已实现比特别限值排放更为严格的超低排放，二氧化硫稳定在8毫克每立方米左右，瞬间指标甚至达到2毫克左右，几乎就是零排放了。每年可减少污染物排放量分别为：烟尘118t、SO_2 178t、NO_x 1700t。

安钢焦炉脱硫脱硝治理取得重大突破的消息，如同插上了翅膀，很快传遍同行业和相关单位部门。全国同行企业前来学习考察的络绎不绝。2017 年 11 月，中国冶金建设协会主办的冶金行业能源环保技术发展与应用论坛，专程邀请安钢参会，介绍安钢焦炉烟道气治理的先进经验。2018 年 1 月 5 日，安钢焦炉脱硫脱硝技术科技成果评价会在北京召开。评价委员会通过评价认定：安钢焦炉烟气治理技术达到最高等级的国际领先水平。这标志着该技术正式通过权威机构认证，确立了安钢焦炉脱硫脱硝技术行业标杆地位，成为在全行业推广应用的样板工程。

安钢焦炉脱硫脱硝工程也到了原国家环保部的高度认可，2017 到 2018 秋冬采暖季，其他焦化企业结焦时间普遍延长至 36 小时，甚至 48 小时，安钢焦炉得到特别生产许可，平均结焦时间仅延长了 2 个小时。仅一个取暖季产生的效益，就几乎将项目投资成本全部回收，还不计算减少排放所取得的社会效益。绿水青山就是金山银山，在安钢得到了充分体现。安钢环保提升工程第一炮成功打响，极大地增强了其他项目加速推进的信心，鼓舞了士气，增强了干劲。当代安钢人在巨大挑战面前所表现出来的亮剑精神，以及在焦炉环保项目建设上取得的成绩，将在安钢历史上留下浓墨重彩的一笔，为人们所铭记。

安钢的一号工程

柳海兵

钢铁减排看铁前，铁前减排看烧结。烧结排放量占到钢铁生产工序总排放量的70%，烧结工序排放削减，对降低安钢排放总量，起着至关重要的作用。

如果说环保提升是场攻坚战，烧结环保项目则是主战场、制高点。烧结烟气治理，成为安钢环保提升工程的重中之重，是一场事关全局的大决战，牵动着方方面面的心。

作为一名新闻工作者，我多次到烧结脱硫脱硝项目现场进行了采访，甚至曾经花了一整天时间，在工地现场进行采访了项目指挥部、项目总包方中冶长天、工程技术总公司、炼铁厂等方方面面人员，与烧结脱硫脱硝工程来了个亲密接触，见证了安钢人的风采，领略了闪光的安钢精神。

烧结脱硫脱硝项目是环保提升六大项目中最艰苦、最寒冷、人员最紧张、工作量最大的一个。2万多吨的钢结构制作安装量，但工期却不到9个月。自项目开工以来，工程建设者们就一直保持了紧张忙碌的工作状态，战酷暑、斗严寒，只争朝夕、快马加鞭，“五加二”、“白加黑”，主动放弃节假日和休息日，以“加速度”推动项目建设。

了解了这项工程的意义，就更能理解建设者们急迫的心情。它关系到安钢三台烧结机能否全部开起来，关系到三座2000级以上高炉能否满负荷生产，最终关系到安钢的基本生命线——700万吨优势产能能否在安阳本部充分释放。

为此，集团公司上上下下高度关注烧结脱硫脱硝工程。集团公司党委书记、董事长李利剑强调，烧结烟气脱硫脱硝项目是安钢实现绿色发展的核心工程，是安钢践行绿色发展、履行社会责任和政治责任的重点工程，要作为安钢的一号工程、生命工程、天字号工程，集全员之力加紧推进，早日投用，早日见效。

集团公司总经理刘润生强调，要担当起历史的责任、现实的重任，进一步强化项目的领导、组织、控制和管理，强力提升执行力，紧盯目标和节点，抓重点，抓关键，优质高效推进工程建设，打造国内样板工程。

5月份，安钢与中冶长天公司签订合同。按2018年2月1日投用计算，只剩下不到9个月的时间。6月份，原国家环保部又以标准修改单形式，对烧结特别排放限值标准进行了修订，指标更加严格。施工暂停、重定标准、重新设计，一个月的时间转瞬即逝。本已十分紧张的工期，变得愈发紧迫。

非常之时，非常之事，非常之举。2017年10月13日，安钢召开烧结机烟气脱硫脱硝专题工作会，对工程建设进行再动员、再部署、再推进。重新成立了由集团公司副总经理赵济秀任指挥长，技改工程处处长申景阁任常务副指挥长，炼铁厂、各专业职能处室主要负责人为副指挥长的烧结机烟气脱硫脱硝项目工程指挥部，把工程管理正式上升至集团公司层面，成为安钢意志，集全公司之力强力推进。

工地现场24小时施工，项目指挥部也不分白天黑夜。担任常务副指挥长、副指挥长的厂处级领导带头值夜班，及时协调解决突发问题，并对当天下午例会安排的工作，晚上进行巡视，确保落实到位。每天晚上十点以前，都不能下班。现场分片包干，对每一个点进行督查，有什么问题马上解决。人员不到位的，马上督促施工单位，责令马上加人。有什么质量问题，第一时间处理。

高达2万9千余吨的总工程量，动力电缆、控制电缆等30.5万米，所有钢结构制作安装以及设备安装，从拆除到架构，从安装到调试，全部由工程技术总公司一手操办，而预定工期只有短短的不到4个月时间。在焦炉脱硫脱硝、电炉技改等重大项目立下汗马功劳的王牌部队——工程技术总公司，再一次发挥了铁军的作用，业内平均8个月的工程，安钢工程人仅用时3个月11天。

炼铁厂立足集团公司整体利益和发展大局，为了工程的早一天投用，早一天见效，主动抽调业务精干、技术全面的工程管理技术人员，积极投入到烧结机环保提升项目施工建设中。炼铁厂脱硫车间克服新、老系统生产工艺不同、岗位人员紧张等困难，科学调配岗位人员配置和作业制度，积极抽调40余名精干力量参与工程建设和设备调试，全力抓好“双线作战”。

在集团公司领导的高度关注、有力领导，在指挥部的强力指挥下，技改工程处、炼铁厂、工程技术总公司……每一个安钢参战方，包括中冶长天公司，心往一处想、劲往一处使，付出了艰苦卓绝的努力，凝聚成了最大的合力，创造了安钢再铸辉煌征程上新的奇迹，换来了美好愿景的实现！

1月28日，烧结脱硫脱硝工程的3号系统提前实现通烟，开始由工程建设转为热负荷试车阶段，2号系统于1月31日正式通烟气运行；1号系统于2月10日正式通烟气运行。在全国所有活性炭脱硫脱硝工程里，没有一个少于15个月的，安钢仅仅用了8个多月时间，创造了国内同类型项目新的纪录。不仅在国内，就是在世界上，安钢这三套系统8个多月的建设周期，也是一个难以企及的高度。

国家特别排放限值要求是颗粒物$\leqslant 40mg/m^3$、$SO_2 \leqslant 180mg/m^3$、$NO_x \leqslant 300mg/m^3$、二噁英$\leqslant 0.5\mu g/m^3$，安钢烧结环保运行指标达到了颗粒物$\leqslant 20mg/m^3$、$SO_2 \leqslant 50mg/m^3$、$NO_x \leqslant 100mg/m^3$、二噁英$\leqslant 0.5\mu g/m^3$。每年可减少污染物排放量分别为：颗粒物排放950t、二氧化硫排放2500t、氮氧化物排放3050t。

焦炉和烧结脱硫脱硝项目，包括原料场全封闭、转炉一次干法除尘等项目的快速建成，意义重大，影响深远，标志着安钢环保治理迈上了新的台阶，实现了脱胎换骨的变革。环保一次性投入之大，覆盖范围之广，建设速度之快，治理效果之好，在全国都前所未有，安钢成为钢铁行业名副其实的绿色发展先行者。安钢以有力的实践证明，环保发展和企业发展可以做到有机统一，绿水青山就是金山银山。同时，安钢走出了一条现代化钢铁企业与历史文化名城和谐共生共融的发展道路，打造了一个与城市共生共融的绿色典范，为其他同类型城市钢铁企业的发展，提供了可贵的安钢样本。4月25日至26日，2018钢铁工业节能环保技术论坛暨脱硫脱硝技术研讨会在安钢召开，安钢在绿色发展道路上所做出的努力和取得的成绩，已经得到相关单位和部门，以及行业的认可和推崇。

回头看，焦炉和烧结脱硫脱硝项目精彩收官，并发挥出显著效应，首先归功于安钢决策层的高瞻远瞩。方向决定道路，道路决定出路。集团公司决策层以强烈的历史责任感，勇于担当，大胆决策，在市场前景、环保形势还不是十分明朗，企业仍然极端困难的情况下，毅然决定投入30亿巨资，进行环保深度治理。决策意味着风险，2016年安钢微盈，基本保持平衡。一旦2017年钢铁市场仍然没有大的起色，安钢仍然陷在生存保卫战的泥沼，一旦投入的环保项目效果最终仍然达不到要求，环保限产的矛盾进一步加剧，环保就真的成为压倒安钢的最后一根稻草，决策层就成了安钢的千古罪人，决策的压力可想而知。当前，秋冬季采用湿法脱硫的全部停产，采用半干法脱硫的烧结机停限产50%已经成为趋势，更凸显出当时决策的明智。如果当时安钢不是定位最高标准、最先进水平，一步到位，全部采用干法，后果不堪设想。

项目的精彩收官，发挥显著效应，还要归功于能征善战的干部职工。历经风雨60年，安钢人在冶炼铁和钢的同时，也在不断锤炼、镕铸形成安钢最宝贵的财富——坚韧不拔、追求卓越的安钢精神。有了这种内在的文化底蕴，安钢如同优质钢制成的弹簧，压力越大，弹力越强。在巨大的生存和环保挑战面前，安钢人团结一心，众志成城，以安钢精神凝聚安钢力量，以安钢力量创造安钢速度，在2017年秋冬季环保管控中打了个漂亮仗，又好又快建成重点环保提升项目，做到了以快制胜，生产组织保持平稳运行，经营业绩创造历史纪录。反观相邻钢铁大省的同类钢铁企业，就是因为环保建设没有跟上，焦炉限产严重影响生产组织，不仅没有充足焦炭供应高炉，没有煤气用来发电创效，就连轧钢工序，还要使用昂贵的天然气进行加热，成本可想而知。

打造世界最清洁工厂、绿色制造典范企业，建设美丽安钢，是安钢人孜孜不倦的追求。在采访中，我亲眼见证了安钢2017年环保提升从提出，到建设，到完成发挥效应的全过程，我为安钢每一点每一滴的变化感到欢欣鼓舞。继环保深度治理之后，以4A级旅游景区标准建设公园式、森林式的“园林化”工厂，变工厂为公园，变厂区为景区，成为2018乃至今后几年的重中之重。正如集团公司党委书记、董事长李利剑所描绘的美好图景：“未来，我们要让新人们拍婚纱照时，首先想到来安钢取景。”“厂区的道路也要温柔起来，不再叫‘钢一路’‘铁三路’，可以更名‘樱花路’什么的，总而言之，安钢看起来可以像森林，也可以像公园，就是不像工厂。”安钢的明天，一定会更加美好！一个天蓝、地净、水清、草绿、物洁的美丽新安钢，正加速向我们走来。

人生拾零

一路筑梦一路歌

姚天贵　柯　易　侯明昌

在安钢的这么些年，我经历了很多普通人不曾经历的困难，也收获了很多普通人不会收获的财富。安钢的历史波澜起伏，但一直在曲折中前进，我曾经目睹了几代安钢人是如何为了企业的未来而倾注心血。虽然那个时候沟沟坎坎很多，但是大家为了安钢发展的梦想战天斗地、永不言弃、艰苦奋斗的精神和作风，一直都是珍藏在我内心深处最珍贵的“安钢记忆”。

钢铁企业，资源是命脉。地处中原，安钢从开始就在铁矿石问题上存在隐忧。我原来在李珍铁矿工作时，和省里派来的一位老地质工程师吴世泽同在一处办公，我们在冶金学院时就认识，是老朋友了。他梳理了安林地区的几十个矿点，虽然大多是“鸡窝矿”，但是对于当时产量不大的安钢来说，是十分有利的资源支持。他把包括李珍铁矿五六个矿点、东冶铁矿四个矿点以及杨家庄矿点等在内的矿石资源分布情况和我做过介绍和探讨，还提及内黄那边的铁矿资源问题，我一直都铭记于心。后来我从李珍调回本部，还听说老工程师专门整理了一份考察资料。

当时的安林地区的这些矿石，很大程度上帮助安钢突破了资源瓶颈，为后来的高速发展奠定了基础。感谢吴世泽老工程师，感谢那些为了解决安钢资源问题默默奉献的人们。

彻底从岗位上退下来之后，我依然对各类矿源信息加倍留意。有消息说我们周边邯、邢铁矿以及大冶、淄博等铁矿的资源有所突破，这跟我们舞阳矿的情况类似：尽管铁矿品位不如巴西、澳大利亚等国的高，但如能进一步查明储量，合理开采优选，因运距很近，选用还是具有合理性的，可以成为我们应对国际铁矿石价格猛涨的有力措施之一。因为工作需要，我曾经跟时任中国钢铁协会顾问的吴溪淳接触过，他提出可以建立牢固的海外原料供应链，通过多种方式积极参与海外铁矿采选或合资组建生产钢坯的工厂。我记得当时回答他说，这个题目太大。现在想来，或许对我们可以有一些有益的启发。

除了铁矿石，活性石灰是另外一种重要资源。大概在 1986 年到 1987 年那一段时间里，原冶金部科技司副司长胥昌弟组织去日本考察炼钢应用活性石灰的新技术，希望安钢也能加入进去。厂里将此事交给我和原第一炼钢厂技术科科长苏国顺以及原烧结厂的白工程师，我们共同草拟了可行性研究报告。随后，厂领导安排我用公司红头文件报送到省冶金厅请求批准。

省厅审核了报告后，要求我们说明资源出量、质量以及活性石灰的主要经济效益等具体情况。

返回之后，我到李珍对石灰矿的情况做了进一步了解。由于这一带石灰的质量好、出量大，运输条件也好，当时正有另外一家大钢企业正准备实行收购。为了留住这个石灰窑，我赶忙把相关的质量、出量、粒度要求、产品活性度等技术指标资料，以及如何促进炼钢工艺、节能增钢等详细资料整理上报给厂领导。很快批复就传达下来，由李永源主抓设计，我负责办理初步的设计报批等工作。大家对于这件事情都很有紧迫感，各项工作没用多长时间就相继完成，再之后李珍的石灰窑开始组织生产，加入到安钢生产工序当中。随着进一步发展，安钢后来又把竖炉迁建到李珍，成立了冶金炉料公司，上马了回转窑等新型设备，建立起了自己的白灰基地。

我的“职业生涯”的后半程，主要是在技改处担任主任工程师一职，所以我对技术改造这一块的工作比较熟悉，其中印象特别深的是中板轧机的改造。

技术改造对企业的转型升级有很大的促进作用。原来中板的老轧机是三辊劳特式2300mm轧机，工艺落后，在板宽、厚度、品种、质量等方面存在不适应市场的诸多问题，如何改造使之满足安钢发展要求成为当时亟待解决的一大问题。安钢领导班子集体研究后，决定由原白总工程师带领秦显生、李松普、刘英堂以及包括我在内的相关专业人员到先进中板钢铁企业考察学习，并且还到了一重、二重两大重型机械厂，了解中板轧机的制作情况。这对我来说，是一个极好的学习机会，在考察过程中收获了很多有益的东西。考察回来汇报之后，安钢领导班子决定把轧机改造成两辊2800mm轧机，撰写可行性研究报告的担子最终落到了我身上。由于这项改造耗用资金较多，财务压力很大，所以改造工作一分为二，分为了两期上报审批，一期改造从加热炉2800mm轧机到矫直机这段，二期改造是冷床，纵横剪和精整等。

我带着中板技改报告，先后到原省冶金厅、计经委等部门办理审批工作，这些部门均签署同意后，又报到国务院工业办、国家计经委职能部门进行审查，这个时候我遇到了时任国家计经委副主任杨兴昌。他和我还是颇有渊源的。在安钢向省委省政府递交实行承包经营的报告后，时任河南省省长何竹康主持召开了专题会议，研究通过了安钢的报告。最后下发批文时，就是我从时任河南省委副秘书长杨兴昌手里接过来的，后来因为工作原因，我们又多次有过交往。这次中板一期改造的事情他认为非常好，有利于安钢发展，顺利地签署了同意的批复意见。

我拿着一期工程的技改批文，转给时任河南省计经委主任杨显明。他夸安钢这些年办得不错，当即对我说，中央已批准你们中板改造第一期工程，就把第二批中板改造工程一块批下去，你们可以一气呵成。这对我们安钢来说可是一大好消息，中板的技改审批就这么办成了。如今，听说我们的中板轧机已经是四辊2800mm轧机，产品质量更好、品种更多、效益更突出，我由衷地感到高兴。

相对于中板轧机改造，新建原三号高炉的事情则有些波澜。安钢为了推动第二炼钢厂增加产量，决定新建一座高炉，就是原来的三号高炉（现已拆除），还有烧结、焦化、锅炉等项目的配套，二炼也有混铁炉、连铸，以及水、电、风气等设施的同步进行。当时，如果上马这些项目，安钢面临着资金不足的境地。安钢领导班子多次召集财务及技改部门的相关人员研究此事，最终决定多管齐下，兵分几路共同筹措资金。

那时我头部受过工伤，安钢领导让我少“盯”施工现场，主要负责去寻求上级部门技改资金的支持。拿到任务之后，我赶紧跑到郑州，趁省工业厅、计经委的同志出差的机会，随同到了北京，一路上反复和他们交流安钢新上项目的难处。到了北京他们就带着我一块到原冶金部、原国家计经委等部门报告情况，并帮助说了很多恳切的话，我找着机会就汇报安钢技术改造、节能增产的详细情况。总的来说，事情办理的比较顺利，原国家计经委立即协调找了资金比较富余的“华能”商洽，贷给安钢五千万的节能款项。这些资金很快就陆续到位，有效缓解了安钢的资金压力，对项目建设起到了很大的推动作用。

安钢经过几代人的努力，逐步从小到大，由弱到强，我亲身经历了这个过程，既荣幸，又感动，高兴之余对其中一些“幸福的烦恼”也觉得可亲起来。

随着安钢大踏步前进，日益强盛壮大，原来所建的 11 万 kV 变电站，已经不能满足需要，成为生产发展的“掣肘”，急需新建一座 22 万 kV 变电站，而具体的建设位置却迟迟定不下来。其中的主要原因是电力部门出于“全国一盘棋”的考虑，坚持要把变电站建到离安钢十多公里的安阳东北角，再回送电力到安钢，这样便于与河北省电力联网，但是这样一来，安钢的建设投资大幅增加，电力损耗也非常大，要背上沉重的负担。原安钢设计院于光华高工和能动部吴金钟部长多次与安阳县东北电厂、安阳市供电局、省电业厅协商，希望把变电站建到离安阳电厂较近的安钢厂区边上，以节省投资，节约能源，却始终没有理想的结果。

为了彻底解决这个矛盾，安钢主管领导安排我去省里办理此事，并嘱咐我“先当学生”，详细了解问题的症结所在，想好应对的办法。

我找到了原河南省计经委能源处汇报情况，他们也知道这件事情，并同样有借安钢上大变电站的时机和河北电力联网的意图。在我的坚持下，该处让我直接找时任计经委主任杨显明表态决定。为了能够说服杨主任，我在去他办公室之前，先画了张两种意见涉及的各个位置的“示意图”。当时杨主任正在主持会议，休会时他说“只给你三分钟时间”。我赶紧把“示意图”放到他面前，指着“示意图”简明扼要地说了争执的焦点以及其中的利弊。杨主任十分干脆地表态：“我们已经多次和河北省联网都因为各种原因没有联成，现在不用考虑什么联不联的问题。”他当即在示意图上签了同意安钢方面意见的批复。就这样，新建变电站还是就近建在了安钢厂区附近。

在炼钢炉台实现人生价值

芦红玉

1986年，我从安钢技校毕业，成为安钢第一炼钢厂的一名职工。

第一次走进车间，登上炉前“平台”，心头真是凉了半截：眼前恶劣的环境一下子打破了我原先对炼钢工的美好憧憬。当时的第一炼钢厂转炉还是地坑式空气侧吹6t转炉，生产工艺相当落后，向炉内鼓空气炼钢，根本没有什么除尘装置。这里烟尘弥漫、酷热难当，尤其是要在那个“平台”上完成开堵出钢口、人工加入造渣材料和合金料、在炉口中面对着呼呼直冒的火焰取钢水样、看碳、看温度等一系列操作，那种滋味真的是痛苦在心口难开。1680℃的高温直射脸庞，痛得我睁不开眼，落到地上的铁花钻进裤腿，我的腿和脚总是被烧得青一块紫一块。下班时满脸都是灰尘，满鼻孔都是黄色的烟尘。面对如此恶劣的环境，我失望了：难道我的一生就要在这“烟熏火燎”的工作环境中度过吗！

随着时间的流逝，1987年公司淘汰了地坑式空气侧吹6吨转炉，改造成了地坑式6吨氧气顶吹转炉，加装了OG除尘系统，炉前用上了测温枪数字显示，造渣材料由高层平台振动加入，看着炼钢工艺的改进，一包包钢水浇铸成火红的钢锭，还有师傅们兢兢业业火一样的工作热情感染了我，于是我渐渐喜欢上了这个岗位，当初那种失落的情绪也被火红的钢水慢慢融化了。每当经过自己的手炼出一炉优质钢，便有一种满足的成就感。于是我暗暗下定决心，“努力学习炼钢技术，争做一名优秀炼钢工人”。

“要做就做最好！”在炼钢炉前我紧紧跟着师傅，仔细观察、认真领会师傅的操作要领，碰上不懂的地方就虚心请教。当时的转炉还是全手工操作，炼钢全凭经验，看碳花是炼钢工一项最基本的技能。铁和钢在化学成分上最重要的区别之一，就是含碳量的高低之分。在每炉钢冶炼过程中几个关键阶段都要看碳花，通过观察碳花的长短来判断含碳量的多少，通过火焰的颜色来判断炉内温度。

炼钢炉前的工夫都在“眼”上。为了练就一双“火眼金睛”，提高自己炉前观察的判断能力，我顶着热浪在炉台上不停地跑前跑后，眼睛紧紧盯着炉火观看，学习如何掌握钢水终点碳的含量与钢水温度之间的变化。下班后，吃过饭我便把自己关在屋里，仔细回想白天每一炉炼钢的操作过程，认真记录自己的操作心得，总结经验，此外我还找来炼钢的各种理论书籍进行攻读，逐渐地我的炼钢水平有了很大的进步，不到一年的时间就担任了副炉长，两年后我又挑起了炉长的重任。

只有技术高才能炼好钢。我严格按操作规程进行操作，做到身不离炉，眼不离火，一丝不苟地观察好炉前炼钢的每个细节，练就了一双“火眼金睛”，总结出一套自己炼钢的小窍门：调整枪位、控制好返干、喷溅，确保一次拉碳出钢成功。尽管我在炼钢炉长中年龄最小，但是我所带的炼钢组却是炼钢速度最快、炼钢质量最好的一个组。曾经连续多年夺得六个炼钢组年产量第一名，多次创出班产新纪录和连续炼钢六千炉无废品的好成绩。

第一炼钢厂当时的铁水主要是依靠化铁炉供应，铁水成分极不稳定，一包与一包之间的成分偏差很大，并且硅含量偏低，直接导致了转炉冶炼前期热量不足，不利于化渣等弊端。冶炼过程中也极易造成钢水粘氧枪、粘炉口、粘烟道等事故，不仅额外增加了工人的劳动强度，而且还大大增加了生产成本。怎么办？难题挡道，身为炉长的我暗暗发誓一定要攻下这块硬骨头。世上无难事，只怕有心人，我决定一炉一炉地进行摸索。根据冶炼过程中火焰变化和炉渣熔化的变化，不断调整氧枪枪位和炉料加入量，不断总结各种经验。经过半个月的艰苦攻关，我逐渐摸索出一套避免事故发生的操作方法，并向车间提出操作改进的建议，而且还制定和完善了一系列操作规程。

身为炉长的我，为了不断加强职工们的技术学习，我经常在组内进行岗位技术操作和讨论，先后培养出多名炼钢能手，我也多次在集团公司炼钢工技术比武大赛中获得前三名的好成绩。在第一炼钢厂近 20 年的炼钢生涯中，我多次获得厂“先进生产工作者”、集团公司“劳动模范”、“优秀共产党员”和安阳市“五一劳动奖章”等荣誉称号。

由于当时第一炼钢厂生产模式落后，设备老化，工作环境恶劣，高能耗、高污染、低产能、强劳力等种种弊端，已远远不能满足现代化炼钢的需求，2004 年，一炼停产拆除，完成了它的历史使命。同年，一座现代化的第二炼轧厂在一炼厂址上建成投产。我也幸运地调入了第二炼轧厂工艺组，并在以后的工作中相继担任过生产科调度主任、运行车间主任、轧钢一车间书记、原料车间书记等不同职位。

炼钢炉台成就了我的人生梦想，实现了我的人生价值；炼钢工是我一生最荣幸的选择；安钢使我从一个懵懂少年逐渐成长为一名基层管理人员。我骄傲，因为我是安钢人！我自豪，因为我是安钢儿女！愿我们的安钢明天更美好！

一路鏖战一路歌

陈金旺

屈指算来，我来安钢工作已经22年了。在这22年的岁月中，有近三分之二的时间是与1780mm热连轧产线共同度过的。这里的一草一木、一人一物，无一不熟悉，无一不亲切。

2005年，我从当时的第四轧钢厂抽调到120指挥部，参与安钢“三步走”发展战略重点项目——1780mm热连轧工程建设。作为设备组的一员，从初期的技术谈判、方案论证、设备订货、设备交货、设备验收以及设备的安装调试直至最后顺利投产，我都有幸参与。

12年时光匆匆溜走，但留在脑海中的印记却从未改变。记得刚到工程指挥部时，我被安排到设备二组。尽管各位同事来自不同的单位，但大家深知，设备前期的技术交流、方案论证工作极为重要，对后续设备订货、制造、安装以及投产后的运行质量影响重大。当时，各个厂家都在努力推销自己的品牌和产品，以便在今后的成套供货和备件采购中占尽先机。但哪种方案最适合于安钢1780mm热连轧项目特点和条件，却是设备工作者必须要把握的重点。

印象最深刻的是，在轧机主传动接轴技术交流过程中，我们对国际几个知名品牌的产品结构、特点进行认真对比讨论。期间某品牌代理提出如果采用他们的品牌，将免费提供国外培训业务并报销所有费用。这些条件听起来很诱人，但我们知道，数据最有说服力，只有对各品牌产品的参数、结构等关键指标一一列表对比，才能找出最适合安钢的产品。

设备组的同事们形象地把设备招标的前期谈判比作战场，而我们的对手就是各个投标方。如果我们订购了合适的设备，投入运行后质量稳定，那安钢就胜利了；如果我们没有订购来合适的设备，投入运行后质量不稳定，那安钢将成为设备的受害者，要花大力气去维修改造，影响生产。为了确保设备万无一失，我们设备组全体成员每次订货前都要签订技术协议，对各投标单位的技术要求严格保持一致，对投标单位的加工能力甚至车床的规格也必须在协议中逐一明确，对所要求达到的精度要求、进度控制、售后服务、同类设备供货业绩等方面都要在协议中明确列出，并对这些方面列表进行对比核实，找出能够满足要求的投标厂家向招标组通报以得到最优性价比。1780mm热连轧工程经我手签订的技术协议就有100余份，总订货重量达1.6万余吨，这其中的每一份技术协议都包含着我辛勤的汗水和对安钢发展建设的赤诚。

工程建设阶段，需要对到货的设备严格按合同要求进行检验。期间，我发现某一大型设备供货厂家有大量未按合同要求进行配套的部件，就立即向领导汇报并要求组内专业人员严密排查这些与合同不符的配套件，与厂家提出严正交涉，要求其全面自查，并更换全部不符合协议的配套件，重新采购新的符合协议要求的配套件进行更换，并且要求不能对工程进度造成影响，而更换所发生的费用则由供货厂家负责。该供货厂家反复强调已供货的配套件虽不符合协议要求，但保证其质量不会影响任何问题，并多次提出要请客吃饭，均被我拒绝。对此，我反复强调不符合协议就得更换，这是协议签订时双方商定的配置方案，有些还是采购了他们的配置方案。现在交货时他们私自更改，这就是违反合同的情况，必须更换，否则就从货款中扣除。看到我方态度坚决，厂家最终同意全部更换不符合协议的配套件，重新采购，并在现场利用安装调试间隙进行了更换。从这件事中，我也认识到与外部人员打交道，只要做到有理有节，据理力争，坚持原则，就能维护住公司的利益，同时也能得到对手的尊重和认可。

在 1780mm 热连轧生产线工程建设即将完工时，我被任命为点检站副站长，负责 1780mm 热连轧机组的设备管理工作。我深知，上级领导把一个车间交给我们管理，就是要求我们负起责任，圆满完成上级交给我们的工作任务。如果在我职责范围内，应该完成的工作没完成，能够解决的问题没解决，那就说明我不是一个合格的科级干部，就是失职。

为了尽快确保 1780mm 热连轧工程顺利投产，我和设备组技术人员深入生产现场，紧盯可能影响工期和工程质量的突出问题，认真分析研究，科学设计改进方案，加快调试进度，全力攻坚克难。记得当时由于生产厂家设计失误，造成精轧机下阶梯垫框架下滑板与压头上盖磨损严重，无法正常换辊，满足不了调试及后续生产要求。对此，大家积极出主意、想办法，多方查阅资料，想方设法与兄弟单位联系了解设备使用情况，最终确定了改进方案。当时正值高温暑期阶段，大家 24 小时吃住在现场，白天配合外方调试，晚上针对设备出现的问题进行整改，头顶近 40 摄氏度的高温，同事们一天下来工作服湿了干，干了湿，工作服上挂满“云彩”。一路鏖战一路歌，历经三个月奋战，经过全体技术人员不懈努力，所有设备最终满足了生产要求。2007 年 6 月 12 日，集团公司“三步走”战略重点工程项目——1780mm 热连轧工程顺利投产，并且一次热试成功。

时至今日，每每忆及当天的情形仍清晰在目。当第一块钢出炉后，在场的全体人员怀着激动的心情跟随板坯从加热工序到粗轧工序，经过 5 道次轧制，再通过中间辊道运送到精轧进行七架轧机连轧，为了能够看到如何卷成卷，我以百米冲刺的速度追到卷取，看到一次卷成的钢卷。那一刻，忘记连续数月开启的“5+2”、“白+黑”工作模式，忘记为解决设备上出现的问题通宵熬夜的辛苦，我开心地笑了，动情地哭了，因为所有劳累没有白费。

众所周知，1780mm 热连轧工程投资 30 多亿元，整个工程装备水平现代化，自动化水平很高，投产后如何尽快达产创效发挥效益线作用，任务非常艰巨。特别是技术人员和操作人员如何“吃透”这些先进设备，驾驭这些先进设备，绝非易事。加快实现“达产创效和新品种开发”的目标，对这条精品生产线的设备精度、故障停机率等指标提出了更高要求。

那段时间，很多技术人员每天工作都在16个小时以上，有时还会连续数天吃住在现场，每天面对的是技术攻关的一个个难题，查资料、翻图纸、找问题、挖根源，对出现的问题逐一排查研究，先后完成了中间辊道改造、精轧上阶梯垫定位改进、粗轧主电机止推轴承发热改进、增设废料台架、改进粗轧机下阶梯垫防护罩、E2立辊轧辊吊具设计、精轧机移动块更换小车改进、精轧鼓形齿接轴O形密封圈改型、E2立辊侧压减速机窜动、精轧工作辊冷却水箱改进等一系列技术难题。截至2008年上半年，1780mm热连轧日产破万吨，月产达23万吨，新品种开发的管线X70已能批量生产，标志着这条生产线已达到国内同行业先进水平。

十年磨一剑，弹指一挥间。从月产23万吨，到月产35万吨，1780mm热连轧生产线为安钢发展建设做出了重要贡献。在2017年年初的职代会工作会上，集团公司确立了“创新驱动、品质领先、提质增效、转型发展”的“十三五”总体战略。1780mm生产线也全力推进产品迈向中高端。今年上半年，1780mm生产的汽车用钢产量同比提高6.9%，普碳低合金钢产量同比降低20.1%，一增一减中体现的是调整产品结构、提高高效产品产量的生产理念。作为1780mm产线的一员，在今后的工作中，我将继续以严谨的工作态度，扎实的工作作风刻苦工作，锐意进取，为安钢全面打赢“改革、环保、转型”四大攻坚战，再铸安钢新辉煌做出自己应有的贡献。

怀念为安钢献身的人

刘光复

安钢自1958年建厂，已经走过了半个多世纪的历程。建厂初期的老安钢人，已经陆续“走”了许多。值此清明佳节之际，大家都会怀念这些安钢早期建设者。在我最怀念人之中，有三位为安钢献身的老友。

朱令发是位印尼归国华侨，曾任河南省政协委员。他大学毕业后，满腔热情地回祖国参加建设。建厂初期，他从太钢焦化厂调到安钢，参加安钢焦化厂的筹建。1961年国家困难时期，安钢焦炉工程停建，但推焦机等主要设备均已到货，为了几年后再建时还能用，必须将这些设备维护保养好。安钢抽调了一批人员，在总仓库对焦化、中型、薄板等停建工程的大量设备进行维护保养工作。我和朱令发都参加了这项工作。设备解体后，大批的零件要进行防腐处理，当时靠人力抬把零件运来运去，劳动强度很大。朱令发把自己的自行车推来运送零件，他主动地成为搬运工。当年自行车属价格昂贵的高档商品（一辆车价格相当于普通职工三个月工资），拥有者很少，均非常爱惜。一次自行车上的零件装得过多，造成了翻车事故。所幸人未受伤，但自行车已报废。大家都感到惋惜。朱令发却毫无怨言，立即又投入到搬运的队伍。

1965年筹建氧气站，因为安钢没有制氧专业的技术人员，领导认为焦化与制氧接近，其实毫不沾边，所以调朱令发去任站长。我二人曾到太钢制氧车间参观学习，在太钢生活区，一群小孩追着我们喊：“大个子兵小个子兵！”当时李默然主演的电影《兵临城下》正在上演，影片中有两个国民党兵，一个瘦高一个矮胖，是两个喜剧人物。孩子们认为我俩特点像，我俩也做了一次明星。

朱令发不但自己钻研制氧的技术，还组织大家学好各个岗位的实际操作。当1965年8月制氧机顺利的投产后，一直安全运行。在一次例行检修中，地沟内有个管道阀门需要调整。地沟断面很小，需要人爬进去，朱令发主动爬了进去，调整好了阀门。因为他很胖，爬进爬出吃了不少苦。这件事被机修领导听到(当时氧气站隶属机修)，一次氧气站开会时，机修臧主任说：“以后再有爬地沟的活儿，咱们工人也能爬。站长太胖，以后就别再爬了。”

1966年底焦炉又恢复了筹建，朱令发调到基建处参加筹建。那时已是“文革”时期。记得在军代表进驻，第一次传达文件时，把红“彤彤”错念成红“丹丹”。散会后，朱令发出于对军代表的热爱，竟天真地向军代表讲解“彤”字的正确读法。军代表恼羞成怒，认为这是臭知识分子的挑衅，此后朱令发有了大量免费的“小鞋”穿。

朱令发参加了焦炉建设的全过程。从与天津城市设计院设计联络开始，到订购设备、调拨矽砖、催设备交货、与施工单位的配合与质量监督，到1970年、1972年，1号、2号焦炉陆续投产，他以满腔的热情和聪明才智，为焦炉做出奉献，也成为了对焦炉全系统最了解的“活字典”。“文革”中他因哥哥在美国，被定为“特务嫌疑”。本应“不许乱动”，但催设备又非得他去。聪明的“文革”头头，选一名根红苗正的人陪他一起出差，执行24小时跟踪监督，防止他的特务活动。改革开放后，焦炉虽已正常运行，但“文革”中基建时，图纸资料不够齐全，据当年任焦化厂调度主任张世英（1983年11月开始任安钢厂长）回忆，有时在夜间出些小故障。原始情况或阀门位置等不清楚时，只能派人跑到医院旁的小平房去敲朱令发家的后窗。问题简单时，如阀门位置，他详细说明一下，问题复杂时，他立即随来人赶到工地，这种事是经常发生的。

1983年夏，朱令发在郑州参加省政协会议。正当酷暑，当年宾馆尚无空调，他因体胖暑热难耐，只好用洗澡来解暑。不幸的事情发生了，洗澡时发生了脑溢血，无人及时发现，不幸去世，年仅52岁。刚上任总厂厂长的张世英为朱令发主持了追悼会。朱令发安息在他为之奋斗数十载的安阳大地。

鲍千仓是“文革”期间调到安钢的。他是位调干生（工作后带薪保送上大学），东北工学院轧钢专业毕业。到安钢后，分配到基建处筹建薄板工程。他为人真诚、热情，并幽默风趣，所以很快就融入新的集体。当时两派斗争激烈，他不参加任何群众组织，遇到两派群众争论时，他会给大家讲个故事，转移话题，避免了激烈的争吵。他从一机部调来，经常讲工人出身沈鸿部长的故事，如他领导制造万吨水压机时，他总是在最危险的位置，陪同工人安装和试车。造万吨水压机，当年是仅次于核试验的大事。

鲍千仓在工作上是个很严谨的人，但在生活上却是个“马大哈”，特别爱丢东西。劳动完洗手后，手表放在水池边而丢失；去沈阳出差时，老同学要还他上学时借的钱，他不肯收，两人在火车站台上争来争去，临开车时老同学将钱塞入他上衣口袋，当他回到座位后，口袋已空，不知钱的去向；从北京回安阳，登车前火车票找不到了，欲再买已客满，灵机一动到退票处询问，正巧有一张到安阳的票，买到手一看，车厢号和座位号和丢失的完全一样。这些事都是他津津有味地讲给大家听的，讲完后他和大家一起笑。

鲍千仓参加了安钢薄板工程基建的全过程。1968年薄板分厂投产后他任技术科长，工作非常出色，受到上下一致好评。改革开放后的1978年初，升任薄板分厂革委会主任。他是安钢第一个在知识分子中提拔的分厂正职，也是赵硕书记和韩旭东厂长为安钢培养的接班人。他上任后除将生产组织好，还关心职工生活，经常参加劳动。为了搞好伙食，他每天都在食堂就餐，亲自体验饭菜的质量，以便改进和提高。刚到食堂就餐时，有的炊事员多给他盛菜，他立即批评纠正。

薄板轧机为了将钢板轧薄，轧辊需加热，使其保持凸形曲线。热轧辊的轴承润滑剂采用了沥青。熔化的沥青落下轧机下的地坑内，隔一段时间需要人下去清理，这种在高温下最脏最累的活儿，鲍千仓经常主动去参加。1978 年 8 月 22 日，一次清理完地沟后，每人都沾了许多沥青，洗澡时必须用汽油擦，大家正在澡堂内用汽油擦洗时，没有注意在澡堂门口有一个燃烧着的煤球炉。不幸的事故发生了，澡堂内的汽油突然被点燃，成了一片火海。鲍千仓最后一个被救出，烧伤最严重，经抢救无效，于 1978 年 9 月 5 日去世，时年 47 岁。

于清本是 1958 年中专给排水专业应届毕业生，分配到安钢。开始在设计处工作，1961 年他也参加了对库存设备的维护保养工作。

当年的于清本是个真诚、热情、聪明、乐观的帅小伙。有些事使我印象很深，如他的热情好客。他们那批毕业生工资非常低，30 多元的工资拿了很多年，但同事们聚会时他总是抢着付钱。一次去包钢学习，一位由太钢调来的老工人经常和他一起外出，后来我了解到，他们多次就餐，都是于清本付钱，那位老工人的工资是他的三倍。不单是付餐费，什么事他总是谦让。例如出差时，他总是把好的房间、床位让给别人，他升任副厂长后还是一样，这就是他为人的本色。另一件事说明他是善于思考、不盲从的人。“文革”期间会议特别多，技术干部经常听和生产不搭界的报告和文件。一次他悄悄地向我传授经验：“开会时可以微微闭上眼，静下心来练气功。到散会时身心轻松，还能强身健体。”从这件事说明他很早就破除了迷信，对极“左”和“文革”有了正确的认识。

1969 年开始筹建新炼钢（后来称二炼钢），当年氧气转炉是新工艺，开封制氧机厂生产的 3200 立方米/时制氧机是当时国产最大的，新炼钢配了两套。当年安钢没有制氧专业的人员，新炼钢的领导都国保和邢振家非常重视制氧机的安装和生产，在新招的工人中选文化水平高的分到制氧车间，又把聪明能干的于清本调去任制氧车间副主任（正主任为政工干部）。

于清本在制氧车间工作约十年间，他不但自己努力钻研技术，并组织大家学习，使大家很快掌握了本岗位的技能。1973 年新炼钢投产后，制氧机一直运行正常，保证了转炉炼钢的需要，从没有因氧气影响过生产。在于清本的带动下，一批年轻人，逐渐成为业务尖子、生产骨干，如张维华、陈守亚等，后来都成了基层领导。

安钢为了加强专业管理，制氧车间划归动力厂。当时钟力生任动力厂长，他对于清本非常赏识。钟力生到总厂任厂长后，他认为于清本是个有培养前途的苗子，所以于 1982 年提拔于清本为动力厂副厂长。

1983 年制氧机检修时，空分塔内进入了氮气，造成了一名检修工人窒息死亡。这是制氧车间投产十年来没有发生过的重大事故。召开事故分析会时，市劳动局也来人参加。于清本在会上承担了全部责任。他说因为他任站长时，制订的进空分塔的制度不够严密，因而造成这次事故的发生。散会时已到上午下班时间，于清本心情沉重地骑车回家，经过中型厂时没有注意路边正在伐树，一棵大树倒下，刚巧砸中于清本的头部。医院全力抢救，也未能挽救年仅44岁的年轻生命。参加过事故分析会的市劳动局的同志听到不幸消息后感慨地说："我曾参加过许多企业的事故分析会，像于厂长这样将责任全部揽到自己身上的领导很少见，这么年轻的好干部发生了意外，太可惜了！"

以上三位为安钢献身的人，他们的事迹是众多优秀职工在安钢建设大潮中的一朵浪花。他们为安钢献身的精神，值得我们传承和发扬。当前，安钢面临最困难的时期，年轻的安钢一代，要学习老一代安钢人的勇于拼搏、不计较个人利益、以厂为家的精神。把智慧和力量献给安钢。全体安钢人共同奋斗，战胜困难共渡难关！

我的高炉“缘”

杨　方 口述　唐初家 整理

记得我小的时候，父亲在渑池钢铁厂炼铁高炉工作时，我就随父亲登上过高炉炉台，看到火红的铁水从那个不大的黑洞里流出来，再铸成一块块方铁块。我感到好奇，父亲说，这就是炼铁！

1994年，我考入了鞍山钢铁学院，当时我报的专业是计算机，但阴差阳错，学校把我调剂到了金属冶金专业。说实话，那时我也弄不清高炉炼铁是干啥的。大学实习时就在鞍山钢铁集团公司新建的2580m^{3}高炉上，庞大的设备、火红的出铁场面，让我禁不住心生敬畏。

1998年7月，我大学毕业后分配到了集团公司炼铁厂原1号高炉，当上了一名炉前工。眼前300m^{3}的高炉，工艺简单、管理落后、操作粗放。现场生产环境比较恶劣，尤其是夏天，当时哪有风扇，不一会儿，身上的衣服全都湿透了。但师傅们不怕苦不怕累的精神深深感染着我，无论是修铁沟还是处理突发事故，他们个个挥汗如雨、争先恐后，干活互不相让，处处充满激情。可以说，经历过那情、那景、那个时期的人，必将终生难忘！

后来，我先后被安排到了配管组、槽下和热风炉工作。当时的工长们在我的印象中个个有经验、有权威，事事都能独当一面。再后来我又调到高炉值班室工作。那一段时间里，我在学校里所学的专业知识与生产实际得到了很好的结合，使我得到了锻炼，让我对生产组织、操作管理有了更深的认识和理解。为今后做好大高炉工作奠定了基础。

2004年7月15日，安钢第一座2200m^{3}高炉、也是河南省第一座大型高炉开工建设，集团公司上下高度重视，我凭着扎实的技术功底，有幸随队被委派到了武汉钢铁公司参加大型高炉的培训学习，让我对大型高炉各个系统的管理有了更深的认识和理解。

2005年10月14日，安钢2200m^{3}高炉点火开炉。为了尽快达产达效，担任高炉值班工长的我和车间领导一样承受着巨大的工作压力。当时，虽然我们缺少对大型高炉的深刻认识，缺少管理大型高炉的成熟经验与操作技能，但从工长到职工，我们个个对自己的工作充满了激情、充满了责任。那个时候，车间上下真是拧紧了一股绳，遇到困难，骨干们敢于靠前，积极提建议、出主意，主动牺牲节假日和休息日，齐心协力想办法、定方案，大家对工作简直到了“痴迷”的地步。

千淘万漉虽辛苦，吹尽黄沙始到金。历经艰辛困苦，炼铁高炉人终于找到了符合安钢生产实际的大型高炉操作模式，对大型高炉稳定运行、炉缸气流控制、各类参数的匹配等操作技术和管理水平，都得到了明显提升，各项生产技术指标大幅改善。更让人感到自豪的是2010年，在综合条件都不太好的情况下，安钢2200m^{3}高炉创出了全年无悬料事故的最好成绩，最高单月日平均产量5800吨，最高日产达到了6000吨，跻身国内同类炉型先进行列，各项技术指标全部赶超了唐钢，引来了国内同行业多批次人员观摩和学习。

同年10月，我们受邀参与了宣化钢铁2号2500m^{3}高炉的技术指标提升指导，不到20天，该高炉日产达到了6000吨，赢得了宣钢领导和技术人员的一致赞许。

2012年初，国内第七座4000m^{3}级特大型高炉、安钢3号高炉施工正酣，我以主管技术操作副主任的身份被调到了第三炼铁车间，主要负责3号高炉的工艺技术管理和与宝钢专家进行技术对接，同时参与了高炉建设后期的设备调试、人员培训、炉料填充等前期准备工作，全力备战3号大高炉开炉。

2013年3月19日，3号高炉点火送风后，第六天日产达到9661吨，顺利实现达产目标。3号高炉作为产量占炼铁总产量40%以上的主力高炉，肩负着铁前生产降本、确保集团公司铁钢平衡的重任，炉况稳定与否对铁前工序降本起着举足轻重的作用。为此，我作为主要责任人深感使命光荣、责任重大。

面对错综复杂的钢材市场形势，集团公司对铁前降本提出了更高的要求，明确了“经济料”生产组织方针。但由于我们对特大型高炉全系统的整体运行状况管控不好，系统管理经验欠缺、技术把控能力不足，高炉炉况的稳定性受到了严重冲击，炉况时好时坏，一度十分被动，给集团公司生产创效带来了巨大压力。尽管我们采取了稳焦调矿等多项措施，仍满足不了高炉“稳产、高产、低成本”的生产经营目标要求，与国内先进企业相比缺少系统的数据化、标准化管理体系。

为此，我们确立了加强工序操作数据化管理攻关课题，积极借鉴兄弟单位高炉操作先进管理经验，在铁前一体化降本攻关小组的统一协调下，借助高炉操作“专家系统”，通过定期组织工作例会、系统梳理各工序存在的问题，着力在炉内操作上下功夫，不断推进高炉操作“管理标准化、调整数据化、操作规范化”管理模式，持续优化高炉标准化操作管理制度。2016年上半年，在集团公司各级部门的大力支持和通力协作下，全面落实“一个中心、四位一体”高炉生产管控模式要求，通过定期召开铁前工序联动工作例会、建立工序沟通联系机制，不断强化原料场、焦化、烧结、高炉等铁前工序的高效协作和系统联动。我们按照“精细严实”的工作要求，通过系统梳理制约铁前各工序生产稳定的主要因素、设立标准数据统计模型等手段，最终建立了以3号高炉为中心、“四位一体”精益标准化管理体系。

3号高炉标准化管理体系的建立，突显了技术和管理的有机结合，打破了以往条块分割、各自为战的管理格局，固化了各工序的运行模式，增强了岗位职工规范操作的标准化意识，保障了工序实物质量、关键技术指标的可靠可控，丰富了炉况运行管控手段，推动了各工序管理理念的深度融合和工序服从意识的明显增强，促进了高炉产量的稳步提升和技术指标的持续优化，为推进3号高炉产线生产组织的“标准化、精细化、数据化”管理，实现“稳产、高产、低成本”经营目标，提供了科学严谨的制度保证。

“四位一体”标准化操作体系的贯彻执行，其效果在2017年三季度得到了充分体现。三季度，3号高炉持续保持稳产高产良好态势，月平均日产达到10400吨以上，焦炭负荷长期稳定在5.5左右，生产技术指标不断优化，屡次刷新投产以来历史记录，综合技术指标跻身行业前三分之一。其中，8月份入炉焦比、燃料比完成301kg/t和515kg/t，创今年最好，为炼铁厂吨铁成本力破行业均线做出了突出贡献。

如今，当我走进办公室，抬眼看见矗立在绿树青草环抱中的那座黑色着装的小高炉时，我内心深处总会有些许遐思与感慨。它就像一位饱经沧桑、历经风雨的老人，默默地注视着不远处巍峨挺立、装备一流的3号炼铁大高炉。

转眼间，我在安钢工作已近20年，见证了安钢由弱到强的发展历程。老一代安钢人敬业爱岗与拼搏进取的执着精神，不能忘；老一代安钢人传递下来的接力棒，不能丢。我与安钢有缘，更与高炉有缘，作为一名特大型高炉管理人员，我深感自豪，也深感责任与压力同在。但我们不找理由、也没有理由，无论是确保高炉稳定、设备运行，还是环境整治、清洁生产，我们必须干好，也一定能够做好。

矿山深深几多情

魏东修

我叫魏东修，原来在李珍铁矿一采区上班，提起矿山，我有太多的感情，我的一生几乎都在那里度过的。李珍铁矿是我们那一代人抹不去的记忆，曾记得生活的地方，不会忘记那些低矮破旧的窑洞，纵横交错的泥泞小路，不会忘记成袋的过冬的白菜土豆，以及家家户户生炉子时烟囱里冒出的缕缕浓烟……在那艰苦的年代里，有着太多的酸甜苦辣。我人生当中最青春的30年是在矿山度过的，虽然很苦也很累，但是也很甜。

我来李珍铁矿的时候是1959年，那时才17岁，我被分配到一采区抬矿石。那时候没有机械化设备，全靠人力。一开始干活没经验，杠子直接放到肩膀上，头一天还行，第二天第三天肩膀是又红又疼，后来就垫上厚厚的毛巾抬。我长得又瘦又小，和一个林县的人搭伙计，他比我长得壮，比我有劲，每次抬矿石他都照顾我，让我走在前面，他把绳子尽可能地往后移，我打心眼里感激他，那种感情就像一个战壕里的战友，至今难忘。

李珍矿最红火的时候有8000人，安钢60%的精矿都来自李珍铁矿，为安钢发展做出了突出贡献。当年开山挖矿，用现在时髦的话说就是“5+2”“白+黑”。我们那时候只有一个想法，多挖矿提产量，大炼钢铁，人们干活的热情很高，好多同志下班时间到了，就是不下班而是抢着干，不让下一个班接，往往最后都是被后面接班的同志给撵回去，谁都不肯落后。那时候我们还没有加班工资，不像现在动不动就要加班工资，全是义务的，哪个班干得多，哪个班就觉得光荣，是英雄班。大家干活的劲头可能现在的人永远无法理解。

那时候采矿机械很少，主要靠人拉背扛。时任一采区支部书记的石玉岭，长得人高马大，干活总是顶在最前面，挑最重的活。七八月份，骄阳似火，石玉岭被晒得背上脱皮，大家劝他休息，他总是笑呵呵地说：“不累。”二话不说，挑起两百余斤的矿石就走。条件更差的是在井下，井下机械化程度很低，作业条件非常差，运输巷全是人力推车，掘井窝头都是手推车或架子车运输，条件差的地段，只能两人抬一个筐子走。井下全是干打眼，每个班在烟山土雾里干活，出来后脸上都看不清楚是谁了，但从没有人叫苦喊累的。想想那时候真的很苦，矿山的今天，是在这一代人肩扛背驮中走过来的。我们这一代人，对得起国家也对得起自己的职业，但上对不起父母，下对不起妻子儿女。

加入中国共产党，是我这辈子最难忘的经历，永远激励我在各个岗位上，努力为群众服务……当年入党，心里只有一个念头：就是吃苦在前，享受在后，全心全意为人民服务。大生产时候，我们广大党员从未吃过集体一顿饭，从未要过集体任何东西，每次上级来指导工作，我们都自己拿粮票和钱招待，从不拿集体一分一厘，决不损害职工群众的利益。一个月过一次组织生活，没有别的事干，就是义务到岗位帮助工人干活。在平洞挖矿的时候，一到有危险的时候，都是党员干部带头往前冲，手脚磕破是家常便饭，但是大家没有一句怨言，许多党员干部吃住在洞里半个月都不上来。有一次，我们班长把胳膊砸断了，我劝他好好休息，可他就是不听，在家歇了20多天就坚持要来上班，天天挎着胳膊干不了重活就帮大家做后勤。那时候人人风格高，党员的风格就更高了，生怕落后了别人说自己不好。

一晃风风雨雨几十年过去了，由于资源枯竭，杨家庄和东冶都没有了，我这心里酸酸的。好在李珍铁矿存活了下来，经过几次改制，现在已经发展成了安钢的白灰基地。尽管其间遇到了这样或那样的问题和困难，但总也挡不住历史前进的车轮，规模是今非昔比，矿山的变化日新月异。

这次退休职工移交社会的时候，我又回到了李珍矿，到矿区走了走，看了看，看到高耸的白灰炉并排立着，看到办公大院的车进车出，看到职工忙忙碌碌，看到公司的发展是越来越大了。看到路面硬化的地方增多了，绿化的范围增大了，旧房拆除了，绿树留下了，楼房前后都栽上了花种上了草，不大的篮球场随时恭候着前来游乐散步人们，各种健身器材任由人们锻炼，摇荡的秋千上时不时还能听到孩子们的欢声笑语，宣传栏光荣榜上贴着先进人物的大幅照片，每个人都神采奕奕……所有这些变化有目共睹，怎不让一个“老矿山”人感慨万千，心潮澎湃。矿山的昨日让人难忘，矿山的明天更令人向往，相信经过一代又一代人的努力，矿山的未来会更加美好。

难忘的李珍铁矿

姜永林

我是1958年9月从长春毕业后分配到安钢李珍铁矿（现冶金炉料公司）工作的。1981年初，我被调离矿山到公司财务处之前，在那里工作了二十多年。回忆那些年在李珍铁矿生活的日日夜夜，不由得使我感慨万千。

李珍铁矿建矿初期，采矿设备很简陋，基本上是靠人力挖矿。后来随着经济状况的好转，矿上购进一批大型采矿设备，实现了机械化生产，提高了劳动生产率，减轻了矿工的劳动强度。李珍铁矿下设五个采区，分别是一采区、二采区、三采区、四采区、青石采区。两个车间，分别是机修车间，运输车间。

后来为适应生产和管理的需要，先后对采区几经调整组合。1968年建一个选矿场，成立一个选矿车间，之后又成立一个大修车间。那是一个“大跃进”的年代，我记得当时的响亮口号是：“多采矿采好矿，让高炉吃饱、吃好。”“大办钢铁”的热潮到来了，各采矿场天天炮声隆隆，矿工们的劳动热情十分高涨，采区与采区、班组与班组经常开展轰轰烈烈的比、学、赶、帮、超劳动竞赛。他们可歌可泣的先进事迹令人赞叹。那种战天斗地的气概给我留下了深深的印象。

1958年9月至1962年上半年，我在青石采区做成本会计工作兼职团支部书记。一年见习（实习）期满转正定级时，采区和矿领导给我破格多定一级工资，正常定级为行政25级，给我定行政24级。我想这可能是对我工作成绩的肯定。青石采区撤销后，我被调到矿财务科工作。因我的家庭出身是地主，使得我成为了被改造对象。我的思想负担非常沉重，恨自己的家庭出身连累了自己进步，经常愁得睡不着觉。莫宪章和任好德是我们的科长，他们了解到我的思想包袱后，安慰我说：“出身不由自己，道路可以选择。”鼓励我放下包袱，轻装前进。还关心我的婚姻大事……“文革”期间，我下基层在于松业师傅的班组改造锻炼，和工人师傅们同吃同住同劳动。工人师傅耐心地教我用大锤破大块矿石和岩石的技巧。工作中，我走过无数次的十八盘，进出无数次的大平峒，和工人师傅一样用大锤用钢钎把矿石挖出来。在装车时，看到我身子骨较弱，师傅们不让我搬大块矿石，叫我在一旁休息。善良的师傅们对我的关心照顾的情景，至今还令我感激万分。

李珍铁矿生活区分沟南沟北，一条大沟把生活区自然分成南北两块，但大沟隔不断人们之间的情感，谁家有啥事需要帮忙，沟南沟北的人们都会尽力相助。那一年我在江苏省镇江市进修期间，都是邻居们帮我家里打煤球，雨天帮助抢收煤球，还帮助修缮我家被大风刮坏的防雨棚。

1980年，钟力生任安钢厂长时，实行经营承包责任制，那年的3月12日，我和郭连存矿长到公司向钟厂长汇报财务成本计划编制情况。我汇报完后，钟厂长立刻站起来对郭矿长说："老郭，我发现一个人才，我想把姜永林调到公司。"郭矿长当时说："他是财务科长，是业务骨干，别调啦。"郭矿长话音刚落，钟厂长只说一个字："调!"人贵有自知之明，钟厂长说我是"人才"，其实他过奖了，我只是一个普普通通、平平凡凡的财务会计而已。不久，接到公司调令，我服从领导分配，到公司组织部报到。

算起来，我在矿山工作了二十三年。那些年，我的唯一感受是，面对艰苦的岁月，矿山职工和家属并没有抱怨生活的艰辛。大家心目中有一个共同的信念，那就是：艰苦是暂时的，只要努力工作和创造条件，相信不久的将来一切都会好起来的。这种乐天情绪感染了我，为我的一生定下了光明的调子。至今我仍坚信，在矿区灿烂的阳光下，在太行脚下的山林间，我走过了那段人生最美好的时光……

回首苍茫云几重

袁天锋

十余年光阴，在历史长河中犹如白驹过隙。

十余年风雨，在成长历史中却是十分厚重。

十余年历程，冶金炉料人用自己的智慧与勤奋写下了一篇关于企业成长的故事。

我于2011年来到冶金炉料公司参加工作，回想起刚上班那会儿，心中充满无限感慨，对工作的渴望化作满腔热忱。翻开一本本厚重的《安钢志》，关于冶金炉料公司的记载，镌刻的文字堆积在脑海中呈现出一幅波澜壮阔的历史画卷。

2003年12月，冶金炉料有限责任公司正式挂牌成立。说来话长，这个新生的冶金炉料公司，前身就是李珍矿业公司，再往前就是原来的李珍铁矿。我听这里的老人讲起过他们那一代人的辉煌：上世纪九十年代末，由于铁矿石资源开采进入枯竭期，加之市场形势突变，赖以生存的自产铁矿效益锐减，李珍矿业公司感到了阵阵“寒意”。曾经担负过历史使命，辉煌了半个世纪的李珍铁矿不得不忍着剧痛，走上转型发展之路。但是历史的车轮从来就没有停止过，由此，冶金炉料公司应运而生。而我也幸运地成为其中一员。我在心里暗暗告诉自己，放心吧，矿山的接力棒已经交到我们手上，我们一定把它建设好。

冶金石灰是炼钢的第三大原料，安钢内部市场巨大，而且在原燃料降成本方面也迫切需求冶金炉料公司发挥出自己应有的作用。“打造安钢集团精品白灰生产基地。”冶金炉料公司领导制定了企业的发展战略，并得到了集团公司的认可和全体职工的积极响应，义无反顾地踏上了转型创业的新征程。

抢上项目抓发展，炉料公司不断掀起了一股股建设发展的新热潮。2003年9月，在原有竖窑的基础上，炉料公司投资1100万元兴建了两座竖窑，初步实现了增产达效。2007年，炉料公司进行了增资扩股，吸收民营资本，陆续建成了两座日产600吨的回转窑。2011年，又建成了一条制粉加工生产线。生产规模的壮大，装备水平的提升，为炉料公司的转型发展奠定了坚实的基础。

2012年以来，炉料公司开始在机制体制创新上大做文章，人力资源配置得到了前所未有的优化，劳动生产率进一步提升。“精兵简政”政策，裁撤冗员，探索岗位承包经营，为车间、部室“瘦身”，得到了广大职工的热烈拥护。推行机制改革，组建白灰车间、机修车间、生活服务部和销售服务部等机构，专业分工更加明确，部门职能更加清晰，进一步理顺了管理职责。推行定岗定责定薪，规范职能人员管理，工人们工作热情空前高涨，为满负荷生产提供了保障。

作为炉料公司的一员，我也见证了这次改革。通过机制创新，释放了改革红利，提高了劳动生产率，职工也得到了实惠。2013 年，炉料公司人均生产冶金石灰量 2491 吨，同比增加 1618 吨，劳动生产率提高 185%。职工也尝到了改革发展带来的“甜头”，人均收入大幅增加。

2014 年 8 月以来，炉料公司靠过硬的质量和信誉，多个产品先后站稳了集团公司内部市场。同时，积极拓展新业务，成功开发出了超细粉产品，200 目石灰和 325 目石灰顺利投放市场，满足了集团公司高档用灰需求。炉料公司不断扩大市场规模，产能得到不断释放，促进了企业的良性发展。2015 年共产销白灰 95. 79 万吨，同比增加 14. 87 万吨；2016 年白灰产销量达到 111. 27 万吨，同比增加 15. 29 万吨。产品产量跨越式增长，第一次突破了 100 万吨白灰的生产能力，使炉料公司成为行业为数不多的中原地区最大的白灰生产企业。看着这些可喜的数字，我的心里欣慰了许多，我们这一代人没有让老一辈失望，我们付出了努力，也收获了希望。

好风凭借力，扶我上青天。我们有理由相信，冶金炉料公司广大职工将继续秉承自力更生、艰苦创业的企业精神，以澎湃的激情，砥砺奋进，再次抒写跨越发展的新篇章。

矿山一份情　承载我一生

司书红

这里是抗日英雄李珍的故乡，一片圣洁的土地，是滋生幸福的沃土；这是充满激情的人生大舞台，承载着矿工的青春和梦想，凝结着矿工的深沉大爱和赤诚情怀。一代代矿山儿女用聪明的智慧和辛勤的汗水在矿山生动诠释了“自力更生、艰苦奋斗、吃苦耐劳、敬业奉献”的丰富内涵，谱写了一曲曲感天动地的创业赞歌。

前些日子，我闲来无事，将童年到现在的照片一一翻开，那时候只有黑白照片，而这极简的色调却留给我受用一生的回忆。正如一幅幅照片呈现的那样，照片的色调单一得像我们当年的生活，可是每一张照片上被我们几十年的追思抹上了重重的色彩——那是我们青春的华彩。

打开尘封的回忆，从小学、初中、职高一路走来，矿山的一草一木、一砖一瓦中却依然是那么的真切。断壁残存的一段厂房上“毛主席万岁”几个大字仍然放射光芒，让人联想到矿工老前辈们那一串串闪光的足迹，他们托起了矿山今天的希望，铸就了矿山今天的辉煌。

记得我参加工作，正赶上铁矿石资源枯竭，面对残酷现实，我们矿山人丝毫没有气馁，而是果断决策、科学布局、合理谋划，用决胜千里的非凡胆识和所向披靡的冲天干劲在矿山掀起了新一轮的创业热潮。为了矿山的生存发展，无数个日日夜夜里，全体矿山人顶风冒雪、加班加点、奋力攻坚……面对工程建设任务重、时间紧、安全管理压力大等严峻的形势，勤劳的矿山人在进行了一次次大胆的创新实践，以其惊人的建设速度、高标准的工程质量创造了矿山发展史上一个个新的奇迹。

“忽如一夜春风来，千树万树梨花开。”十多年来，我们的矿山发生了翻天覆地的变化：现代化的炉窑装备、配置齐全的环保工艺、干净整洁的厂区、温馨实用的职工之家……这一切无不彰显着矿山凤凰涅槃后的华丽蜕变，一个现代化、生态化的新型矿山正以其独特的魅力巍然屹立于太行山之巅。

这是一块怎样的土地，越来越充满了独特的魅力。虽然当年的我有些不太甘心待在那里，现在却愿将一生奉献给那里；虽然我曾经一次次抱怨过那里，而后又扎根那里；虽然当年我修过那里的路，可毕竟是当年，那里道路依旧崎岖。当我放缓步履，一次次的又走上当年的小路；虽然当年很苦很难，但是我用了一生中最好的时光去和苦难斗争，那滋味，只有青春知道。

这是一块儿怎样的土地，直到今天才逐渐明白，因为我的青春奉献给那里，所以那里是一块儿让我永远不会忘记的土地。

用改革创新保安全生产

孙万银

获悉安钢运输部荣获冶金企业运输行业安全生产奖，甚为高兴。它不只是一个光荣称号，更是二十多年日日夜夜努力的佐证，难能可贵。

我理解生产中的“安全”二字，“安”就是使生产者安心工作，心态安稳。“全”就是生产者以高素质、高技能、全心全意地投入。简言之，安全就是没有事故，创造高效产品和收益。这就需要企业的管理者从实际出发，防患于未然，及时发现，消除一切不安全因素。

忆往昔，峥嵘岁月。在我的记忆里，安钢运输部在这方面历史欠账多，基本上年年有工亡事故发生，造成职工思想情绪不稳定，直接影响到生产工作正常进行。1988年我走上领导岗位，公司要求我们在保产保运输的同时，要想尽一切办法解决安全生产问题。为此，我们认真研究，分析事故原因，制定策略。在公司领导和有关处室的大力支持帮助下，在较短的时间内开始了改革创新之路，打了一场翻身仗。

首先，从基础抓起。当时安钢厂区40多公里铁路使用的全部都是每米43公斤钢轨，枕木有百分之九十以上是木制品，枕木下的石渣厚度平均不足150毫米，而且大多和灰土混杂在一起。线路沿线杂草丛生、垃圾遍野、凹凸不平，行车事故频生，对生产造成影响。针对这种情况，我们制定科学的计划，仅用了一年时间将每米43公斤轨道全部更换成了50公斤重轨，并在炼铁高炉下、炼钢炉下、水渣池旁等高危地段换成了每米63公斤重轨；把木枕全部换成了灰枕，把路基石渣筛选后，厚度增加到300毫米，清除全线的杂草和垃圾。基础改造完成后，改善了运输环境，增强了运输稳定性，加大了透气性，行车事故迅速降低了75%。其次，在铁路行车信号联络上下功夫。全国冶金企业从建国以来，厂内铁路运输工作人员之间信号联系模式是：白天手摇红绿旗，夜间手持红黄绿信号灯，通讯使用扳道房的手摇电话。工作效率低下，安全没有保障，这也是造成行车事故和人身伤亡事故频发的原因之一。针对这一难题，我们在安钢首次使用了当时比较先进的对讲机设备。这种无线通讯工具一经使用，立即解决了四点一线的联系和行车中信号中断的问题，提高了工作效率和安全系数，促进了安全生产。但这并不是铁路运输信号联系的规范要求。前期我们已经把铁路基础整治完毕，具备了上高科技设施的条件，所以我们从较简单的行车区间半自动闭塞开始，向全国铁路局通用的行车区间全自动闭塞“6520”（一种设施代号）工程挺进。完成这项工程，技术专业人员是关键。在依靠原有的技术骨干力量基础上，从铁路高等院校招聘了专业高才生，并从铁路局调来专业技术人员。经过一年多的艰苦努力，终于完成了厂区全部铁路线的6520铁路信号工程。这项工程的完成，使铁路运输中的行车活动实现了完全由信号操作室控制和工作人员的对讲机结合，使先进的自动化信号引导行车成为现实，彻底摆脱了建厂以来落后的信号联系方式。此举使安全行车事故率减少了90%以上，而且取消了扳道员、连接员，减少了调车员，达到了运输中的准确、迅速、安全的目的，极大地提高了工作效率，对保产、保运输、保安全奠定了坚实的保障。

随着创新改革工程推进，我们又对操作规程进行了改革和创新。多年来，为提高冶金企业厂内铁路运输部门工作效率，行车规章规定调车员、连接员在作业中允许飞上飞下，也就是火车开动后，工作人员观察后再上车，领车作业。停车前，工作人员在运行中先跳下车，然后指挥火车司机在何处停车。这样可以节省时间、提高工作效率。但是冶金企业厂内铁路线路复杂，再加上原来的信号联系落后，落后造成伤亡事故频发。我们结合实际情况对原有规章进行重新修订完善，规定调车人员领车作业中必须停上停下；启动前，操作人员应在车上选好站位，才能向司机发出动车信号；到达目的地后，车没停稳不准下车，否则就是违章作业。同时增加了货位调车员，即车上调车和车下调车相结合的作业法。由调度指令，首先由货位调车员到达作业现场，检查线路和货位情况，然后通知车上调车员作业，并提醒注意事项。这项新规章的实施不但保障了安全运输，而且大大地提高了工作效率。

不仅如此，将蒸汽机车向内燃机车过渡也是我们改革攻坚的重点。很多人不知道，烧煤的火车头热能利用率仅有5%左右，而95%左右的热能量全部浪费掉。蒸汽机车作业效率低下，牵引力和制动力较小，烟气、渣水等还造成严重污染，容易引发事故。这项改革势在必行，公司领导给予了大力支持。首先将较旧的蒸汽机车报废，更换成内燃机车，后来全部更换。同时作为配套措施，我们对机车车辆的检修厂房和信号指挥楼进行了新建和改造。对从东到西、从南至北，凡有铁路的地方自己制造、自己安装夜间照明设施，这些举措有效提高了工作效率，确保了安全生产的需要。

万事人为本。要保证改革创新系统工程全面完成，必须有一支过得硬的职工队伍，尤其需要一批专业知识强、敬业奉献、热爱安钢的骨干队伍。我们采取的措施是：一是以各种方式培养在职职工的技能，提高操作水平，全力支持他们的工作，鼓励他们改革创新。二是从铁路专业院校招聘专业人才，关心他们的成长，促使他们更好地发挥专业作用。三是将有培养前途的技术骨干送出去深造学习。实践证明，这些人才在运输部改造工程起到了巨大作用，成为技术骨干的同时，不少人充实到领导岗位，更好地发挥了才干。四是和当时在公司管辖的职业高中联合，史无前例的厂办专职学校，在工作单位、生产现场办职业高中班，抽调高素质人员和职高专业教师共同教学。一百多名安钢职工子女热情高、肯学习、勇于实践，学习和生产紧密结合。这一历史创举解决了部分职工子女就业问题，同时毕业后充实到生产岗位。现在，这批厂办职高生全部成为技术骨干力量，为安钢的发展贡献着力量。因为我们紧紧抓住了人的因素，重视人才的培养和使用，专促进了各项改革创新工程的顺利完成，使运输部实现了翻天覆地的变化。

事逢巧合，在安钢铁路运输站线上完成了改革创新举措后，迎来了安钢的大发展的“三步走”，我们的措施正好和安钢的大发展契合，为安钢“三步走”运输方面奠定了良好基础准备，贡献了自己的力量。

我策划的各项措施基本完成后，公司调动了我的工作岗位。在和公司领导谈话中我表示：运输部经过这几年的“折腾”，创新改造系列工程已基本完成，我敢负责任地说，已适应了公司发展的需要，打下的这个基础估计30年不用变。只要坚持、坚守、坚定地执行发展下去就行。尤其是在安全生产上完全杜绝了死亡事故的发生，彻底改变了运输部年年出现工亡的历史。

安钢的发展令人振奋，安钢的未来使安钢人骄傲。作为安钢人，我和我的伙伴们能为安钢的发展曾做出的贡献而倍感欣慰和心安。安钢历经一个甲子，祝安钢明天更美好！

俺厂的那些人，那些事

张建军

一转眼，我来到第一炼轧厂工作已经九年。作为安钢的一分子，这期间我经历了安钢在短时间内快速发展成为装备大型化、工艺现代化、产品专业化的千万吨级钢铁集团蜕变过程。由于工作岗位缘故，我接触最多的是一线职工，耳闻目睹了他们在安钢发展的步伐中，把个人命运同企业的命运紧密联系起来，在那火红的年代中谱写着的一曲曲奉献者之歌。尽管他们很平凡，但他们身上有许多闪光点，值得我们学习和回忆……

一

作为集团公司“三步走”战略中大建设、大发展进程的起始标志，100吨转炉工程能否顺利建成投产和达产，对公司的后续发展规划有着举足轻重的意义。时任转炉总炉长的李贵顺，从2004年1月上任到3月26日投产期间，先后参与了100吨转炉主体设备的安装、调试、验收等工作。为了保证施工单位的砌炉质量，他克服恐高的心理障碍，每天往返炉内炉外不下6次。他曾连续四天四夜坚守在砌炉现场，困了在主控室打个盹，饿了吃块面包，直到砌炉工作圆满完成。他的责任心和强烈的使命感，令那些负责砌炉的跨国公司管理人员都竖起了大拇指。2004年3月25日，对于李贵顺来说又是一个不眠之夜。这一夜，他和车间领导在100吨转炉投产前的准备工作，商定最后的烘炉、开炉方案，工艺参数的核准、生产工具的准备。为确保一次试车成功，这已经是他们第7次研究了。正是这样一个责任面前敢担当的集体，凭着勇于突破自我的气魄，写就了100t转炉26日顺利投产、27日就达产的传奇。

二

2004年6月，100吨转炉达产后不久的一天，一炼轧的板坯连铸机创下了不停机换包连拉200余炉的新浇钢记录。就在大家沉浸在欢喜的氛围中准备重新组织生产时，安全员马伟庆却如往常一样只身钻进了潮湿闷热、过道狭窄的扇形段，在逐段进行检查过程中发现了异常情况：九段有一根拉矫辊由于磨损严重，一端已经断开！“险情就是命令”。他迅速向车间汇报并建议立即更换扇形段九段。车间领导得知这一情况后，当即部署并与机修车间协调抽派精兵强将成立了临时抢修组，在更换扇形段的3个小时里，马伟庆一边布置现场安全防护设施，一边协助机修人员拆卸、回装各类设备管件，直到检修结束恢复生产。这在板材市场持续看好的当时，马伟庆的负责行为，既为公司增产增效消除了设备的不安全因素，又为铸机稳产高产夯实了安全之基。

三

刘志杰是板坯连铸车间的天车工长，为保证连铸生产顺行，他整日不辞劳苦奔波忙碌于各部天车和连铸生产线上，不时地写写画画。2005 年 8 月下旬，一炼轧板坯连铸车间抓住集团公司煤气管网对接、停产检修的难得时机，安排了一场停产抢修战。为配合地面人员在最短时间内完成检修计划，刘志杰顾不上自己感冒多日的病体，毅然留在车间检修现场，一天当作两天用，和倒班天车工一道苦干检修在一线上。在保证服务检修用车的同时，他还挤出时间联系设备部门解决出坯跨天车的车轮啃道等问题。由于带病坚持加上熬夜时间过长，他累得几乎撑不住了，困得实在不行就用凉水冲冲脸，直到天车检修计划中的最后一个设备件更换测试正常，两眼通红的他才缓缓舒了一口气，拖着疲惫的身躯回到家里，连袜子也没脱就睡着了……

随着时间的推移，如今他们中有些人已经走上新的岗位，还有许多人依旧奔波往返于自己的工作岗位，第一炼轧厂前进的每一步、每一个阶段都有许多默默无闻的人值得我们铭记。正是以他们为代表的这样一群不怕苦、不怕累、甘于吃苦、勤于奉献的安钢人，用他们对工作的热爱与执着，谱就了一曲曲安钢发展历程中动人的旋律。

我与广播电视

李英献

每天晚上，我在看完新闻联播后总要看安钢新闻，这已成为我生活里的一个习惯。我对安钢有线电视情有独钟，是因为我曾在安钢广播站工作多年，对安钢有线广播到安钢有线电视的发展记忆犹新。

我是1975年调入安钢党委宣传部的，当时宣传部的领导先后是张学瑞、党群、周正礼、张彩蔚等。开始我在《安钢》报编辑部工作，1980年调入安钢广播站担任负责人。《安钢》报是安钢建厂初期的宣传工具，如今已成为安钢历史产物载入安钢史册。

安钢广播站是安钢党委宣传部一个科级单位，位于安钢影剧院西侧，有播音室、编辑室、维修部、仓库等10间平房。1983年4月在河南省人民广播电台和安阳市广播电视局注册登记。当时有250瓦扩大器4部，ZK-275型扩大机4部，ZK-113型控制桌1台，高频、低频信号发生器各一台，调频机两部，还有示波器、稳压器、测示仪、录音机等仪表和设备。广播线路全长6000多米，在4个生活区和厂区共设有高、低音喇叭280多个。广播站每天早、中、晚三次播音，每次一小时。除转播中央、省市新闻外，还有《安钢新闻》《工人之家》《青年园地》《生活之友》《政工战线》《文学爱好者》《音乐和戏剧》《小红花》等十多个自办节目。安钢广播站同职工的工作和生活密不可分，每天早上6点30分广播站的喇叭一响，成了职工起床的信号，上白班的职工能聆听着广播走上工作岗位。安钢每年在影剧院召开的重要会议，都要通过安钢广播站对外直播。记得1985年冬天，安钢召开职代会，我和电工程光弟、张曙一起忙忙碌碌，提前安装好广播器材，做好充分准备工作，第二天召开职代会，会议内容全都直播出去。我当晚加班加点写出《安钢新闻》，第三天就广播出去，受到了领导和职工的好评。

随着时代的变迁和安钢生产建设的快速发展，安钢新闻中心大楼在安钢广播站原址拔地而起。过去的安钢广播站被如今的安钢有线电视台所代替。安钢有线电视从1985年筹建至今已度过23个春秋。筹建初期，设备简陋，1985年5月1日，在一生活区51号楼（24户）试播成功。这条系统可以同时转播5个电视台的节目，还能播放录像。1985年10月，扩大到一生活区12栋家属楼。1986年5月，续建到四生活区20栋家属楼。三期工程总计投资19万元。1985年3月至8月，已自行录制成《李东冶部长视察安钢》《安钢生活区综合治理》等四部电视新闻短片或录像片并在市台播放。1986年7月1日开始播放《安钢电视新闻》，并坚持每周播放一次，自办文艺节目两次。如今，安钢有线电视今非昔比，人员、设备、节目都已焕然一新。安钢电视台新闻部、制作部人才力量壮大，装备优良，在原来设备的基础上，增添了高清数字摄影机 3 台，由过去的限编制做到如今非编制作系统和光缆传输系统，保证了电视播出质量。安钢有线电视栏目多、内容多，宣传方式大大丰富，除《安钢电视新闻》外，又有戏剧、电视剧、文艺栏目和《今日视点》《安钢能人》《我为安钢献一计》等专题节目，并能转播 20 多个电视台的节目。现在安钢有线电视影像清晰、节目新颖，每周一、三、五播出《安钢电视新闻》，二、四、六重播。安钢有线电视制作的电视新闻片或录像片，在中央台、省、市台多次播放，大力宣传了安钢形象，为推动安钢的建设发展和提高安钢知名度发挥了积极作用。

昔日“中板”成回忆

王天海

我的父亲1973年7月参加工作，现已退休在家。父亲没有太深的文化，但总爱提起厂里的事，还很关心厂里的变化，也习惯地把“中板厂”挂嘴边。值得庆幸的是，我大学毕业后也分到了父亲曾经工作的地方——第二轧钢厂，提起第二轧钢厂的发展变化历程，我们两代人安钢人没有了代沟，也有了说不完的话儿。

父亲参加工作赶上当时的中板车间扩建，1975年后改车间为中板厂，在该厂热轧车间从事加热工作。提起二轧厂的过去，记忆力较好的父亲总是像讲故事一样滔滔不绝地重复着自己以前的经历：他说自己上班不久，当时的2300mm三辊劳特式轧机开始发挥作用，到1987年第一次达到设计能力，全年生产中板材14万多吨。但是在1991年当中板厂的年产量仍在16万吨徘徊，而同类型设备的柳钢中板厂却完成了20.2万吨，1992年初中板厂在全厂奋斗目标誓师会上向全厂职工响亮的提出向20万吨冲刺的目标。当时职工们为完成这一目标，发扬不怕苦、不怕累，勇往直前的奋斗精神，克服工作环境差、劳动强度大的困难，于1993年全年生产中板材达到了23.1万吨；1994年中板厂又在厂领导、技术人员和全体职工的共同努力下，克服设备条件和技术力量相比柳钢较弱的情况下，向时间要产量，向时产要效益，全厂上下以销定产、以质取胜，保持了产销两旺的好势头，班产、日产、月产纪录不断被刷新，全年共生产各类中板材28.5万吨，三项指标都位居全国第一，年创产值6亿元。

三辊的成绩来之不易。父亲说，当时大家发扬艰苦奋斗、任劳任怨、不甘落后、敢于担当的安钢精神，才取得了一项项三辊骄人成绩。还不时地教育我，安钢精神还需要你们这一代人继续发扬，才能使安钢立于钢铁行业不败之地。

说到老三辊父亲有讲不完有关生产的事儿，因为他与老三辊建立了很深厚的感情。可随着二轧厂不断扩建发展升级，设备也在升级改造，他也意识到2300mm三辊劳特轧机即将退出历史舞台。父亲回忆说，1998年5月28日，对中板人来说，是一个特别的日子，这一天是中板一期改造2800mm四辊轧机投产两周的日子，也是三辊给自己画上圆满句号的日子。当年前五个月，2800mm四辊轧机单机产量连续突破4万吨，已经达到并超过了42万吨的年设计能力。2800mm四辊轧机的投产，也标志着中板厂开启了电脑监控、自动化操控时代，中板厂翻开崭新的一页。父亲说企业在发展，也感觉到自己文化水平不高要落伍了，可企业没有把老职工忘掉，认为老职工有经验、懂技术，还能再发余热。为确保人人适应新环境、掌握新技能，厂里还掀起了“争创”活动大潮和工会开展的“每个职工读一本岗位业务技术书籍”为主题的“1133”活动，还请年轻的技术人员为职工们开办岗位操作技能培训班，通过学习，厂里老职工们也逐渐掌握了电子化操作技能。

在父亲眼里，二轧厂通过一期改造，装备水平和自动化控制水平得到很大提高，在投产的第二年便实现了顺利达产。在以后的7年里，通过不断的工艺改造、设备改造和管理创新，产量逐年提高，各项经济技术指标节节攀升。到2004年，全年产量突破100万吨。当公司提出淘汰落后，上马新线，吹响打造千万吨级钢铁强厂的号角时，激起了集团公司广大职工向千万吨级钢铁强企迈进的豪情。二轧厂也不例外，于2005年进行二期改造，在一期预留位置新上一架2800mm四辊可逆式轧机，形成了四辊+四辊的布局形式，并新增了一条滚切定尺剪组成的现代化精整剪切线优化控制轧制工艺，完善板材品种结构，提高产品质量，最重要的是可以大幅度提高钢板产量，同时满足了高附加值大规格钢板的剪切要求，提高了成材率，年产量达到了150万吨，年创经济效益8000万元。

今年6月份，我陪父亲来厂办理退休后的相关手续，并带他来到新建的热处理生产线参观。进入厂区时，父亲问我：“现在的厂房怎么变得这么大、这么高了，比起我们年轻时的厂房亮堂多了，而且见不到工人、听不到噪声、看不到灰尘，到处标准化作业，这就是现在的‘中板厂’吗？”我笑着说：“这不算什么，我们的操作室更是一尘不染，到操作室跟到家一样干净整洁。你看对面的厂区绿化更是漂亮！听说明年厂里要大改造建成花园式工厂呢！”“是啊，过去我们上班都舍不得穿新工作服，因为一上午就被油腻或灰尘弄变了样；上班路上也是坑坑洼洼，有的路段几乎是雨天泥泞，晴天灰飞扬。你看现在厂区路变宽了，水变青了，天变蓝了，就连厂区的小鸟身上也变得有光泽了！”

对数字感兴趣的父亲，也许对现在“中板厂”了解得不多了，只有我陪着他做一一介绍：二轧厂按照公司要求逐渐适应市场新要求，2009年12月，热处理一期工程进行热试车，标志着二轧厂的产品品质进入了全新的档次，生产组织随即扩展为双机组模式，各项生产指标不断提升，全力保障了两个机组稳定运行。2016年8月，淬火设备投入使用后，保证了回火、正火和调质板的生产有序进行，为打造安钢高端产品品牌打下坚实基础。热处理产线建成和淬火设备投用，增加了高附加值中厚板生产能力，提质增效效果明显提升。2017年5月开始厂里还承接了别的钢铁企业不敢完成的郑煤机8.8m全球最大矿用液压支架高强板订单7080吨，为安钢高端产品打造出了一张靓丽的新名片。

父亲边听我介绍二轧厂的变化，边点头连声称赞。看着父亲对自己工作了一辈子的企业发展充满希望的眼神，我也深感作为一个安钢人的自豪，我愿与安钢共成长。

高炉情结

张润刚

2007年元月初，我参加了水冶永通2号高炉钢结构的安装工作，建安公司职工紧张有序的施工节奏、顽强拼搏的工作作风在我心中留下了深刻印象。

永通公司450立方高炉的施工图纸，是由安钢设计院的设计团队设计的，最直观的变化就是高炉框架和四根钢结构立柱的变化。这座高炉的钢结构立柱是用40mm厚的钢板十字对称焊接而成，是一米见方的十字钢梁，它托起了整个高炉数层平台和炉顶设备近千吨的重量。为了解决过去高炉各层平台抢修时频频出现因场地狭小、低矮等制约抢修工期的瓶颈，这次高炉图纸的设计，对各层平台进行了大量改动。因此，牢固的高炉框架和钢结构立柱显得尤为重要。

安装钢结构立柱那天，由于运输车辆的限制，长度为76.36米的高炉钢结构立柱，被分成两截倒运到水冶高炉制作场地。为了保证焊接质量，我们在钢结构立柱的连接处，都用30mm厚的钢板做了加固。安装钢结构柱子在3月26日上午8：18分开始。我们利用经纬仪测量好立柱的垂直方位后，起重工指挥吊车慢慢降落立柱。立柱的下方，是早就准备好的地脚板，钢板厚度为100mm，分别在四个方向平均钻出了16个固定螺丝的螺丝孔，用来固定65米钢结构立柱的方向。在用测量仪把高炉标高超平之后，我们一组8人分散在四个方向，将螺丝和垫片快速固定好，然后用专用扳手再使劲拧紧。接着，起重工开始指挥吊车再次回落，让钢丝绳的拉力减少，再次调整水平标高，8个人迅速向100mm钢板下方塞垫铁，一个方向两组，用手锤牢牢地把对角方向的四组垫铁固定好后，再次用经纬仪测量确定垂直方位，慢慢调整各方向垫铁。一组一组垫平后，再用加固钢管加固每一组垫铁，确认水平后，焊工从四个方向把垫铁与100mm钢板连接在一起，并和地脚钢板一起焊牢。就是这样，立一根钢结构立柱，我们班也要用3个小时才能完成。

为了保证工程进度，我们经常会忙到夜里才能告一段落。由于天黑，身边几台焊机同时开工，所产生的电弧光经常会打眼，记得一次我被弧光打眼后，凌晨三点疼得睡不着觉，眼睛又无法睁开，一睁眼眼泪就哗哗地往下流，只好让妻子拉着我去医院就医，一通折腾回到家里就快天亮了。然而即使再累再困，我每天清早7点整必须准时到达车间大门口，乘车前往水冶高炉施工现场。

在安装第一层平台时，由于工作地点集中，没有车辆，更换氧气和乙炔瓶，我们都是从高炉下的工具房把氧气和乙炔瓶靠人力背到22米高的平台上供使用。当时，集团公司铁前系统出现铁水供应紧张，集团公司领导下达了5月28日出铁的通知，工期缩短让我们的压力倍增。安装高炉本体钢结构及其辅助设施的班组开始24小时倒班，施工人员已经达到了一千人。

建安公司投入了大量的人力物力，展开了高炉安装的大会战。现场人潮涌动，各种施工车辆遍布每一个施工角落，各个专业交叉作业，紧张而有序。建安公司食堂的工作人员几十人也分几锅做饭，保障白班500人吃到香甜可口的饭菜。

5月1日那天，天空黑沉黑沉的，雨水倾盆而下，高炉框架辅助设施安装已经到了尾声。5月2日安装68米高炉炉顶放扇平台。然而由于高空雨大、风大，吊车无法把68米放扇平台平稳落在指定位置。为了安全，我们都用安全带和麻绳牢牢固定自己，再用风绳把平台两侧固定，分两个方向拽住，班中男女全部参与到拉风绳的工作现场。现场由于风大，吊装的平台来回摇摆得厉害，几次剧烈的晃动都把人拉得东倒西歪，险些发生意外。但我们仅用了一上午时间，就把这个巨大的放扇平台安装完毕。

此时大家身上、手上因为拽拉风绳或绊倒都出现了不同损伤。

至5月12日，由建安公司金属结构分公司承接的高炉本体和平台框架及其辅助设施全部安装完毕，历时四个半月，共计完成钢结构及其辅助设施3000余吨，制作量最大，工期最短，让我们创造了450立方高炉主体钢结构安装史上的又一次辉煌。

5月28日上午10：58，水冶450立方高炉生产现场，伴随第一炉铁水的汹涌奔流，水冶专用铁水车满载火红的铁水驶向安钢本部，基本缓解了集团公司因铁水紧缺给炼钢单位造成生产衔接无力的现状，为集团公司的生产提供了强有力的保障。